U0089047

# 古典文學研究輯刊

五 編

曾永義 主編

## 第11冊

# 《消寒新詠》研究

謝俐瑩 著

國家圖書館出版品預行編目資料

《消寒新詠》研究／謝俐瑩 著 — 初版 — 新北市：花木蘭文化出版社，2012〔民 101〕

目 2+188 面；19×26 公分

（古典文學研究輯刊 五編；第 11 冊）

ISBN：978-986-254-932-2（精裝）

1. 清代戲曲 2. 戲曲評論

820.8 101014717

古典文學研究輯刊

五 編 第十一冊 ISBN：978-986-254-932-2

《消寒新詠》研究

作 者 謝俐瑩

主 編 曾永義

總 編 輯 杜潔祥

出 版 花木蘭文化出版社

發 行 所 花木蘭文化出版社

發 行 人 高小娟

聯絡地址 新北市永和區中正路五九五號七樓

電話：02-2923-1455／傳真：02-2923-1452

網 址 http://www.huamulan.tw 信箱 sut81518@gmail.com

印 刷 普羅文化出版廣告事業

初 版 2012 年 9 月

定 價 五編 20 冊（精裝）新台幣 33,000 元

# 《消寒新詠》研究

謝俐瑩　著

## 作者簡介

謝俐瑩，東吳大學中國文學系博士，現任中國文化大學中國戲劇學系助理教授，曾任臺灣藝術大學通識中心、東吳大學中國文學系兼任助理教授。在學期間即對崑曲表演異常著迷，跟隨大陸專業崑曲表演藝術家學習崑曲唱演，長期參加臺灣最早成立之崑劇表演團體「水磨曲集崑劇團」，曾有多場演出與講座，並持續擔任劇團重要職務。學術專長為戲曲理論與崑曲研究。

## 提　　要

在清代乾嘉時期的北京劇壇，開始流行著一種對戲曲藝人加以品評的筆記專著。在當時花部和雅部聲腔藝人已開始競先爭勝的劇壇，無疑是起了推波助瀾的作用。這些筆記除了展現當時劇壇的盛況之外，並為後世留下了許多珍貴的戲曲史料。在眾多的品題書寫中，《消寒新詠》是極有特色的一本，以特殊的品題體例：「以花比色，以鳥比聲，托物賦形，分題合詠」，及其對表演藝術深入的分析討論，使得它鶴立於清代眾多的品題書寫之上。這本書展現了清代乾嘉時期在北京的某一群文人對於劇壇與戲曲藝人的喜好、意見及關注。將之置於戲曲史中觀照，則可發現它處於一個戲曲偏好的轉換時期：由崑曲霸占數百年流行的劇壇，漸漸地被各地方戲曲聲腔所取代，也就是所謂「花雅之爭」；既而聲腔融合、新的多聲腔劇種崛起，京劇因而形成。在這關鍵的時刻，《消寒新詠》記錄了北京都城內的班部、藝人及其演出概況，無疑是為「花雅之爭」的歷史留下一頁精彩的記錄。筆者擬從《消寒新詠》這部品題專書著手，管窺清乾隆時期的劇壇一隅，一方面檢視當時劇壇的演出情況與聲腔發展，一方面藉以探討該書反映的文化現象與審美情趣，同時，由《消寒新詠》對表演藝術與折子戲大量的批評與分析，也足以展現當時的演劇美學。

# 目次

## 表　目

# 緒　論

在清代乾嘉時期的北京劇壇，開始流行著一種對戲曲藝人加以品評的筆記專著。在當時花部和雅部聲腔藝人已開始競先爭勝的劇壇，無疑是起了推波助瀾的作用。這些筆記除了展現當時劇壇的盛況之外，並爲後世留下了許多珍貴的戲曲史料。在眾多的品題書寫中，《消寒新詠》〔註 1〕是極有特色的一本。除了與其他品題書寫相同，他們均從「觀眾」的視角出發，對藝人、對演出、對戲曲表演藝術提出一己之識見，且這群觀眾俱是「文人」。更特別的是，《消寒新詠》以特殊的品題體例，及其對表演藝術深入的分析討論，使得它鶴立於清代眾多的品題書寫之上。

《消寒新詠》在這一波品花專著中，以其別出心裁的品題方式，「以花比色，以鳥比聲，托物賦形，分題合詠」（〈擷芳道人序〉，頁 1）。花鳥之擬不僅指涉藝人之聲色形貌、身段情態，更兼之對於藝人之性情品格、生平軼事均予以涵括；同時，在品評藝人外在形象、內在人格之餘，更兼之由「外」溯形其「內」——也就是其身爲藝人之表演藝術、表演境界，亦均含概在所擬之物的意象內。也就是說，《消寒新詠》一書所採用的批評方式，正是魏晉以來文人常用的意象批評，意象所指涉的意涵往往有言外之意、象外之趣。

就這點上來看，有別於同類型的品題書寫，《消寒新詠》是一部很難得的除了對戲曲藝人形貌色相的興趣之外，專注於戲曲及表演本身的書。作者群顯然是看戲成癡的觀眾，對於人物體認頗有眞知灼見。這本書展現了清代乾

〔註 1〕本文所引《消寒新詠》乃據鐵橋山人等撰、周育德校刊：《消寒新詠》（北京：中國戲曲藝術中心，1986 年）。文中爲清耳目，凡引用該書內容，僅標頁數，不再重複作註。

嘉時期在北京的某一群文人對於劇壇與戲曲藝人的喜好、意見及關注。將之置於戲曲史中觀照，則可發現它處於一個戲曲偏好的轉換時期：由崑曲霸占數百年流行的劇壇，漸漸地被各地方戲曲聲腔所取代，也就是所謂「花雅之爭」；既而聲腔融合、新的多聲腔劇種崛起，京劇因而形成。在這關鍵的時刻，《消寒新詠》記錄了北京都城內的班部、藝人及其演出概況，無疑是爲「花雅之爭」的歷史留下一頁精彩的記錄。同時，以作者對雅部崑腔的喜好，也反映出當時文人階層對流行文化的品味與其他階層不同，更趨近帝室宮廷的品味。筆者擬從《消寒新詠》這部品題專書著手，管窺清乾隆時期的劇壇一隅，一方面檢視當時劇壇的演出情況與聲腔發展，一方面藉以探討該書反映的文化現象與審美情趣，同時，由《消寒新詠》對表演藝術與折子戲大量的批評與分析，也足以展現當時的演劇美學。

## 一、《消寒新詠》的戲曲背景

《消寒新詠》成書於清乾隆六十年（1795），正是個諸腔並起的時代。根據《中國戲曲通史》第四編〈清代地方戲〉〔註2〕敘述清代諸腔爭勝的局面可見，於康熙末至乾隆中葉（乾隆三十九年，1774），除了崑弋諸腔外，還有亂彈腔、梆子腔、秦腔、西秦腔、襄陽調、楚腔、吹腔、安慶梆子、二簧調、羅羅腔、弦索腔、巫娘腔、瑣哪腔、柳子腔、勾腔等。然這從吳長元《燕蘭小譜》、李斗《揚州畫舫錄》、嚴長明《秦雲擷英小譜》、錢德蒼《綴白裘》、焦循《劇說》、《花部農譚》等及某些禁書目錄中見於記載的記錄，未見記錄者還所在多有。然而事實上，有許多聲腔根本上異名同實、或同出一源。陳芳曾將乾隆時期流行於北京之聲腔劇種作一番考釋：除了崑曲獨樹一幟外，又有高腔、秦腔、徽戲、山東柳子戲、絲弦戲、武安平調、哈哈腔、老調、豫劇等共九種，每一種各有不同的名目。〔註3〕而諸多衍生的名稱，有的是一音之轉、有的是因爲地方化而改變它的名稱，有的則是因爲樂器特色而改變名稱等種種不一而足的原因。也就是說，在清代初至中葉的這一個階段，由於地緣關係，京師一地於是諸腔盛行，精彩紛呈。小鐵笛道人《日下看花記・自序》：

---

〔註2〕張庚、郭漢城：《中國戲曲通史》（北京：中國戲劇出版社，1992年4月），頁875～890。

〔註3〕見陳芳：《乾隆時期北京劇壇研究・乾隆時期北京所流行之戲曲劇種與聲腔》（臺北：學海出版社，2000年9月），頁26～44。

有明肇始崑腔，洋洋盈耳。而弋陽、梆子、琴、柳各腔，南北繁會，笙磬同音，歌詠昇平，伶工薈萃，莫盛於京華。往者，六大班旗鼓相當，名優雲集，一時稱盛。嗣自川派擅場，蹈蹻競勝，墜髻爭妍，如火如荼，目不暇給，風氣一新。逌來徽部迭興，踵事增華，人浮於劇，聯絡五方之音，合爲一致，舞衣歌扇，風調又非卅年前矣。〔註4〕

這段記錄將清初以來京師流行的聲腔迭變作了一番梳理，也總結了清初至乾嘉由崑腔、京腔、秦腔、徽班的流行概況。但實際的情況當然不如這段記載來得簡單明朗。聲腔、班部之間的同時並存與互相影響、交融才是眞實的情況。但上段文字也基本上將整個時代流行的趨勢扼要地說明清楚了。

在談及諸腔並起的過程前，先談談所謂「亂彈」與「花雅」的概念。成書於乾隆六十年（1795）的李斗《揚州畫舫錄》卷五「新城北錄下」將當時所謂的「花雅」與何謂「亂彈」作了一番定義：

兩淮鹽務例蓄花雅兩部，以備大戲。雅部即崑山腔，花部爲京腔、秦腔、弋陽腔、梆子腔、羅羅腔、二簧調，統謂之亂彈。〔註5〕

也就是說，在乾隆時期除了崑腔屬「雅部」之外，其餘流行於京師的地方諸腔統謂之「亂彈」。《中國戲曲劇種手冊》曾予以解釋：「過去曾把崑曲、高腔之外的劇種都叫『亂彈』，也有曾把京劇稱爲『亂彈』，也有的劇種以『亂彈』命名，如溫州亂彈、河北亂彈，但更多的仍用在以秦腔爲先、爲主的梆子腔系統的總稱上。」〔註6〕可見「亂彈」一詞之多用。值得注意的是，雖然從《揚州畫舫錄》看來乾隆時期一般認爲京腔（弋陽腔）等均納入花部，但事實上弋腔（亦即《劇種手冊》云之高腔）因早在京師生根發芽，在宮庭中占有一席之地，與後來的花部亂彈地位殊不相同。從前述宮庭演劇遺留下來的抄本往往崑弋並稱可見，二者可謂同等階級。因此在乾隆時期「亂彈」之內涵十分籠統，一方面用爲統指崑腔之外的花部諸腔（弋腔亦屬花部，唯崑弋並稱時，被納入雅部），一方面也被用來泛指秦腔（梆子腔）系統。

至於「花雅」之名，除《揚州畫舫錄》所載外，更早的乾隆五十年乙巳

〔註4〕《日下看花記》小鐵笛道人序於嘉慶八年癸亥（1803）。張次溪：《清代燕都梨園史料》正續編（北京：中國戲劇出版社，1988年），頁55。

〔註5〕〔清〕李斗：《揚州畫舫錄》（北京：中華書局，1997年12月，清代史料筆記叢刊），頁107。

〔註6〕李漢飛編：《中國戲曲劇種手冊・陝西省・秦腔》（北京：中國戲劇出版社，1991年），頁160。

（1785）的吳長元《燕蘭小譜・例言》中云：

今以弋腔、梆子等曰花部，崑腔曰雅部，使彼此擅長，各不相掩。〔註 7〕

由這兩條最早關於「花、雅」命義的文獻來看，將崑曲以外的諸聲腔劇種歸於「花部」，是乾隆後期形成的習慣定例。而這種命義，恐怕與長期稱霸劇壇的崑曲性質文雅，且多皇室貴冑與文人士夫階層喜好，較具「正統性」傾向有關；而其餘諸腔則所演劇目多有小戲性質，並傾向於情色小戲，因此以「花」稱之。

根據《中國戲曲通史》的分析，蓋自清康熙末葉至道光末葉的戲曲流行可分爲兩大階段。第一階段自康熙末葉至乾隆中葉（1700 左右～1774），爲清代亂彈諸腔蓬勃興起的時期；第二階段自乾隆末葉至道光末葉（1775～1850），這是花部亂彈諸腔與雅部崑曲激烈爭勝的局面。〔註 8〕《消寒新詠》著作的年代，正好在第二階段的開始。而在這第二個階段，又歷經三個回合的諸腔爭勝，包括花雅之爭（即京腔與崑腔的競爭）、京秦之爭、與徽班進京之後的京秦融合與皮黃的發展作爲這個階段的結束。雖然在花部與雅部的「競爭」上，本來二者的觀眾群即有差異，大多數文人喜好雅部崑腔，市井百姓喜歡亂彈諸腔，並不存在衝突，但當秦腔、徽班、甚至本以崑腔出身的揚班進京之後，確實雅部的觀眾漸漸流失，複合聲腔劇種的多樣化與豐富性確實令人一新耳目。因此，實際上的「花雅之爭」是十分複雜的，更包括了亂彈諸腔的競秀與彼此間爭勝的消長，甚至最後達到「融合」。而《消寒新詠》所處的時代，正是乾隆末年諸腔並起的關鍵時期，《消寒新詠》恰記錄了此時期聲腔流行的史料。

《消寒新詠》的作者是三位酷嗜雅部的文人，因此在該書中記載雅部崑腔史料、品評藝人劇目等爲多，但特別的是，該書亦不乏品評諸多花部藝人及劇目，將其時京師花部班社中之徽班（三慶、四慶、五慶）、集秀揚部、秦腔、京腔等花部聲腔及班部在北京的各色活動、與班內藝人的表演，都詳實地予以記錄。這在戲曲史中特別具有珍貴的史料意義與價值。

關於《消寒新詠》所載花雅諸部藝人與班社的情況，將於本論文第四章討論。以下首先說明《消寒新詠》著書時代先後的崑腔、京腔、秦腔、徽班的流行情況，以及史料中記載花盛雅衰的狀況。

---

〔註 7〕 收於張次溪：《清代燕都梨園史料》，頁 6。

〔註 8〕 張庚、郭漢城主編：《中國戲曲通史》，頁 875～892。

先來談談崑曲的情況，這首先從宮廷演劇談起。在帝制時代，宮廷演劇的內容和喜好傾向，影響力是極強的。帝王的愛好往往帶領了士夫貴冑階層的喜好，也可以說代表了一個時代的流行總結。因此，觀察宮庭演劇對一個時代演劇情況的重要性可想而知。自明代魏良輔改良崑山水磨調以來，大量以崑曲劇種的劇作與戲曲論著的完備，崑曲選本的出現，及崑曲家班、職業崑班的興盛，使得崑曲成為一種跨地域性的流行劇種。自萬曆年流傳至北京後，原先以北曲雜劇為主的宮庭演劇，也漸漸改演了崑曲了。在明中末葉至清初這段期間，崑曲勢力顯然較之其他聲腔劇種強勢許多。清初起始延續了明代舊制，宮廷演劇歸屬教坊司，至康熙年建置了南府、景山，為宮中的演劇機構，這個機構在乾隆年間擴展了宮廷劇團的組織。而宮中演劇，除了崑腔之外，南戲系統的弋陽腔也早在北京落地生根。宮中演劇是崑弋並重，雖然崑劇仍然處於優勢。從故宮所藏之清代戲曲抄本來看，可以看出這個趨向。故宮藏清代戲曲抄本絕大部分是康熙至道光南府時期、與道光七年以後的昇平署時期所抄寫的。所抄寫的曲本多半是崑腔和弋腔。朱家溍先生說明云:「根據檔案記載，以嘉慶二十五年為例，經常上演的元明雜劇、明清傳奇中的單齣戲……每本十齣崑腔居之七、弋腔居之三。」〔註 9〕至嘉慶二十五年如此，乾隆時期以崑為盛亦可想而知。在南府時期，有留下「崑弋月令承應戲」、「崑弋承應宴戲」、「崑弋開場承應戲」、「崑腔單齣戲」、「崑弋本戲」的各種抄本，還有少數的「亂彈單齣戲」抄本。至於「亂彈本戲」、「秦腔戲」抄本則是昇平署時代才出現在宮庭演劇之中，〔註 10〕南府時代，也就是清初至嘉慶初年，顯然以崑弋演劇為主。而且崑盛於弋。宮庭如此，流風所及，官員與八旗子弟亦是如此。但這也反應出一個現象：因崑腔早在宮廷演劇中占得先機，皇室以崑腔為傳統、正聲，而弋腔之崛起雖也甚早，但直到它在京中盛行，宮廷演劇才漸將之納入演出。因此，崑多弋少也顯示了弋腔之京化盛行，而終被皇室接受的現象。也是亂彈腔早已從乾隆時代風行，但直至道光以後的昇平署時代，才漸在宮廷演劇中漸占一席。

而民間演劇的流行則無傳統、雅正之要求。戲曲的娛樂性一直都是民間

〔註 9〕參〈朱家溍序《故宮珍本叢刊》〉，故宮博物院編：《故宮珍本叢刊：卷首》（海口：海南出版社，2000 年），頁 14。

〔註 10〕見《故宮珍本叢刊》之「分冊總目錄・清代南府與昇平署劇本與檔案」。朱家溍序說明云，每齣戲有六種用途的本子：安殿本、總本、單頭本、曲譜、排場串頭、題綱。同註 9。

觀劇最重要的取向。諸腔並起，隨著人們求新求變的娛樂需求，前述《日下看花記》所云以「六大班」領導的京腔擅場可見當時演出的盛況。很顯然地，民間的喜好與宮廷的風格是大大不同。楊懋建《都城記略・詞場序》云：「我朝開國伊始，都人盡尚高腔；延及乾隆年，六大名班，九門輪轉，稱極盛焉。」〔註 11〕高腔，又稱弋腔、京腔。清李調元《劇話》云：「弋腔始弋陽，即今高腔，所唱皆南曲。又謂秧腔，秧即弋之轉聲。京謂京腔，粵俗謂之高腔，楚、蜀之間謂之清戲。」〔註 12〕可見高腔、弋腔、京腔、甚至秧腔實爲一種。京腔，實即流播至北京後京化的弋腔。康熙二十三年（1684）王正祥編《新訂十二律京腔譜・凡例》云：「但弋陽時宗派，淺陋猥瑣，有識者已經改變久矣。即如江浙間所唱弋腔，何嘗有弋陽舊習？況盛行于京都者，更爲潤色其腔，又與弋陽迥異。」〔註 13〕足見弋陽傳至北京已久，在清初極盛一時。其於〈總論〉並云：「夫崑弋既已並行，而弋曲之板既無傳腔多乖紊，予心惄焉，而忍令其蕩廢如是乎！爰操三寸不律管而孳孳焉。」〔註 14〕認爲崑弋並行既久，然弋腔竟無譜，並興起定譜之事。一個劇種從無譜至有音樂家爲其定譜，定是發展到極盛時期之事。故前述「六大班」之聲名至乾隆末年仍有餘響，也足見京腔之當年擅場。問津漁者於《消寒新詠》卷四〈雜載〉題及乾隆中期的京腔「六大班」在乾隆末年的情況：

> 廿年前，京中有「六大班」之名，「宜慶」其一。余初至京，同鄉爲余語，第詫焉，而不敢置喙。後往觀其劇，規模科白，俱不從梨園舊部中得來，一味喧呶而已。且人多面目黧黑，醜惡可怖，猶以花粉飾其妝而不知愧。以是故，余嘗過而不問焉。一日，途遇廉泉，好友也。談笑中，題「宜慶部新添一旦，楚楚動人。」……靨圓而頳色，廉泉有「粉傅何郎面，脂凝杜子唇」相贈句。余以詩逼肖，沉吟太惜之聲，不覺流露。……宜慶大班新添旦色，四川人，徐四官，年才弱冠耳。（頁 78）

〔註 11〕張庚、郭漢城：《中國戲曲通史》，頁 884。

〔註 12〕《劇話》之著作年代約於乾隆四十年（1775）左右。收於《中國古典戲曲論著集成》（北京：中國戲劇出版社，1982 年）八，頁 46。

〔註 13〕〔清〕王正祥：《新定十二律京腔譜》（臺北：臺灣學生書局，1984 年，《善本戲曲叢刊》據清康熙甲子 1684 停雲室原刊本影印），頁 49。

〔註 14〕〔清〕王正祥：《新定十二律京腔譜》，頁 39。並於首頁云：「京腔盛行，惜無曲譜。茲故選曲歸律，定其腔板。」

從這段資料，可知京腔在乾隆時期的情況。以當時汰舊換新速度之快的梨園生態而言，「六大班」雖名聲猶存，然實已沒落。部中藝人也已跟不上時代。但在競爭激烈的劇壇中，宜慶部仍為掙扎求存而招收新生代藝人。這也可見當時班部在諸腔競起時的情況。

乾隆三十九年（1774）、及乾隆四十四年（1779），魏長生二次入京，劇壇掀起了一陣新的波瀾。清李斗《揚州畫舫錄》云：

> 京腔本以宜慶、萃慶、集慶為上，自四川魏長生以秦腔入京師，色藝蓋於宜慶、萃慶、集慶之上，於是京腔效之，京秦不分。迨長生還四川，高朗亭入京師，以安慶花部，合京秦兩腔，名其班曰三慶。而曩之宜慶、萃慶、集慶遂湮沒不彰。〔註 15〕

這段資料也說明了當時京腔生存、與「京秦不分」的實況。京腔班子為了求生存，必須改變演出型態，京腔已經沒落，觀眾喜新腔、厭舊聲，若京腔班堅持只唱京腔，恐怕為潮流所淘汰。因此，當魏長生帶領的秦腔受到大眾歡迎之後，京腔班子只得轉型，改唱秦腔。秦腔，又稱梆子腔、桄桄子、西秦腔、甘肅調、琴腔等，李調元《劇話》有云：「俗傳錢氏《綴白裘》外集，有『秦腔』，始於陜西，以梆為板，月琴應之，亦有緊、慢，俗呼『梆子腔』，蜀謂之『亂彈』。」〔註 16〕秦腔發源於陜西，且於清代已流播至江南、閩廣與四川等地。《燕蘭小譜》記載：「友人言：蜀伶新出琴腔，即甘肅調，名西秦腔。其器不用笙笛，以胡琴為主，月琴副之。工尺咿唔如話，旦色之無歌喉者，每借以藏拙焉。」〔註 17〕所提及的「蜀伶」，應即乾隆三十九年（1774）第一次入京的魏長生。四川人魏長生第一次入都便已小有名氣，但第二次入京（乾隆四十四年，1779）才真正打響名號，影響了北京的戲劇生態。《燕蘭小譜》記魏長生小傳云：

> 魏三，（永慶部）名長生，字婉卿，四川金堂人。伶中子都也。昔在雙慶部，以《滾樓》一齣奔走，豪兒士大夫亦為心醉。其他雜劇子胄無非科諢、誨淫之狀，使京腔舊本置之高閣。一時歌樓，觀者如堵。而六大班幾無人過問，或至散去。〔註 18〕

---

〔註 15〕〔清〕李斗：《揚州畫舫錄》（北京：中華書局，1997 年，清代史料筆記叢刊），頁 131。

〔註 16〕同註 12。頁 47。

〔註 17〕張次溪：《清代燕都梨園史料》，頁 46。

〔註 18〕張次溪：《清代燕都梨園史料》，頁 32。

「六大班」若不散班，也只能「效之」了。而「六大班」之失去觀眾，還有另一說法。戴璐《藤陰雜記》卷五云：

> 京腔六大班盛行已久，戊戌（乾隆四十三年，1778）己亥（乾隆四十四年）時尤興，王府新班〔註19〕湖北、江右公宴，魯侍御贊元在座，因生腳來遲，出言不遜，手批其頰。不數日，侍御即以有玷官箴罷官，於是縉紳相戒不用王府新班。而秦腔適至，六大班伶人失業，爭附入秦班覓食，以免凍餓而已。〔註20〕

不論縉紳相戒不用王府新班之事是否影響甚鉅，但京班伶人紛紛改入秦班卻是事實。其實觀眾喜好的影響力應是大於王府力量的。以魏長生及其演出劇目的魅力，於崑弋流行已久的京師來說，實在有耳目一新的刺激效果。《燕蘭小譜》卷五記載：

> （魏長生）已亥歲（乾隆四十四年，1779）隨人入都。時雙慶部不爲衆賞，歌樓莫之齒及。長生告其部人曰：「使我入班，兩月而不爲諸君增價者，甘受罰無悔。」既而以《滾樓》一劇名動京城，觀者日至千餘，六大班頓爲之減色。又以齒長，物色陳銀兒爲徒，傳其媚態，以邀豪客。庚（乾隆四十五年）辛（乾隆四十六年）之際，徵歌舞者無不以雙慶部爲第一也。〔註21〕

可見得，本爲唱京腔的京班，由於魏長生的改變，唱起了秦腔。禮親王昭槤（1776～1829）之《嘯亭雜錄》卷八「魏長生」條云：

> 時京中盛行弋腔，諸士大夫厭其囂雜，殊乏聲色之娛，長生因之變爲秦腔。辭雖鄙猥，然其繁音促節，嗚嗚動人，兼之演諸淫褻之狀，皆人所罕見者，故名動京師。凡王公貴位以至詞垣粉署，無不傾擲纏頭數千百，一時不得識交魏三者，無以爲人。〔註22〕

由於秦腔所唱均多情色小戲，兼之「繁音促節」，極聲色之娛。自魏長生《滾樓》一齣轟動京師以來，又有後繼者。《嘯亭雜錄》又云：「（魏長生）其徒陳

---

〔註19〕六大班皆隸王府，故稱王府新班。

〔註20〕〔清〕戴璐：《藤陰雜記》，《筆記小說大觀》（臺北：新興書局，1973年），十四編第十冊，頁6717。

〔註21〕張次溪：《清代燕都梨園史料》，頁45。

〔註22〕〔清〕昭槤：《嘯亭雜錄》（北京：中華書局，1997年，清代史料筆記叢刊），頁238。昭槤生活的時代是乾嘉時期，《嘯亭雜錄》約成於嘉慶十九、二十年（1814、1815）。

銀官，復髫齡韶秀，當時有青出於藍之譽。長生既蓄厚貲，乃抽身歸里，陳遂繼其師業。」《燕蘭小譜》記載：「而王（桂官，萃慶部）、劉（二官，萃慶部）諸人，承風繼起，亦沿習醜狀，以超時好。余謂魏三作俑，可稱野狐教主。」〔註 23〕這種情況至乾隆五十年（1785）產生變化。《欽定大清會典事例》卷一○三九〈都察院・五城〉：

（乾隆）五十年議准，嗣後城外戲班，除崑、弋兩腔仍聽其演唱外，其秦腔戲班，交步軍統領五城出示禁止。現在本班戲子，概令改歸崑、弋二腔。如不願者，聽其另謀生理。倘於怙惡不遵者，交該衙門查拿懲治，遞解回籍。〔註 24〕

從這裏可以看出，清朝廷尚以崑弋爲「可信賴」的劇種，由於秦腔演唱以情色劇居多，甚至有裸露身軀的演出，〔註 25〕違反善良風俗的「淫戲」因而被禁演。此時秦班暫時解散了。但事實上一直到嘉慶三年，蘇州老郎廟的《翼宿神祀碑記》仍有如下禁語：

……欽奉諭旨，元明以來，流傳院本，皆係崑、弋兩腔，已非古樂正音，但其節奏腔調，猶有五音遺意，即扮演故事，亦有談忠說孝，尚足以觀感勸懲。乃近日倡有亂彈梆子、弦索秦腔等戲，聲音既屬淫靡，其所扮演者，非狹邪媟褻，即怪誕悖亂之事，于風俗人心，殊有關係……嗣後除崑、弋兩腔，仍照舊准其演唱，其外亂彈梆子、弦索秦腔等戲，概不准再行唱演。所有京城地方，著交和砷嚴查飭禁，並著傳諭江蘇、安徽巡撫、蘇州織造、兩淮鹽政，一律嚴行查禁，如再有仍前唱演者，惟該巡撫、鹽政、織造是問。欽此。欽遵。

可見秦腔之興盛，並非朝廷下了禁令，就可以禁止得了的。

在魏長生離京之後未久，乾隆五十五年（1790）爲祝賀高宗八十歲大壽，浙江鹽政官員引高朗亭組成三慶班入京，也就是小鐵笛道人《日下看花記・自序》中所提及的徽部。《批本隨園詩話》云：

迨至（乾隆）五十五年，舉行萬壽，浙江鹽務承辦皇會，先大人（伍拉納）命帶三慶班入京，自此繼來者又有四喜、啓秀、霓翠、和春、

〔註 23〕張次溪：《清代燕都梨園史料》，頁 18。

〔註 24〕轉引自《北平梨園掌故長編》，收入張次溪：《清代燕都梨園史料》，頁 884。

〔註 25〕《燕蘭小譜》卷五記：「近日歌樓老劇冶豔成風，………魏三〈滾樓〉之後，銀兒、玉官皆效之。又劉有〈桂花亭〉、王有〈葫蘆架〉，究未若銀兒之〈雙麒麟〉，裸裎揭帳令人如觀大體雙也。」同前註，頁 47。

春臺等班，各班小旦不下百人，大半見諸士大夫歌詠。〔註 26〕

徽班之盛由此而始。蕊珠舊史楊掌生《夢華瑣簿》中云：

春臺、三慶、四喜、和春，爲「四大徽班」。……余按四喜在四徽班中得名最先，《都門竹枝詞》云：「新排一曲《桃花扇》，到處閧傳四喜班。」此嘉慶朝事也。而三慶又在四喜之先，乾隆五十五年庚戌，高宗八旬萬壽，入都祝釐，時稱「三慶徽」，是爲徽班鼻祖。〔註 27〕

根據周育德先生的考證，乾隆年間進京的徽班乃「三慶徽班」，即如楊掌生所言爲「徽班鼻祖」。而「四大徽班」之說乃始於嘉慶朝。〔註 28〕也就是說，自三慶徽來京之後，所引起的劇壇波瀾，使得後繼者甚眾，就不是一兩位藝人的事了，而是一個班、一個班，數十、數百位藝人前仆後繼地形成一股風潮。

而徽班何以受觀眾喜愛？多變的聲腔或許爲原因之一。徽班所唱的聲腔是一種複合性的多聲腔劇種，其形成的過程與內涵十分複雜。李斗《揚州畫舫錄》云：「迨長生還四川，高朗亭入京師，以安慶花部，合京秦兩腔，名其班曰三慶。」〔註 29〕這還算是單純化的說明。《中國京劇史》談及徽班聲腔時總結說明：「就徽調這一地方劇種而言，其本劇種土生土長之腔調，最初不過吹腔、撥子而已。之後所唱之二簧腔和崑曲，是吸收了江蘇崑山腔和湖北二黃調，加以演化而成。實際上 1790 年進京之徽班，所演唱之聲腔、劇目，比徽調豐富得多。除吹腔、撥子、二簧、崑曲外，如柳枝腔、羅羅腔等一些流布範圍較小的戲曲聲腔，均兼而用之。」〔註 30〕足見徽班所唱之聲腔是複合性的，不止非單一聲腔，且非單一劇種。也因爲它的多元，因此吸引了更多觀眾。而《鞠部拾遺》云：「所謂四大徽班者，非四家盡屬徽人。如和春之爲揚州班，春臺之爲湖北班，四喜之爲蘇州班，三慶之爲徽班。其調各殊，其派各別。」但之所以均指爲徽班，乃因組成的藝人多來自安慶。徽班之盛，

---

〔註 26〕轉引自周育德：〈乾隆末年進京的徽班——讀《消寒新詠》所見〉，《消寒新詠》，頁 155。同時，關於《批本隨園詩話》的作者，根據么書儀先生的考釋，應爲顧學頡先生斷定的伍拉納之子舒石舫，而非王芷章先生所云的伍子舒。見《晚清戲曲的變革》（北京：人民文學出版社，2006 年），頁 99～102。

〔註 27〕楊掌生《夢華瑣簿》自敘之寫作時間爲道光二十二年壬寅（1842）。張次溪：《清代燕都梨園史料》，頁 349、352。

〔註 28〕周育德校刊：《消寒新詠》，頁 156。

〔註 29〕〔清〕李斗：《揚州畫舫錄》，頁 131。

〔註 30〕北京市藝術研究所、上海藝術研究所編著：《中國京劇史》（北京：中國戲劇出版社，1999 年）上卷，頁 47。

從道光中期之《長安看花記》中云：「嘉慶以還，梨園子弟多皖人，吳兒漸少。」〔註 31〕可見嘉道以後因徽班受歡迎而由安徽人主宰了劇壇，也因安徽人之盛，而班部均以徽班稱之。

同時，在徽班進京之後，《嘯亭雜錄》卷八「魏長生」記載嘉慶六年之事：

嘉慶辛酉（六年，1801）長生復入都，其所蓄已蕩盡，年逾知命，猶復當場賣笑。人以其名重，故多交結之，然婆娑一老娘，無復當日之姿媚矣。壬戌（七年，1802）送春日，卒於旅邸，貧無以殮，受其惠者爲董其喪，始得歸柩於里。〔註 32〕

魏長生之落魄窮倒，除了因其年老不復適宜舞臺生涯，也顯示了一個時代的結束。

前述於嘉慶三年的禁令，不論於秦腔或徽班的亂彈梆子，都並未達到遏止的效果。約成於嘉慶十九、二十年（1814、1815）的《嘯亭雜錄》仍記載：

近日有秦腔、宜黃腔、亂彈諸曲名，其詞淫褻猥鄙，皆街談巷議之語，易入市人之耳；又其音靡靡可聽，有時可以節憂，故趨附日眾。雖屢經明旨禁之，而其調終不能止，亦一時習尚然也。〔註 33〕

可以說，在乾隆末年的這近十數年間，北京劇壇有了戲劇性的流行變化。然而不論花部諸腔如何地更變遞嬗，雅部崑腔一息尚存。禮親王的《嘯亭雜錄》曾云：「南曲未知其始，蓋即小詞之濫觴，是以崑曲雖繁音促節居多，然其音調猶餘古之遺意。惟弋腔不知起於何時，其鐃鈸喧闐，唱口囂雜，實難供雅人之耳目。」〔註 34〕禮親王昭槤是貴族文人階級的代表。足見一方面由於朝廷仍然堅持地支持它，且文人雅士對於崑曲的愛好，與一般黎民百姓對花部諸腔的喜愛也大不相同。但雖然如此，它確實慢慢地走向一條窄路。

在花部諸腔興起的乾嘉時期，繁音促節、新興劇目使人目不暇給，民間觀劇似乎已無人過問崑腔。先不說北京，從《揚州畫舫錄》可見在南方的戲曲中心揚州情況也已與從前崑曲一枝獨秀大不相同：

若郡城演唱，皆重崑腔，謂之堂戲。本地亂彈祇行之禱祀，謂之臺戲。迨五月崑腔散班，亂彈不散，謂之火班。後句容有以梆子腔來

〔註 31〕《長安看花記》，〔清〕蕊珠舊史楊掌生作于道光十六年（1836）。張次溪：《清代燕都梨園史料》，頁 310。

〔註 32〕〔清〕昭槤：《嘯亭雜錄》，頁 238。

〔註 33〕〔清〕昭槤：《嘯亭雜錄》卷八「秦腔」，頁 236。

〔註 34〕〔清〕昭槤：《嘯亭雜錄》，頁 238。

者，安慶有以二簧調來者，弋陽有以高腔來者，湖廣有以羅羅腔來者。始行之城外四鄉，繼或於暑月入城，謂之趕火班。而安慶色藝最優，蓋於本地亂彈。故於本地亂彈間有聘之入班者。〔註 35〕

崑腔五月就散班休息了，但揚州亂彈、江蘇的梆子……各色亂彈聲腔卻如火如荼地演出，從城外漸擴展至城市，可見城裏人也漸接受、甚至能欣賞亂彈了。至於北京，吳長元更一語道出崑曲的風格敵不過亂彈的激情了，其云：「崑曲非北人所喜。故無豪客，但爲鄉人作酒糾而已。」〔註 36〕並於〈例言〉中指出：「雅旦非北人所喜。」（頁 6）雅部崑腔在乾隆時期，便已出現困境。石坪居士於《消寒新詠》中寫得更詳細：

迺來歌館，盛興武部。崑部如萬和、樂善等，屢入館而不開場，殊深向隅之憾。（頁 38）

崑班已到「屢入館而不開場」的地步了，顯然觀眾人數已銳減，開場徒然增加花費而已！《燕蘭小譜・雅部》也記載了崑班爲求生計，不得不改變現況：

張發官，（保和文部）江蘇元和人。……昔保和部，本崑曲，去年雜演亂彈、跌撲等劇，因購蘇伶之佳者，分文、武二部。于是梁谿音節，得聆于嘔啞謔浪之間，令人有正始復聞之歎。嗟乎！梨園雖小道，而狀古來之忠孝奸頑，使之感發懲創，亦詩教也。詩人之感，在士大夫：梨園之感，及乎鄉童村女，豈曰小補之哉？部中皆梨園父老，惟發官年二十四，爲最少。〔註 37〕

保和部原爲崑班，後雜演花部劇，後新購蘇伶，分爲文武二部。除了新添之藝人外，顯然崑班藝人皆老去矣。而新添之藝人，也是爲了因應花部潮流之所需。花部之盛，至嘉慶二十四年己卯（1819）即如文人也不一定偏好雅部了。焦循《花部農譚》云：

梨園共尚吳音。「花部」者，其曲文俚質，共稱爲「亂彈」者也，乃余獨好之。蓋吳音繁縟，其曲雖極諧於律，而聽者使未睹本文，無不茫然不知所謂。其《琵琶》、《殺狗》、《邯鄲夢》、《一捧雪》十數本外，多男女猥褻，如《西樓》、《紅梨》之類，殊無足觀。花部原本於元劇，其事多忠孝節義，足以動人；其詞直質，雖婦孺亦能解；

〔註 35〕〔清〕李斗：《揚州畫舫錄》卷五，頁 131。
〔註 36〕吳長元：《燕蘭小譜・題鄭三官小序》，張次溪：《清代燕都梨園史料》，頁 20。
〔註 37〕同前註，頁 40。

其音慷慨，血氣爲之動蕩。郭外各村，於二、八月間，遞相演唱，農叟漁父，聚以爲歡，由來久矣。〔註38〕

早期雖然花部亂彈也是「其音慷慨，血氣爲之動蕩」，大多文人仍不樂觀花部演劇，斥之鄙俚，這是一種以文化人自居的現象。然焦循卻認爲花部本於元劇，事多忠孝節義，這顯示一方面早期以色惑人的花部亂彈風格已經擴展它的劇目與戲路，而文人對它的觀感也已改變，不再以鄙俗猥褻視之。然崑班在這樣的處境中，除了皇室以外，崑曲在民間卻仍有支持者。更晚成於道光十六年（1836）的《長安看花記》記載：

道光初年，京師有集芳班。仿乾隆間吳中集秀班之例，〔註39〕非崑曲高手不得與。一時都人士爭先聽睹爲快。而曲高和寡，不半載竟散。其中固大半四喜部中人也。近年來，部中人又多轉徙入他部，以故吹律不競。然所存多白髮父老，不屑爲新聲以悅人。笙、笛、三絃，拍板聲中，按度刌節。韻三字七，新生故死。吐納之間，猶是先輩法度。若二簧、梆子，靡靡之音，《燕蘭小譜》所云『臺下「好」聲鴉亂』，四喜部無此也。每茶樓度曲，樓上下列坐者落落如晨星可數。而西園雅集，酒座徵歌，聽者側耳會心，點頭微笑，以視春臺、三慶登場，四座笑語喧闐，其情況大不相侔。部中人每言：我儕升歌，座上固無長鬚奴、大腹賈。偶有來入座者，啜茶一甌未竟，聞笙、笛、三絃、拍板聲，輒逡巡引去。雖未敢高擬陽春白雪，然即欲自貶如巴人下里固不可得矣。〔註40〕

距離魏長生入都造成風潮以來已過三、四十年的時候，仍然有新興崑班，但卻也由於以「純崑曲」的型態演出，竟有「不半載竟散」的窘境。而當年爲四大徽班之一的四喜班，即以崑腔擅長，《夢華瑣簿》云：「四徽班各擅勝場。四喜曰『曲子』。先輩風流，餼羊尚存，不爲淫哇，舂牘應雅。世有周郎，能無三顧？古稱清歌妙舞，又曰『絲不如竹，竹不如肉。』爲其漸近自然，故至今堂會終無以易之也。」〔註41〕然至道光年也多雲散風流，藝人多存「白髮父老」了。

〔註38〕〔清〕焦循《花部農譚》，收於《中國古典戲曲論著集成》八，頁225。

〔註39〕蘇州集秀班，是崑劇演出史上最有影響的名班之一。《燕蘭小譜》卷五：「集秀，蘇班之最著者，其人皆梨園父老，不事豔冶，而聲律之細，體狀之工，令人神移目往，如與古會。非第一流不能入此。」張次溪：《清代燕都梨園史料》，頁43。

〔註40〕同前註，頁310。

〔註41〕同前註，頁352。

但從《長安看花記》這段資料卻可看出，崑曲有崑曲的觀眾，花部的觀眾與雅部觀眾大不相同。但雖然崑曲已經走向沒落，卻仍有「落落如星辰」的觀眾「側耳會心、點頭微笑」者。在那個花雅各擅其場的時代，花部之興盛遞變、與雅部之存乎一脈，《消寒新詠》一書記錄的正是時代的一隅。

## 二、《消寒新詠》與詩歌詠劇之關係

《消寒新詠》以詩歌作為品評藝人與劇目的載體，這種批評方式其來有自。從杜甫〈戲為六絕句〉開始，以詩論詩的批評方式遂成為另一形式的詩話，至宋詩更為流行。〔註 42〕以詩論詩既成為一種批評傳統，因而擴及其他文體，在曲學範疇中，以詩論曲、以詞論曲、以曲論曲也不在少數，這類以詩歌作為批評的載體，統稱之為「詠劇詩歌」。〔註 43〕而所評者雖云「劇」，實際上包含戲曲相關之各種課題，如詠劇作家、劇作、戲曲理論、伶人、表演藝術，以及戲曲史料等等內容。

以詠「劇作家」為例，如元代鍾嗣成（約 1279～1360）有【凌波曲】二首、【凌波仙】四首，賈仲明（1343～？）亦作【凌波仙】數首，大多為吊詞，〔註 44〕對這些有名的元雜劇作家的生活、作品、文學藝術加以刻畫，如賈仲明之挽關漢卿云：

> 珠璣語唾自然流，金玉詞源即便有，玲瓏肺腑天生就。風月情忒慣熟，姓名香四大神洲。驅梨園領袖，總編修帥首，捻雜劇班頭。（天

---

〔註 42〕郭紹虞於《中國文學批評史・北宋之詩論・詩壇批評風氣・論詩詩》中曾談及以詩論詩之流行於宋代，自有其故。其云：「宋詩風格近於賦而遠於比興，長於議論而短於韻致，故極適合於文學的批評。……宋詩風氣，又偏於唱酬贈答，往返次韻，累疊不休。」（臺北：文史哲出版社，1990 年），頁 396。由於這兩點特色，以詩論詩的方式在宋代流行後，亦成為另一種「詩話」。如梅聖俞《宛陵集》、元好問之〈論詩三十首〉均是。

〔註 43〕「詠劇詩歌」一辭蓋採趙山林先生用語。趙先生編有《歷代詠劇詩歌選注》一書，廣義詩歌包括詩詞曲。趙山林：《歷代詠劇詩歌選注》（北京：書目文獻出版社，1988 年）。

〔註 44〕《歷代詠劇詩歌選注》收有鍾嗣成【凌波曲】二首，吊宮天挺、鄭光祖，【凌波仙】四首，吊曾瑞、鮑天祐、施惠與喬吉甫。賈仲明【凌波仙】十七首，挽作家關漢卿、高文秀、白仁甫、馬致遠、李直夫、王實甫、楊顯之、趙子祥、趙文殷、紅字李二、李郎、王伯成、康進之、李時中、蕭德祥、王仲元。其中趙文殷、紅字李二、李郎既是教坊藝人，也創作雜劇。又有一首【凌波仙】題鍾嗣成《錄鬼簿》，實為詠「作品集」之作。同前註。

一閣本《錄鬼簿》）〔註45〕

確實將關漢卿在戲曲界的地位、文章辭采、生平風流於短短一支曲中道出。又有「挽王實甫」【凌波仙】一首云其：「作詞章，風韻美，士林中等輩伏低。新雜劇，舊傳奇，《西廂記》天下奪魁。」〔註46〕推崇王實甫在劇作家中之聲望，且譽其《西廂記》在戲曲史中的地位。挽馬致遠云：

萬花叢裏馬神仙，百世集中說致遠，四方海內皆談羨。戰文場曲狀元，姓名香貫滿梨園。《漢宮秋》《青衫淚》，《戚夫人》《孟浩然》，共庾、白、關老齊肩。（天一閣本《錄鬼簿》）〔註47〕

這首挽詞則將馬致遠之仙道生活、戲曲界之成就、作品、及與當世稱道並肩齊名的劇作家同列，既寫出馬致遠之生命情調，又寫出馬之作品成就。寥寥數句，筆簡意賅，這正是以曲論人的特色。

而詠「劇作」者，「以詩論曲」如清代凌廷堪（1755～1809）論曲絕句三十二首。其詩作中，有對於雅正音樂的感慨，〔註 48〕亦有對於劇作家的評論，〔註 49〕但最多的還是對於劇作的評論與品賞。如爲《西廂記》追本溯源：

爲文前後公相襲，千古才人慣乞靈。若爲西廂尋粉本，莫忘《醉走柳絲亭》。〔註50〕

因關漢卿有《董解元醉走柳絲亭》雜劇，此指董解元之西廂，爲王實甫之西廂尋根，並加推崇。再如「其九」云：

二甫才名世並夸，自然蘭谷擅風華。紅牙按到《梧桐雨》，可是王家遜白家？〔註51〕

將王實甫《西廂記》與白樸（仁甫）《梧桐雨》相較，並大大推崇《梧桐雨》，認爲《西廂記》實不如之。趙山林先生作註分析云：「這種看法不一定恰當」，但也因此凸顯凌廷堪之風格喜好，在一首絕句中充分傳達。

〔註45〕同前註，頁58。
〔註46〕同前註，頁63。
〔註47〕同前註，頁61。
〔註48〕如論曲絕句其一：「三分損益孰能明？瓦釜黃鐘久亂聽。豈特希人知大雅，可憐俗樂已飄零。」同前註，頁462。
〔註49〕如論曲絕句其四：「時人解道漢卿詞，關馬新聲競一時。振鬣長鳴驚萬馬，雄才端合讓東籬。」同前註，頁464。
〔註50〕同前註，頁465。
〔註51〕同前註，頁466。

詠「戲曲藝人」者，除了對藝人本身的描述之外，往往也兼及「表演藝術」。最早自張炎（1248～1320？）【滿江紅】「贈韞玉傳奇唯吳中子弟爲第一」開始即對這位男伶的舞臺形象、表演藝術加以讚賞，其云：

傅粉何郎，比玉樹、瓊枝漫夸。看生子、東塗西抹，笑語浮華。蝴蝶一生花裏話，似花還似恐非花。最可人、嬌豔正芳年，如破瓜。

離別恨，生歎嗟。歡情事，起喧嘩。聽歌喉清潤，片玉無瑕。洗盡人間笙笛耳，賞音多向五候家。好思量、都在步蓮中，裙翠遮。〔註 52〕

上片寫出該伶人的外在形象、清姿美質，下片則論及該藝人的舞臺表演，其演繹人物、嗓音唱功、藝術感染力，以及整體風格形象，都加以描述。張炎又有【蝶戀花】一首「題末色褚仲良寫眞」則寫出另一位不同行當的藝人的神韻形貌。

張炎「以詞論伶人」，而「以詩論伶人」者如胡祇遹（1227～1293）「贈伶人趙文益」詩云：

富貴賢愚共一塵，萬紅千紫競時新。到頭誰飽黃粱飯，輸與逢場作戲人。〔註 53〕

其於詩序中言：「趙氏一門，……有字文益者，頗喜讀，知古今，趨承士君子。故於所業，恥蹤塵爛，以巧而易拙，出於眾人之不意，世之所未嘗見聞者，一時觀聽者皆多愛悅焉。遇名士則必求詩文字畫，似於所學有所自得。已精而求其益精，終不敢自足，驕其同輩。吁！如斯人者，伶人也，尚能進進而不已。」〔註 54〕這首詩與詩序，寫出胡氏對於伶人趙文益不同於其他伶人，甚至不同於駸駸於功名的文人，表達推崇與讚賞之意。

以詩論「伶人」並兼及「表演藝術」最精彩者莫如潘之恆（1556～1622？）豔曲十三首。其詩序云：

從吳越石水回精舍觀劇出，吳兒十三人乞品題。各以名作姓，以字作名，以諸孺作字，得詩十三絕，以小序冠之。〔註 55〕

所評藝人有蘅紉之（旦）、荃子之（小生）、茹淡之（丑）、萃羞之、支翰之、

〔註 52〕同前註，頁 1。

〔註 53〕同前註，頁 14。

〔註 54〕《紫山大全集》卷八，《四庫全書》珍本四集。

〔註 55〕趙山林：《歷代詠劇詩歌選注》，頁 157。

芫懷之、柄執之（淨）、苾達之（旦）、蕙樹之、茜漸之（丑）、忠純之（外）、孝慕之（外）、商浴之〔註 56〕（小生）、才掄之，共十四人（忠純之、孝慕之同一首）。品題這些藝人，不止寫其形貌意態、丰神秀姿，更寫其行當特色、表演藝術之成就。如題蘅紉之云：

> 選得宮鶯出上林，淒清江上帶餘音。多情何處飄殘夢，一段梅花泛古琴。〔註 57〕

既寫其音色宛麗，又具有情緒感染力，且在表演上亦能超越表面，達到深層的內心情感。潘之恆於小序中云其「有沈深之思，中含悲怨，不欲自陳，知音者得之度外，令人神魂飛越。」〔註 58〕其「多情」不止於浮泛的濫情，而是深刻的、沈潛的。再如題萃羞之詩，點到在戲曲表演藝術中極重要的「傳神」理論，其於小序中云：「萃羞之，字南孺，眼語眉韻，亦自可人。巧舌弱文，足夸吳趨之豔。吾將諸神情之間。」詩云：

> 吳趨何得太多情，媚眼波人百態生。總爲曼聲難自遏，半乘流去半空行。〔註 59〕

將萃羞之的表演特點，以一「神情之間」的脈脈情意傳達給觀眾。這也點出了戲曲表演的核心。另有一首題芫懷之詩序云：

> 芫懷之，字益孺。鍛容多姿，落英偏豔。苟和璧之足珍，何瑕瑜之易掩。吾得之齵齒折腰間矣。〔註 60〕

芫懷之或不是秀麗絕色的演員，但因他擅於在表演上創造意態風流的形象，因此潘氏並不覺其「瑕瑜」。這也是藝人能突破自身缺陷，在演藝上勝人一籌之故。潘之恆之豔曲十三首將各個藝人的形貌意態、表演風格，及各具特色的形象鮮活地傳達予讀者。在題詠伶人詩中毋寧是極具特色。

再如「以曲論伶人」者，關漢卿【南呂一枝花】套「贈朱簾秀」、夏庭芝【水仙子】「贈妝旦色李奴婢」等等，也是詠劇詩中饒富盛名者。關之【南呂一枝花】套將朱簾秀從藝名之雅致、舞態之蹁躚、性情之自潔自愛、品格之高雅、社會交往與生活、姿質之美好、對朱簾秀之期許等，都融會在這套曲

---

〔註 56〕《潘之恆曲話》「商浴之」作「蘭浴之」。〔明〕潘之恆：《潘之恆曲話》（北京：中國戲劇出版社，1988 年），頁 202。

〔註 57〕趙山林：《歷代詠劇詩歌選注》，頁 158。

〔註 58〕同前註，頁 157。

〔註 59〕同前註，頁 159。

〔註 60〕同前註，頁 161。

中。也同時顯示了關漢卿與朱簾秀的交情深厚。趙山林先生評云：「這散曲表面上句句詠物、詠珠簾，實際上句句寫人、寫朱簾秀，表現了關漢卿對朱簾秀崇高的評價、深切的同情、真摯的友誼。」〔註 61〕這正是這類詠劇詩出色的作品，以詠物的手法來詠人。這種寫作方式在《消寒新詠》中更具體落實了。關於這點，將在第二章中討論。

其他如談「戲曲理論」者，有沈璟（1553～1610）【二郎神】套曲，聲明嚴守曲律的主張，其云「名爲樂府，須教合律依腔，寧使時人不鑒賞，無使人撓喉捩嗓」〔註 62〕之句，亦在沈湯之爭中發出重要的聲明。而湯顯祖亦藉由詩作表達對於時人竄改《牡丹亭》的不滿，〔註 63〕並有「傷心拍遍無人會，自掐檀痕教小伶」〔註 64〕之句闡述其於《牡丹亭》的執著與藝術上的堅持。

詠劇詩歌既然自宋代即已發端，可見戲劇發展伊始，文人即藉由其最熟悉的「詩言志」之詩歌一以抒懷，一以議論，對戲曲、伶人投以賞愛、批評、關懷、描述等等。至清代乾隆年間《消寒新詠》之作，即以詠物詩之方式詠劇作、詠伶人、詠表演，並匯集諸多文人作品，合爲一集，正可看出文人之詠劇傳統，並在《消寒新詠》一書發揚。

另外，早於《消寒新詠》之品題筆記類的著作，在各種筆記雜志裏有關於藝人與歌妓（二者往往重疊）或優童的記錄，有時重點不在其演劇事業，於其形貌色相等及相關生平軼事較詳，較有「筆記」的性質。如傳爲唐顏師古著之《南部煙花錄》、唐孫棨《北里志》、明梅鼎祚《青泥蓮花記》、陳泰交（同倩）《優童志》、清余懷《板橋雜記》，及趙執信（秋谷老人）之《海漚小譜》等等，〔註 65〕都是《消寒新詠》這類「品花識豔」筆記的前身。至清中葉這類筆記更是蓬勃發展，尤其安樂山樵吳長元之《燕蘭小譜》以來更如雨

〔註 61〕同前註，頁 19。

〔註 62〕同前註，頁 148。

〔註 63〕湯顯祖〈見改竄《牡丹》詞者失笑〉：「醉漢瓊筵風味殊，通仙鐵笛海雲孤。總饒割就時人景，卻愧王維舊雪圖。」當時改編《牡丹亭》者有呂玉繩、沈璟、臧懋循、馮夢龍等，湯此詩藉王維之冬景圖被割蕉加梅一般，失去原作意趣。同前註，頁 140。

〔註 64〕湯顯祖〈七夕醉答君東〉，同前註，頁 134。

〔註 65〕吳長元：《燕蘭小譜·弁言》：「昔人識豔之書，如《南部煙花錄》、《北里志》、《青泥蓮花記》，《板橋雜記》，及趙秋谷之《海漚小譜》，皆女伎而非男優。即黃雪蓑《青樓集》所載，亦女旦也。惟陳同倩《優童志》見其《齊志齋集》中，惜名不雅馴，爲通人所誚。」收於張次溪：《清代燕都梨園史料》，頁 3。

後春筍般萌生。於民國張次溪編纂《清代燕都梨園史料》中即收集了記錄北京梨園藝人軼事的筆記五十餘部:《日下看花記》、《片羽集》、《聽春新詠》、《鶯花小譜》、《金臺殘淚記》、《燕臺鴻爪集》、《辛壬癸甲錄》、《長安看花記》、《丁年玉筍志》、《夢華瑣簿》、《法嬰秘笈》、《明僮合錄》……等。除乾隆五十年的《燕蘭小譜》、及乾隆五十九年《消寒新詠》的缺本外,多是嘉慶以後的刻本或抄本。或許由於《清代燕都梨園史料》中所收錄之《消寒新詠》只有十八位藝人之姓名與其所擬之花鳥名稱、及其擅演劇目名,其餘內容不知為何均缺漏,因而在戲曲批評的發展史中,《消寒新詠》竟而被其他大量的清代品題藝人的專書所湮沒。筆者認為《消寒新詠》是一部有價值的表演評論專著,較之其餘的「品花識豔」之書,更傾向於深入表演理論的領域,除了作為「文獻」以反映清代的戲曲活動以外,更有助於表演藝術的研究。因此,筆者以此為題,冀能在這部小書中挖掘傳統戲曲表演的審美觀與審美標準。

## 三、《消寒新詠》研究概述與研究方法

研究《消寒新詠》最詳者,無疑是點校該書的學者周育德先生。〔註 66〕其於書後有附錄二篇:〈《消寒新詠》演員劇目一覽表〉、〈《消寒新詠》劇目述略〉,前者將《消寒新詠》中收錄之演員分花雅二部,並依姓名、班部、行當、比喻、擅長劇目羅列成表;後者則考察《消寒新詠》中提及之崑亂劇目,考其來源、述其大意,並稍作劇情解析。書後另附錄研究論文四篇:〈《消寒新詠》札記〉、〈乾隆末年進京的徽班——讀《消寒新詠》所見〉、〈名噪都下的集秀揚部——讀《消寒新詠》所見〉、〈乾隆末年秦腔在北京〉。第一篇將《消寒新詠》的內容與特色作一概略的論述,提出該書的特色有五:一為所論之戲崑亂兼述,二、與同時代梨園雜記不同,品題藝人生旦並重。三、不專捧名角,以技藝為品評標準。四、品評標準有:聲、色、品格、作風。五、具有戲曲表演學的理論價值。並述其表演論之特點有四:一、傳神,二、合度,三、求淡,四、創新。其於〈出版說明〉亦提出《消寒新詠》的幾個重要價值:一、其戲曲文獻價值與理論價值,在《燕蘭小譜》諸書之上。二、在當時,本書可作觀劇指南;在今日,仍可為表演實踐的借鑒。三、對戲曲導表演理論和歷史的研究,更有參考價值。四、為戲曲通史和戲曲班社史研究提

〔註 66〕鐵橋山人等撰,周育德校刊:《消寒新詠》。

供不少材料。可說清晰而扼要地闡述《消寒新詠》之中心價值。爲專篇研究《消寒新詠》之第一人。

後三篇將《消寒新詠》中所記錄的花部諸腔各作一現象性的論述與探討：〈乾隆末年進京的徽班——讀《消寒新詠》所見〉一文，介紹除了戲曲史中樂道的「三慶徽部」進京，打響了徽班名號之外，在《消寒新詠》中更記載三慶徽部之外的「四慶徽部」、「五慶徽部」兩個徽班，這是其他同時期戲曲史料中未曾提及的；而所記載的徽班藝人，除了赫赫有名的高朗亭外，三慶徽部還有陳喜、金雙鳳、沈霞、蘇小三、沈翠林、邱玉，四慶徽部有董如意、童雙喜、曹印、陳桂、彭籛，五慶徽有胡祥齡、潘巧齡、程春齡、薛萬齡等多位藝人，呈現當時在京師徽班是如何繁盛，藝人眾多，且各有面貌，精彩紛呈。周育德先生評述云：

> 乾隆末年，進京演唱的主要徽班有三家……陣容強大，人材濟濟，而「三慶徽部」享「京都第一」之地位。……徽班所唱聲腔極雜，既有二簧、吹腔，也有梆子、京腔，並且還有崑腔。……徽班是一種崑亂雜湊的戲曲團體，所以，徽班之演出，雅俗共賞，擁有比其他班社更爲廣大的觀眾。〔註67〕

說明了徽班當時在京的盛況。

而於周育德先生〈名噪都下的集秀揚部——讀《消寒新詠》所見〉一文中，則談到《消寒新詠》所載的另一個新興團體，崑亂合演的班部——集秀揚部，在京都的名氣並不亞於三慶徽。其云：「集秀揚部就是仿當年集秀班組班之方式，集合揚州崑、亂菁英而成立的花部勁旅。其成立與進京，自是戲曲史上的重要現象。」〔註68〕由於當時崑亂交流之班部，在揚州已形成風氣，跟著三慶徽的腳步而進京的集秀揚部，自也在京大放異彩。揚州地區作爲中國戲曲南北交流的樞紐，而揚州花部班社深入中國各地，給予當地亂彈極大的影響。然而記錄此一班部者僅《消寒新詠》一書。其後未見史料記載。

另一篇〈乾隆末年秦腔在北京〉〔註69〕則談到自魏長生進京以來秦腔在

---

〔註67〕周育德：〈乾隆末年進京的徽班——讀《消寒新詠》所見〉，收於鐵橋山人等撰、周育德校刊：《消寒新詠》，頁155。該文原載於《戲曲藝術》1983年2期。

〔註68〕周育德：〈名噪都下的集秀揚部——讀《消寒新詠》所見〉，同前註，頁158。該文原載於《戲劇學習》1982年4期。

〔註69〕周育德：〈乾隆末年秦腔在北京〉，同前註，頁169～172。該文原載於《陝西戲劇》1981年6期。

京師的發展。雖然《消寒新詠》中僅提及一個秦腔班子「雙和部」，但事實上，其中之三慶徽部、餘慶部、集秀揚部也都演秦腔。而從《消寒新詠》作者的描述，可見其所演劇目也繼承著魏長生的傳統，表演風格也以「粉戲」見長。

周育德先生三篇關於《消寒新詠》所記載的花部諸腔的研究，說明了乾隆末年北京諸腔競秀的局面與具體細節，也發掘《消寒新詠》的史料價值與意義。

其餘的研究，則散見諸戲曲史、戲曲批評史、及表演專題研究中。如葉長海《中國戲劇學史》第十一章〈清中期戲劇學的新成就〉，〔註70〕談到《消寒新詠》對戲曲表演藝術的本質特徵的體認，在於演員和角色之間的眞假關係；並具體說明《消寒新詠》所論及的表演技巧，包括表情動作的呈現、分寸的準確度等等。言簡意賅地對《消寒新詠》的表演評論作了詳細介紹。又如趙山林《中國戲劇學通論》之第五章〈戲劇表演學・表演境界論〉有「《消寒新詠》論『傳神』」一段，討論該書表演理論的宗旨：傳神。〔註71〕而如李惠綿《元明清戲曲搬演論研究——以曲牌體戲曲爲範疇》第一章〈色藝論・聲容與聲色〉與第八章〈形神論・形神的實際批評〉，分別對《消寒新詠》的品題藝人色藝與表演的形神美學二方面進行論述。〔註72〕陳芳《乾隆時期北京劇壇研究》於〈乾隆時期北京之戲曲演員及其表演藝術〉與〈乾隆時期北京之劇評家及其劇學專著〉等章節亦對《消寒新詠》一書加以介紹。〔註73〕其餘的論述，則多散見於戲曲史中清代花雅之爭的部分，《消寒新詠》的成書處於此時期，因此它正是觀察花雅二部演劇實況的材料來源。

雖然《消寒新詠》作爲戲曲史中「花雅之爭」時期的一個重要史料，因而得以在諸多品題筆記之中饒富特色，但事實上還是多屬於戲曲研究論述中的一個部分，未見有以此作爲學術論文專書研究者。即如周育德先生多篇專文研究，卻仍遺憾未有將之融會成書。《消寒新詠》在戲曲研究中之學術價值，亦已不僅是史料價值而已，尤其於表演藝術之探討，更是該書之特出者。

至於談到本論文的研究方法之前，讓我們先深究一個問題：評論表演的書，多半從何處著眼？是先從根本的文本（劇本）著手，討論它的結構方式

〔註70〕葉長海：《中國戲劇學史》（板橋：駱駝出版社，1993年），頁550～555。
〔註71〕趙山林：《中國戲劇學通論》（合肥：安徽教育出版社，1995年），頁639～642。
〔註72〕李惠綿：《元明清戲曲搬演論研究——以曲牌體戲曲爲範疇》（臺北：文史哲出版社，1998年），頁46～51、312～316。
〔註73〕陳芳：《乾隆時期北京劇壇研究》，頁413～414、422～426。

和戲劇語言是否被表達出來？或是談劇中人物的形象、性格和意念的表現？還是從演員的表達手段和表演的節奏入手？或是表情、聲音、肢體語言等細節？演員的個人特質？或是整體呈現的情境或態度？還是觀眾與劇場對表演的交流和影響？數不清的切入點都是一門學問，更遑論現代的劇場受西方戲劇思維影響與交流後，導演、舞臺、布景、燈光等其他因素使得表演呈現更多重的變化。可知，足以影響一場表演的因素何其複雜，而無疑地採取多角度、全方位的觀照，是最能夠完整地解讀、構築出一個表演的內涵。然而客觀的評論是一位批評者亟需時時提醒自己的態度，雖然，一旦「人」的因素介入，評論者往往不可能全面地客觀。因此可以顯見的，評論的著眼點與批評者的視角有極大的關聯。評者的身份、生活習慣與思維方式影響他採取觀察的視角，即使是同樣的論題，不同的評論者著重點也必定不同，得出的結論也就相異。

因此，在《消寒新詠》這部品題藝人的「觀劇心得」的書中，特殊的寫作方式，不僅時時可見「作者」的身影，也因而鮮明地標示了作者的身份和角色。透過評論文字，呈現的「劇壇眾生相」不僅可爬梳出「客觀」的各色戲曲現象，同時更能藉由作者「主觀」的觀賞角度呈現出更眞實的劇場文化。作者的「介入」愈明顯，劇場的一隅也就愈清晰——而且，《消寒新詠》所揭示的，是即將銷聲滅色的那一隅。

本文所欲採取的研究方向，便是立足於作者的視角來觀照清乾隆時期的劇壇及表演文化。作者不止一人，又都是文人階層，很能代表當時文人文化階層的審美喜好，也同時映照出其他階層不同的審美態度。〔註 74〕就現在的眼光看來，《消寒新詠》所記載的正是當時的流行文化。如同今日的歌星、影星一般，作者其實也是個「追星族」，酷嗜崑曲，雅愛觀戲。不同的時代、社會背景，追求流行文化的心情卻是一樣的。只是彼時的「明星」因身份地位

〔註 74〕關於「文人階層」，龔鵬程：《中國文人階層史論》之〈導論：中國傳統社會中的文人階層〉將文人階層的成型與發展作一番論述。其云：「在王充之後，劉劭《人物志》已將文章家列爲『人流十二業』之一；漢魏之際，『文人無行』、『文人相輕』等語亦已流行。《後漢書》更與《史記》、《漢書》不同，在《儒林傳》之外，別立《文苑傳》。可見文人在這時候已被看成是一群有共同特質、共同行事風格、共同心理狀態的人。」（蘭州：蘭州大學出版社，2004 年），頁 12。而至唐代以後，「科舉論才，本爲甄拔技術官僚而設，乃竟演變成爲文學上的競技，顯示文學的價值已成了社會主要的追求，才是文人階層擴大、鞏固、且彌漫遍及整個社會的主要原因。」頁 17。

和今日大不相同，觀眾的態度也就兩樣。同時因觀眾的不同，對待戲曲藝人的態度也是兩樣。這也將是後文即將探討的課題之一。

同時尚須釐清的是，《消寒新詠》之成書，並非戲曲批評史中諸多「曲論」式的、「有意識」、「有系統」地針對「曲」作爲一門課題來看待。雖然在戲曲批評史中，多有這類雜記等零星片語的感想，但《消寒新詠》更趨向於一種「觀後心得」式的觀劇筆記，因此在寫作型態上，大不同於「曲論」。同時，在後文將會談到，由於今日眼中看來特殊的「童伶文化」現象，也使得該書的性質定位在「品花」、「題贈」等古代優伶文化傳統，這也和許多文人士夫純粹地對「曲」的「文本和作者」的研究大不相同，而是屬於「演藝」的方向。雖然如此，並無損於它的價值，因爲《消寒新詠》的寫作並不自限於「品花與題贈」，其於「觀劇心得」中蘊含大量的劇評與表演分析，是這本「不止於品題」的品題專著的勝出。

正由於《消寒新詠》一書偏向觀劇筆記式的零星散論，較無脈絡清晰論理完整的理論論述，因此，本論文對《消寒新詠》的研究，便必須由多角度方向切入：一是觀照該書的著作形成因素，在清代戲曲活動中的社會背景、歷史源流，來探討由《消寒新詠》所映照出的清代戲曲中的這種特殊「品伶」活動。二、由《消寒新詠》於目前可見的同類品題著作中，首先開拓將詩歌品評的形式「有系統」地運用於戲曲藝人的品題的方式，來探討當時文人觀眾對戲曲及戲曲藝人的審美角度與審美情趣；同時觀察因文人審美角度（出發點）的不同而與其他階層觀眾有所區別的現象。三、從《消寒新詠》卷三對劇目與表演的評析，來發掘當時文人觀眾對於「戲」的審美認識。四、以《消寒新詠》中零星散見的藝人、戲班軼事，爬梳當時從「文人觀點」呈現的一切劇場現象：包括文人與藝人之間的交往情事（同時反映其他階層觀眾與藝人的交往）、文人眼中對「花部」與「雅部」的審美差異、戲班與藝人的生態等等——從這些來觀察乾隆時期的戲曲欣賞喜好的一隅（同時牽涉到花雅消長的問題）、當時的演劇情況與北京戲曲聲腔的流行趨勢（不僅止於花雅二分）、及探討《消寒新詠》所提及的藝人擅演劇目所呈現的意義等。

以上四點，正分述爲四章；而這四章中，第二、三章可呈現《消寒新詠》一書主要對於表演藝術的「審美觀點」，包括品賞藝人、及對表演藝術的理念；簡言之即「色」與「藝」二部分，但本論文不以「色」、「藝」來分別稱呼此二章，因爲其中論述的概念，無法以「色」、「藝」二字完全涵括。

同時，無論是對藝人的品賞、還是對表演藝術的認識與概念，甚至是品題的形式，作者均從「形神論」概念出發。可以說，「形神論」貫串了整部《消寒新詠》，成為作者評介藝人與表演的中心思想。「色」與「藝」二者的品賞，均統合在「形神論」標準之中。

《消寒新詠》內所提及的戲曲表演者，文中泛稱為「藝人」，蓋今演員之意，昔時名之優伶、伶人。本論文主要採取「藝人」之名稱，以有別於含概貶意之「優伶」名稱，及今日專司演劇之「演員」名稱。乾隆時期的藝人，有時不止純粹獻藝，亦有獻唱、侑酒等其他工作。同時，在演劇這部分上，也往往需兼任編劇、導演等職司。〔註 75〕因此以「藝人」稱之，以示其在劇壇上的多重角色。

〔註 75〕關於乾隆時期的崑班藝人需兼備導演編劇等多重身份，可參考汪詩珮：《乾嘉時期崑劇藝人在表演藝術上因應之探討》（臺北：學海出版社，2000 年）。

# 第一章　《消寒新詠》與品題文化之關係

本章擬先探討品題文化發展的時代、社會等背景因素。《消寒新詠》以其特殊的品題方式來品評藝人，雖然，在清代這樣的品題書寫一點也不特殊，這在清代，已成一種風氣。由於劇壇空前興盛的緣故，文人發展出這一種對藝人歌詠題贈、寫寫小傳、兼以論說軼事掌故的筆記。《北京梨園掌故長編》云：「風流好事者撰《日下名花冊》，詳其里居、姓字，品其色藝、性情，各繫以詩詞，如史體之傳贊，尋香問玉者，一覽已得之矣。」〔註1〕很顯然地，這是文人以他們習以為常的寫作方式發展出來的一套東西，而這樣的風氣既有其來源與歷史背景。本章擬從兩個角度溯源清代的品題風氣：一是花榜歷史，二是童伶文化。並概述清代的品題著作。

## 第一節　花榜歷史

對人物的品題，最早溯自東漢以來的人物品鑒；而對藝人的品題，則與文人與歌妓間的情事有關。在文化發展的長河中，文人與藝人歌妓之間的交往本就密切。文人名士與歌妓或優伶之間除了徵歌冶遊、偎紅倚翠之外，彼此自憐身世、寄託不遇、互贈題詩、相知相惜等等，其間微妙的關係在《全唐詩》及唐代傳奇小說的記錄中可略見端倪，青樓文學往往佔領中國文學史的一席之地。

而文士題詠，泰半以妓女為主，在宋代已有「選花榜」之事。宋代《醉翁談錄》戊集載：「丘郎中守建安日，招置翁元廣於門館，凡有宴會，翁必預

〔註1〕張次溪輯：《北京梨園掌故長編》「京師優童（《燕京雜記》）」條，《清代燕都梨園史料》下，頁898。

焉；其諸妓佐樽，翁得熟諳其姿貌妍醜，技藝高下，因各指一花以寓品藻之意，其詞輕重，各當其實，人競傳之。」明馮夢龍《賣油郎獨占花魁》中也描寫了南宋杭州名妓莘瑤琴被評爲花魁娘子，後李玉的《占花魁》即據此作之。明代初年由於太祖禁官吏宿娼，因之官妓稍稍沈寂。明代中葉以後，花榜又盛行起來。

> 嘉靖間，海宇清謐，金陵最稱富饒，而平康亦極盛。諸姬著名者，前則劉、董、羅、葛、段、趙，後則何、蔣、王、楊、馬、褚，青樓所稱十二釵也。〔註2〕

嘉靖進士曹大章（含齋）於隆慶年間在秦淮河畔舉行「蓮臺仙會」，與吳伯高、梁伯龍等品評名妓，《蓮臺仙會敘》云：

> 金壇曹公家居多逸豫，恣情美豔。隆慶庚午（四年 1570），結客秦淮，有蓮臺之會，同遊者毗陵吳伯高（嶔）、玉峰梁伯龍（辰魚）輩，俱擅才調。品藻諸姬，一時之盛，嗣後絕響。〔註3〕

當時的歌妓便以競唱崑曲爲時尚，曹含齋、梁伯龍等正是魏良輔崑山腔的傳播者，此次評選妓女十三人，號「女學士」、「女太史」、「女狀元」、「女榜眼」……等名次，並列花名如紫薇、蓮花、杏花等。此後，於萬曆二十五年冰華梅史又有《燕都妓品》；明天啓元年，潘之恆《金陵妓品》，將三十二名妓女分爲四類品評：一曰品，典型勝；二曰韻，豐儀勝；三曰才，調度勝；四曰色，穎秀勝。〔註4〕分類品評、比並名花，題詞頌贊，並著於文章，留諸青史，是當時品妓的盛事。

清初順康二朝，尚沿明制設「教坊司」，〔註5〕至雍正年間方廢除官妓。妓

---

〔註2〕馮夢龍：《情史》，《馮夢龍全集》（上海：上海古籍出版社，1993年）。

〔註3〕潘之恆《亙史》外紀卷之十七，收於汪效倚輯注：《潘之恆曲話》（北京：中國戲劇出版社，1988年）。

〔註4〕上列關於花榜轉引自劉達臨：《中國古代性文化》（銀川：寧夏人民出版社，1993年），頁622、774；及滕新才：〈明朝中後期狎妓之風與文學創作〉，《西南師範大學學報（人文社會科學版）》第29卷第5期（2003年9月），頁162。

〔註5〕陶慕寧：《青樓文學與中國文化》於〈順治迄道光間的青樓文學〉一章中引道：「雍正欽定《八旗通志・職官》載：『順治元年，沿明制設教坊司，以掌宮懸大樂。』乾隆欽定《日下舊聞考・內城・東城・一》引《析津日記》云：『京師皇華坊，有東院，有本司胡同。本司者，教坊司也。………』又《康熙會典》：『教坊司，順治初，凡東朝行禮筵宴，用領樂官妻四名，領女樂二十四名，隨鐘鼓司引進，在宮內排列作樂。』此皆清初有官妓之證。」（北京：東方出版社，1995年），頁197。

業受到一些打擊，官宦文士也就轉而迷戀伶人。《清代燕都梨園史料》鄭振鐸序云：「清禁官吏挾妓，彼輩乃轉其柔情，以向於伶人。」〔註6〕但同時市妓仍在都市蓬勃發展，如順治丙申（十三年，1656），有「松江沈某」招「蘇松名姝」五十餘人，在蘇州虎丘梅花樓選花榜，有狀元、榜眼、探花，並有妓分得「二十八宿」之號，熱鬧非凡。〔註7〕此即陸文衡《嗇庵隨筆》卷五所記：

雲間沈其江倡品花盛會，大集於金又文宅。又文出女優以佐綺筵，歡宴達旦，觀者如睹，一時傳爲豪舉。

順治末年，又有「蘇州金某」召集全吳名妓，開設花榜，自一甲至三甲，諸妓次第受賞，「傾城聚觀」。〔註8〕後雍正雖廢官妓，但選花榜之事仍時有所聞。乾嘉時期揚州亦尚有選花榜之事：

乾、嘉時，顧姬霞娛工曲能詩，居揚州姜家墩。錢湘舲遊邗上，於謝未堂司寇筵次品題諸妓，以揚小寶爲狀元，霞娛爲榜眼，楊高三爲探花。〔註9〕

顯然妓業並未蕭條，尤以江南一帶爲盛。而選花榜之舉，以權貴爲主，亦多文人唱和品題。畢竟選花榜亦需相當財力才行。

事實上自乾隆以來，公私妓便漸復出爲業。據陶慕寧先生的研究云：「與此同時，記述各地煙花掌故，評騭妓女優劣妍媸的文人筆記也紛紛出籠，據筆者所見聞，僅乾隆末迄道光中五十年間問世的這類作品即有：珠泉居士《續板橋雜記》、《雪鴻小記》、李斗《揚州畫舫錄》，西溪山人《吳門畫舫錄》，箇中生《吳門畫舫續錄》，俞蛟《夢厂雜著》卷十〈潮嘉風月〉，捧花生《秦淮畫舫錄》、《畫舫餘譚》，雪樵居士《青溪風雨錄》、《秦淮見聞錄》，張際亮《南

〔註6〕張次溪：《清代燕都梨園史料》，頁7。

〔註7〕《清稗類鈔・娼妓類・妓有花榜》：「順治丙申秋，松江沈某至蘇，欲定花榜，與下堡金又文招致蘇松名姝五十餘人，選虎丘梅花樓爲花場，品定高下，以朱雲爲狀元，錢端爲榜眼，余華爲探花，某某等爲二十八宿，綵旗錦幰，自胥門迎至虎丘，畫舫蘭橈，傾城遊宴。」〔清〕徐珂（1869～1929）編撰：《清稗類鈔》（北京：中華書局，1986年7月）第十一冊，頁5149。

〔註8〕《清稗類鈔・娼妓類・妓有花榜》：「順治末，蘇州有金某者，爲相國之俊之宗人，恃勢橫甚，而家亦豪富，爲暴甚多，前有殺人事，未白，復集全吳名妓，品定上下，爲臚傳體，即花榜也。約於某日，親賜出身，自一甲至三甲，諸名妓將次第受賞。虎阜，其唱名處也，傾城聚觀。時李森先奉旨巡按至吳，廉得之，急收捕，並訊殺人事，杖數十，不即死，再鞫，斃之。」見〔清〕徐珂編撰：《清稗類鈔》，頁5150。

〔註9〕同前註。

浦秋波錄》，姚燮《十洲春語》，及佚名之《水天餘話》、《石城詠花錄》、《秦淮花略》、《青溪笑》、《青溪贅筆》，至於零篇小傳如劉瀛《珠江奇遇記》，吳蘭修《黃竹子傳》等，更俯拾皆是。」〔註10〕會有這類記載妓事之文人筆記，也說明乾隆後妓業興盛的情況，且「清代娼妓自乾隆時復蘇，愈演愈烈，而南盛於北，東勝於西。」〔註11〕與品伶筆記同出一轍的品妓之書，正顯示了南北風氣之別。

因彼時於京師顯然更流行優伶而非妓。妓之花榜流行於江南，京師則以選伶之花榜為盛。徐珂（1869～1929）《清稗類鈔》說明云：

> 伶之花榜行於京師，而妓之花榜則屢見不一見，亦以狀元、榜眼、探花甲乙之。一經品題，聲價十倍，其不得列於榜者，輒引以為憾。然其間之黜陟，亦係乎個人之愛憎，且亦有行賄而得者，其不足徵信，亦與伶之花榜無以異也。〔註12〕

足見伶與妓乃系出同門，而花榜之風對於娼優業的「廣告」作用實非同凡響。在戲曲發展的歷史中，伶人與妓時常混為一談，雖然優伶自先秦以來即是一種專職，〔註13〕然而在發展過程中，「優伶」之名迭有更變，因而在名稱上與伎（或妓）亦似乎有相通之處。〔註14〕其實這與優伶的發展歷史、身份地位及所司職務有關。伶人的身份地位在中國社會上本就卑賤低下，不論是宮廷戲班、職業戲班或是家樂，都有很大一部分可以金錢購買，與妓、奴地位相同。而不論為男為女，伶人總有被蓄為奴或者狎褻的可能性。〔註15〕娼、優實同屬賤民等級，且於職業上亦多有互通之處，以至娼優不分。宋代以來，臻明代極盛、延燒至清代的花榜品妓風氣，顯然便是《消寒新詠》品題伶人

---

〔註10〕陶慕寧：《青樓文學與中國文化》，頁207。

〔註11〕同前註。

〔註12〕〔清〕徐珂編撰：《清稗類鈔》，頁5149。

〔註13〕「俳優」、「倡優」、「伶」本來專擅領域略有不同：「俳優」主要指詼諧嘲弄逗樂之人，「倡優」則多指歌舞、奏樂之藝人，「伶」則專指奏樂的藝人，包括兼掌音樂事務的「樂官」。後來無論是從事戲曲、音樂或者歌舞、說唱等等，都泛稱為優伶。見孫崇濤、徐宏圖：《中國優伶史》（北京：文化藝術出版社，1995年），頁20。

〔註14〕「優伶」之名稱亦有伶人、伶官、俳官、倡家、優倡、伎人、人、歌伎、舞倡、樂户、樂人、散樂、行院、路歧、子弟、戲子、梨園子弟、菊部群英等等。同前註，頁1、38。

〔註15〕參譚帆：《優伶史・優伶的來源、血緣與分布》（上海：上海文藝出版社，1995年）。

的原型。可見，清代自乾嘉以來盛行的這類品花書寫的興起，原是將戲曲藝人視爲「妓」的心態來進行的。

如此興盛的風氣，再加上京師以伶代妓的風潮，則文人品伶題花之盛，自以京師爲第一。《清稗類鈔・優伶類・伶有花榜》說明了清代伶人的花榜風氣：

> 官署文告之揭示，俾眾周知者，曰榜。若文武考試之中式者，甚姓名亦次第列之，亦曰榜。就會試而言，則有狀元、榜眼、探花諸名目。而京朝士大夫既醉心於科舉，隨時隨地，悉有此念，流露於不自覺。於是評騭花事，亦以狀元、榜眼、探花等名詞甲乙之，謂之花榜。〔註16〕

而之所以京師伶盛於妓，恐亦有其原因。道光間小說陳森（1805？～1870？）《品花寶鑑》曾描寫風流公子田春航自江南揚州一路北上欲遊學京師，在杭州、蘇州勾留一番，「題花載酒、訪翠眠香」，動身時甚至「妓女餞行，狎客阻道」，可見其放蕩不羈。然而當田春航到了京師：

> 日日在酒樓戲館，作樂陶情。幸虧此地的妓女生得不好，紮著兩條褲腿，插著滿頭紙花，挺著胸脯，腸肥腦滿，粉面油頭，吃葱蒜，喝燒刀，熱炕暖似陽臺，祕戲勞於校獵，把春航女色之心，收拾得乾乾淨淨。見唱戲的相公，卻好似南邊，便專心致力的聽戲。〔註17〕

雖是小說，但恐怕也有相當的眞實。京師的妓女不如江南妓女，在《清稗類鈔》中亦有說明云：

> 妓寮向分南北幫，界限頗嚴，南不侵北，北不擾南。大抵南幫活潑，而不免浮滑，北幫誠實，而不免固執。南幫儀態萬方，酬應周至，若北幫則床第外無技能，偎抱外無酬酢。〔註18〕

雖則這可能是晚清時期的現象，但京師之妓不如伶之風行，除了禁妓的原由外，恐也是因爲北方之妓不如南方遠甚。同書中並曾提及道光以前之風氣：

> 道光以前，京師最重像姑，絕少妓寮，金魚池等處，特輿溷集之地耳。咸豐時，妓風大熾。〔註19〕

可見得在京師的娛樂事業，至少在乾隆時期，優伶是更盛於娼妓的。《燕京雜

〔註16〕〔清〕徐珂編撰：《清稗類鈔》，頁5096。

〔註17〕〔清〕陳森：《品花寶鑑》（臺北：廣雅出版有限公司，1984年）第十二回，頁140。

〔註18〕〔清〕徐珂編撰：《清稗類鈔》，頁5153。

〔註19〕同前註，頁5155。

記》甚云：「京師娼妓雖多，較之吳門白下，邈然莫逮。豪商富官，多蠱惑於優童，鮮有暇及者。至金魚池、青草厂等處，連居比屋，當戶倚門，過而狎者，尤爲下流無恥。」足見妓業在京之沒落，與優伶不能相比，狎妓已變成一種低俗的娛樂了，狎優才是高級的娛樂文化。

這類花榜風習，一直延續至民國年間，尚有這股風潮。《清代燕都梨園史料·倫明詩序》云：「每逢大比之歲，例開菊榜。猶記最後一榜：王惠芳狀元，朱幼芬榜眼，梅蘭芳名列第七。幼芬之榜眼與前科王琴儂之狀元，皆以門第得上選。」〔註 20〕清末民初的名士姚華（1876～1930）在譚獻（糜月樓主）之《增補菊部群英·跋》裏，對有清一代優伶於北京的流行盛衰作了一番總結：

> 又清法，職官狎娼律最嚴。杯酒之場，尤不無狎客。宅第相連，聲伎相聞，烏衣子弟時弄粉墨，每每以優爲師。土風豪習，兼濡並染，既無寒瘦可憐之風，亦少金銀市儈之氣。師傳弟受，世世相承，常以不勞而致豐澤。故習其業者日眾。國家無事，上下朝野相率以聲色爲歡。殊方遐土，能自致一第至京師者，莫不投縞素、豁耳目焉。快於一時之遇，輒不自已而吟詠之。或最錄且被之篇章，以誇其秀。每春官貢士，則菊部一榜，殆若成例。然其文或傳或不傳。余不及見其盛也。自戊戌（1898）入都，聞榜孟小如以下十人。癸卯（1903）再來，又見榜王琴儂以下十人。迄於甲辰（1904）貢舉悉罷，菊榜亦絕。不及十年而國變矣。建國元年（1912），橫被厲禁，而優人與士夫始絕。〔註 21〕

有清一代之伶風熾盛，而因花榜之習，文人品題遂成風氣。對於這種「文人化」的花榜習俗，龔鵬程先生曾爲文闡釋：

> 在商品化社會中，商人階層勢力龐大，其他階層便越來越會要拉攏、討好這個階層，也越來越會仿效這個階層。商人的行爲模式、語言、生活形態更是日漸導引著社會其他階層。文人階層在宋元明清時期，亦是如此。階層與階層之間，不僅存在著競爭關係，也有類化的關係。〔註 22〕

並說明自唐代以來，娼家子弟所屬的「賤民」階級仍有其內在的分層，而其

〔註 20〕張次溪：《清代燕都梨園史料》，頁 1。
〔註 21〕張次溪：《清代燕都梨園史料》，頁 449。
〔註 22〕龔鵬程：《中國文人階層史論·導論》，頁 20。

分層的基準，則在「文學」。妓女以文學作爲自己增價的手段，能詩善畫、與文士交往者，則名高價增，稱爲才女才妓。〔註 23〕這些都是其他階層向文人階層類化的現象。同樣的，賤民中的優伶階層也是如此。因此，娼優同開「花榜」、與文人雅士交往以抬身價、習詩書繪畫等，都是如此。

## 第二節　童伶文化

由於清初中央禁令設下，嚴格禁止滿州官員學漢人「親自唱戲」、「攢出銀錢約會」也就是串戲、開堂會，這也顯然當時滿人已效漢人縉紳的作風，且迷戀戲女以至「罄其產業」：

> 見滿洲演戲，自唱彈琵琶弦子，常效漢人約會，攢出銀錢戲耍，今應將此嚴禁；如不遵禁，仍親自唱戲，攢出銀錢約會，彈琵琶弦子者，係官革職，平人鞭一百。（清孫丹書《定例成案合鈔》卷二十六「雜犯」）

> 雖禁止女戲，今戲女有坐車進城遊唱者，名雖戲女，乃於妓女相同，不肖官員人等迷戀，以致罄其產業，亦未可定，應禁止進城；如違進城被獲者，照妓女進城例處分。（清孫丹書《定例成案合鈔》卷二十五「犯姦」）〔註 24〕

因此規定京師不准讓女戲留住。康熙十年、四十五年二次又有條例言凡唱秧歌婦女及惰民婆，要「盡行驅逐回籍，毋令潛住京城」。〔註 25〕康熙十年又禁內城開設戲館。〔註 26〕這是爲了肅清京師保障京城的安寧，而同樣內容的條文在十年頒行一次，又在四十五年頒行一次。然京師本爲繁華娛樂聚集之地，終難以遏止各式人等來往。明末清初顧炎武《日知錄》即已發出呼籲：

> 今日士大夫才任一官，即以教戲唱曲爲事，官方民隱，置之不講，國安得不亡，身安得不敗！

---

〔註 23〕同前註。

〔註 24〕二條例俱見王曉傳輯錄：《元明清三代禁毀小說戲曲史料》（北京：作家出版社，1958 年），頁 25～26。

〔註 25〕同前註，頁 20。

〔註 26〕〔清〕光緒延煦等編《臺規》卷二十五：「康熙十年又議准，京師內城，不許開設戲館，永行禁止。城外戲館，如有惡棍借端生事，該司坊官查拏。」同前註，頁 21。

任官以後，便開始置家班，顯然是明代的作風。卒於康熙末年的李光地在《榕村語錄》中亦言：「各省大吏多以優伶爲性命，無怪其然；即吾輩之幾本書也。不爾，政事之暇，如何度日！」會以優伶爲性命，無怪會「罄其產業」。張宸《平圃雜記》：

> 近世士大夫日益貧，而費用日益侈。世祖皇帝時禁筵宴饋送，當時以爲非所急；及禁弛，而追嘆爲不可少也。壬寅（康熙元年）冬，余奉使出都，相知聚會，止清席用單柬。及癸卯（康熙二年）冬還朝，則無席不梨園鼓吹，無招不全柬矣。梨園封賞，初止青蚨一二百，今則千文以爲常矣。

這段資料還記載了當時梨園封賞的習慣價碼。而且在短短的一年間，由席間不演戲（清席）到不演戲不可。在政治環境漸漸穩定之後，流行娛樂的需要是很迫切的。孔尚任《桃花扇本末》記：「長安之演《桃花扇》者，歲無虛日。獨寄園一席，最爲繁盛。」如其言「寄園一席」的這種非家班的堂會式聚會演出，是康熙及其後在上層階級中最爲流行的一種演出方式。

《清代燕都梨園史料・倫明詩序》云：

> 歌僮侑觴，名爲小唱，起於明萬歷間，朝士多與狎習，因而記之。是編所輯，皆此類也。然舊都名伶，多出其中。宣統間奉令禁止，惟餘風至今未絕。〔註27〕

狎伶之風從明至清末民初，恐怕也有近三百年。當然有史以來，性好龍陽之事本時有所見，但以「男童伶」爲對象的大規模流行風潮，大約至清代臻於極盛。從前述《清代燕都梨園史料》鄭振鐸之序可見，在清代因禁伎的關係，士人乃將目標轉向伶人。然而，事實上士大夫狎童伶，自明代已開始，明末清初已成風氣。如張岱、祁彪佳等都是有名的愛孌童的文人。張岱（1597～1679）《陶庵夢憶・祁止祥癖》曾記載祁彪佳（1602～1645）的一段軼事：

> 人無癖不可與交，以其無深情也；人無疵不可與交，以其無眞氣也。余友祁止祥有書畫癖，有蹴鞠癖，有鼓鈸癖，有鬼戲癖，有梨園癖。千午（明崇禎十五年，1642），至南都，止祥出阿寶示余。余謂：「此西方迦陵鳥，何處得來？」阿寶妖如蕊女，而嬌癡無賴，故作澀勒，不肯著人。如食橄欖，咽澀無畏，而韻在回甘。如吃煙酒，鯁饐無奈，而軟同沾醉，初如可厭而過即思之。止祥精音律，咬釘嚼鐵，

〔註27〕倫明序於甲戌年（民國二十三年，1934）。張次溪：《清代燕都梨園史料》，頁1。

一字百磨，口口親授，阿寶輩皆能曲通主意。乙酉（清順治二年，1645）南都失守，止祥奔歸。遇土賊，刀劍加頸，性命可傾，阿寶是寶。丙戌（1646）從監軍駐臺州。亂民擄掠，止祥囊篋都盡。阿寶沿途唱曲以膳主人。及歸半月，又挾之遠去。止祥去妻子如脫屣耳，獨以孌童崽子爲性命，其癖如此。

這段軼事的記載雖非知是否爲實，畢竟祁彪佳於乙酉年（1645）閏六月初六晨，自沈於寓山花園池中殉國，與張岱所云不甚相合。然而祁彪佳之孌童癖，恐怕眞實度甚高，敘述此事的張岱固亦是此中同好。吳存存對明清時期的「同性戀」的研究中提到：

眞正使男性同性戀風氣在晚明形成爲一種社會風氣的，應該說還是取決於整個社會的性觀念和性取向的改變，尤其是廣大士人和官員的積極參與。在中國古代，士人是社會潮流的領導者，他們的趣味和傾向有時往往會比朝廷的詔令更具號召力。〔註 28〕

這也是前述龔鵬程先生所謂文人階層的影響力。而士人好尚南風，則多投射於男伶身上。畢竟非每個文人都有能力養一二孌童，但卻都可以至戲園看戲、或召相公入席。清初最有名氣的伶人王紫稼，文人名士與之相狎，卻不止於愛其色，而是待之如紅粉知己之屬。《清稗類鈔・優伶類・像姑》記載：

朝士之雅重像姑者，殆以涉跡花叢，大干例禁，無可遣興，乃召像姑入席，爲文酒之歡，然亦未必眞個銷魂，不食馬肝，即爲不知味。如王文簡公、錢牧齋、龔芝麓、吳梅村輩，詩酒流連，皆眷王紫稼，畢秋帆且持狀元夫人以去，動於情感，亦尚無傷大雅，固未可與斷袖傖奴同日而語也。〔註 29〕

其中談到的「狀元夫人」，乃乾隆十五年左右的童伶方俊官、李桂官，皆因所事之人（莊本醇、畢秋帆）在未第困窘時不離不棄，莊、畢得中狀元後，二伶也名震縉紳間。伶人與文人之間那種深情重義，更是文人口耳相傳的風流韻蹟、令人稱羨的美事。

如這類記載，清代筆記中層出不窮，亦可見在京師士夫間狎伶的風氣是如何地普遍了。前提及《清稗類鈔》記載：「道光以前，京師最重像姑。」〔註 30〕

〔註 28〕吳存存：《明清社會性愛風氣》（北京：人民文學出版社，2000 年），頁 121。
〔註 29〕〔清〕徐珂編撰：《清稗類鈔》，頁 5094。
〔註 30〕〔清〕徐珂編撰：《清稗類鈔》，頁 5155。

「像姑」即所謂「相公」，也就是爲人所狎的男童伶。娼妓的沒落，雖與中央禁伶有關，但卻不是絕對的。明代以來漸次形成的狎伶風，取代了原先狎妓習慣，恐怕才是主要的原因。這也才能解釋何以當時諸多「識豔」之書，雖然所品對象明明是男兒身，卻往往將他們作女兒觀的品花習性。《燕京雜記》亦載：「京師優童，甲於天下，一部中多者近百，少者亦數十。其色藝甚絕者名噪一時，歲入十萬，王公大人至有御李之喜。優童大半是蘇揚小民，從糧艘至天津，老優買之，教歌舞以媚人者也。妖態豔妝，逾於秦樓楚館。」上節曾提及清代京師妓業已遠不如伶業發達，恐怕自乾隆時代已如此。品妓以江南爲盛，但京師流行的是江南蘇揚一帶來京的相公。

但並非所有的「相公」都是如王紫稼、狀元夫人們一般幸運，屬於文士階層的「紅粉知己」。「相公」既已成爲流行風尚，則社會各階層、各角落都需要這樣的娛樂。除了戲曲材料外，有兩部小說適足以呈現清中葉前後的優伶文化。一爲清代河南作家李綠園（1707～1790）作於乾隆年間的小說《歧路燈》，〔註 31〕二即前述道光後期陳森（1805？～1870？）之《品花寶鑑》。〔註 32〕兩部小說一寫伶人普遍因地位卑賤而勢利或屈辱，一寫伶人中之有情義者。雖是小說，頗反映了昔日伶人社會的面向。《歧路燈》敘述書香世第譚紹聞因結交伶人而弄得身敗名裂、家破人散之事。該書雖寫的是明代之事，卻相當程度地反應其寫作時期（乾隆間）的演劇情況，亦可見證與《消

〔註 31〕清代長篇白話小說《歧路燈》，共一百零八回，作者爲李海觀，字孔堂，號綠園，河南汝州寶豐縣人。生於清康熙四十六年，卒於乾隆五十五年（1707～1790）。而《歧路燈》之作，約當李綠園四十二歲（乾隆十四年 1749）時開始，後因其「舟車海內」而一度停頓，至七十一歲時（乾隆四十三年 1778）始脫稿於新安。這其間撰作三十年，然完稿後並未付梓，而以抄本形式流傳於河南地區，至晚清流行兩河，但甚少傳至省外。直至民國時代 1927 年，馮友蘭馮沅君兄妹於家鄉所得抄本與 1924 年曾於洛陽出現的石印本（清義堂本）校勘，但僅印行一冊（至二十六回）即止。後蔣瑞藻《小說考證》、孫楷第《中國通俗小說書目》與孔另境《中國小說史料》予以著錄，《歧路燈》始廣爲人知。《歧路燈》之作早於《紅樓夢》，但二者著作時代約略同時。它詳實記錄了當時河南祥符（今開封）的社會景象，同時「描寫人情，千態畢露」。《歧路燈》版本多數殘缺，歧異甚多，欒星先生校注本共參酌十一部不同版本，其中多數爲清代抄本。參〈校本序〉，頁 6～12。〔清〕李綠園著，欒星校注：《歧路燈》（鄭州：中州古籍出版社，1998 年 1 月）。

〔註 32〕《品花寶鑑》大約著於道光二十九年（1849），爲陳森（1805？～1870？）所著，爲描寫清代中葉名士文人與男伶間的交往生活。英國博物院所藏之道光己酉本應是最早的版本。

寒新詠》約略同時的戲園觀劇風氣。公子王孫遊戲於戲園堂子、及伶人作爲相公孌童與各色人等周旋均有精彩的實況記錄。戲班中的掌班、戲主等恩怨糾葛，及與士紳文人的互相來往，及戲曲伶人在中下階層不幸的生活境況與卑劣扭曲的性情品格。可以說，《歧路燈》寫盡了戲曲藝人負面的形象。

然若論及文人與優伶的交往、及描述優伶生活更爲詳盡的，還是《品花寶鑑》。雖該書作於道光後期，但初盛於乾隆的戲園相公文化，歷乾嘉道三朝可謂極其精彩，《品花寶鑑》的敘述描寫頗可填補《消寒新詠》未曾提及的實體背景。在第二回中，南來的魏聘才與梅子玉談論京師旦色的風尚云：

> 京裏的戲是甲於天下的。我聽得說那些小旦稱呼相公，好不揚氣。就是王公大人，也與他們並起並坐。至於那中等官宦，倒還有些去巴結他的，像要借他的聲氣，在些闊老面前吹噓吹噓。叫他陪一天酒要給他幾十兩銀了，那小旦謝也不謝一聲。〔註33〕

當時的「相公」有許多是只陪酒不上臺的。如《風月寶鑒》第八回「偷復偷戲園失銀兩／樂中樂酒館鬧皮杯」，寫寄居於主角梅子玉家中的魏聘才、李元茂二人至戲園看戲，坐下未久，便有一位相公二喜過來陪坐聊天，未幾保珠亦來陪坐。「兩個黑相公，夾著個怯老斗，〔註34〕把個李元茂左顧右盼，應接不暇。保珠二喜搶裝煙，搶倒茶，一個挨緊了膀子，一個擠緊了腿。」做的是陪客的服務。戲未完，二位黑相公便問上館子喝酒伺候，席間吃酒點菜，豁拳出令，罰酒便是唱小曲、說說黃色笑話，甚至「敬皮杯」。所謂敬皮杯，便是相公含了酒口對口敬客人。席將散，甚至二喜對元茂道：「你到我家裏去，我伺候你。」〔註35〕彼時相公做的便是這類侑酒陪夜的色情服務。即有上臺者，也時常一上臺即與平素相好之「老斗」以眼色相勾，一完戲便與老斗喝

〔註33〕〔清〕陳森：《品花寶鑑》，頁16。

〔註34〕所謂「黑相公」者，即落拓無名的相公。華胥大夫《金臺殘淚記》：「京師梨園旦色曰『相公』，不知何時始，意亦子弟之義邪？群趨其豔者，曰『紅相公』；反是，曰『黑相公』。」張次溪：《清代燕都梨園史料》，頁246。《清稗類鈔》云：「伶既出師而積有餘資，得蓄雛以自立，而自身尚周旋於酬應場中者，固數數覯。然亦有侘傺無聊，幾難存活者。或有詩詠之曰：『萬古寒滲氣，都歸黑相公。打圍宵寂寂，下館（戲館也）晝匆匆。飛眼無專斗，翻身即轆（轉）篷。（相公之落拓至甚者，每至轆（轉）篷爲龍陽君）陡然條子至，開發又成空。』孽海中而有如此苦惱，人不知也。」而所謂「老斗」，《清稗類鈔》云：「伶互相語而指其所交之客，則曰老斗。」〔清〕徐珂編撰：《清稗類鈔》，頁5095。

〔註35〕〔清〕陳森：《品花寶鑑》，頁94。

酒甚至帶出場。如《燕蘭小譜》卷五：「友人言：近時豪客觀劇，必坐于下場門，以便與所歡眼色相勾也。而諸旦在園見有相知者，或送菓點，或親至問安，以爲照應。少焉歌管未終，已同車入酒樓矣。」〔註36〕這又稱「飛座兒」。〔註37〕嘉慶年間有《都門竹枝詞》描寫生動云：「簾子纔掀未出臺，齊聲喝彩震如雷。樓頭飛上迷離眼，訂下今宵晚飯來。」〔註38〕然而要有這些陪送服務所費不貲。嘉慶十四年的《草珠一串》竹枝詞云：「茶園樓上最消魂，老斗錢多氣象渾。但得隔簾微獻笑，千金難買下場門。」〔註39〕亦足見非得要有十分寶鈔才得此服務。帶出場後或至酒樓飯館者，或有至伶人「下處」者。《清稗類鈔》又記：「老斗之飯於下處也，曰擺飯，則肆筵設席，珍錯雜陳，賢主嘉賓，既醉且飽。一席之費，輒數十金，更益以庖人、僕從之犒賞，殊費不貲，非富有多金者，雖屢爲伶所嬲，不一應也。」〔註40〕大約唯有豪客與權貴公子才出得起這種花費。

伶人的住處，即稱「下處」。《清稗類鈔・優伶類・像姑》記載：

> 伶人所居曰下處，其萃集之地爲韓家潭，櫻桃斜街亦有之，懸牌於門曰某某堂，並懸一燈。客入其門，門房之僕起而侍立，有所問，垂手低聲，厥狀至謹。俄而導客入，庭中之花木池石，室中之鼎彝書畫，皆陳列井井。及出，則湘簾一桁，瀹茗清談。門外僕從，環立靜肅，無耳語聲，無嗽聲，至此者，俗念爲之一清。〔註41〕

這描述的雖是清中葉以後的景象，且顯見其所描述之「下處」乃等級較高的伶人居處。然道光間《品花寶鑑》描寫品級較高的相公蘇蕙芳的居所，亦是雅致清幽：

> 隨了跟班的，進了大門，便是一個院落，兩邊扎著兩重細巧籬笆。……滿院的嫣紅姹紫，穠豔芬芳。上面小小三間客廳，也有鐘鼎琴書。十分精雅。……走出了客廳，從西邊籬笆內進去，一個小院子，是一並五間，東邊隔一間是客房，預備著不速之客的臥處。中間空著

〔註36〕張次溪：《清代燕都梨園史料》，頁47。

〔註37〕《清稗類鈔》云：「老斗在劇場，爲臺上素識之伶所見，戲畢下臺，趨近老斗座，屈膝爲禮，致寒暄，曰飛座兒。」〔清〕徐珂編撰：《清稗類鈔》，頁5095。

〔註38〕嘉慶十八年《都門竹枝詞》，見《北平梨園竹枝詞薈編》。張次溪：《清代燕都梨園史料續編》，頁1173。

〔註39〕同前註，頁1172。

〔註40〕〔清〕徐珂編撰：《清稗類鈔》，頁5096。

〔註41〕〔清〕徐珂編撰：《清稗類鈔》，頁5094。

兩間，作小書廳，西邊兩間套房，是蕙芳的臥榻。

這是小說中伶旦蘇蕙芳寓所外面的格局。而其室內的擺設如下：

春航先在中間炕上坐下，見上面掛著八幅仇十洲工筆群仙高會圖。兩邊盡是南木嵌玻璃窗，地下鋪著三藍絨子，卻是一塵不染的。略坐一坐，蕙芳即引進西邊套房，中間隔著一重紅木冰梅花樣的落地罩，外間擺著兩個小書架，一個多寶廚，上面一張小木炕，米色小泥繡花的鋪墊，炕几上供著一個粉定窰長方磁盆，開著五六箭素心蘭，正面掛著六幅金牋的小楷。〔註42〕

高級伶人的寓所雖非十分華麗，卻安排得十分雅潔，從小說的描寫中看來，這位伶人所交接的多是文人雅士，若是江湖豪客，則有「不速之客的臥處」備著。這種到伶人寓處交往盤桓，稱爲「打茶圍」。〔註43〕

小說描寫了高級伶人在面對能提高自己身份、懂得尊重的雅士，及與知心的文人間的來往，和面對傖俗豪客、或雖爲文人卻俗不可耐者之周旋應對，都說明了優伶文化遍及整個清代與各個階層的盛況。

或如龔鵬程先生所言，文人與伶人之交尚存在純粹的情義，這也是《消寒新詠》文人品花者最稱道之處。然而事實上，大部分的伶人並不曾逃脫被狎邪的命運，即如《品花寶鑑》中之杜琴言與梅子玉互敬互重的神交，卻也總是被旁人塑造成「一對」，猶如男女夫妻之情——即使未涉狎邪。文人對伶人的要求，既盼其出污泥而不染，實際上卻又存有慕才兼好色之心，真正毫無欲望者可謂少之又少。《燕蘭小譜・花部》亦記載一則：

常永春，（宜慶部）字煦載，一字妙蓮，順天涿州人。丰神秀雅，無媚容，無俗態，有翩翩佳公子之風。屈于旦色，恐未能學步邯鄲也。聞曾習舉業，應童子試。今夏見其書扇，摘《歸去來詞》云，『悟已往之不諫，知來者之可追；實迷途其未遠，覺今是而昨非。』心甚惻然。張君潤齋贈妙蓮印章字之，冀其出泥不污也。近爲瑯玡君所契，安之若素，乃如之人一至斯乎。昔尤西堂作西子文，有憐、愛、奇三義，余于永春，不覺興感于斯焉。〔註44〕

〔註42〕〔清〕陳森：《品花寶鑑》第十三回，頁152。

〔註43〕《品花寶鑑》第十五回中即云：「聘才拉他在扁食樓上吃了飯，即同到那些小旦寓處，打了幾家茶圍。」同前註，頁178。

〔註44〕張次溪：《清代燕都梨園史料》，頁29

著者云：「憐其美少年，愛其文字工，奇其變爲無良子也。」身爲伶人，這樣的命運並不少見，且對伶人而言，若跟對了人，也有「從良」之感，不必再過著生張熟魏的日子。但仍有文人爲此感歎，認爲伶人或許妓不同，以「妓」的概念去衡量伶人，便失去「伶」的意義了。

而這種心態，在道光間《品花寶鑑》曾藉一文人之口說明文士之於優童的態度。書中人物徐子雲，中過舉人，小說描述其父兄均是翰林出身。這樣一個「公子班頭、文人領袖」曾對其夫人解說云：

> 你們眼裏看著，自然是女孩子好；但我們在外邊酒席上，斷不能帶著女孩子，便有傷雅道，這些相公的好處，好在面有女容，身無女體，可以娛目的，又可以制心，使人有歡樂，而無慾念，這不是兩全其美嗎？〔註 45〕

以男伶爲慕色的對象，而非以妓女的「功能」衡量之。而另一風流公子田春航更云：

> 人好女色，則以爲常。好男色，則以爲異。究竟色就是了，又何必分出男女來。好女而不好男，終是好淫，而非好色。彼既好淫，便不論色；若既重色，自不敢淫。〔註 46〕

原來其時對於伶人的思考態度，亦有完全以「慕色」來看待的。因此伶之形象難怪特別重要了。蜀西樵也《燕臺花事錄》序云：

> 選笑徵歌，必推菊部。……良由人間眞色，固在此不在彼也。〔註 47〕

對於「人間眞色」的愛好，由「青樓」移轉爲「菊部」。這一方面顯示當時對戲曲的狂熱，一方面也呈現了時代風氣的轉移。《消寒新詠》題王百壽詩序：

> 特是世人心愛心藏之隱，多在乍陰乍陽之妝。（頁 14）

對於「色」的欣賞，由女性而到「乍陰乍陽」的男性上，男身而有女形，大概比純女性更具誘惑力罷。

這也可以解釋《消寒新詠》中對於狎邪優伶的反對態度。《消寒新詠》卷四問津漁者述有一段短文，談及當時梨園子弟趨炎附勢與對失意窮愁之文人不屑一顧之惡行惡狀，於文中開門見山云：「世人最不可交者，梨園子弟也。」並自註云「當頭一棒」（頁 84）。三位作者對於狎昵伶人之事既敬而遠之，卻又著述

〔註 45〕〔清〕陳森：《品花寶鑑》第十一回，頁 127。
〔註 46〕〔清〕陳森：《品花寶鑑》第十二回，頁 142。
〔註 47〕張次溪：《清代燕都梨園史料》，頁 545。

《消寒新詠》一書，足見他們所欣賞者，除「慕色」之外，於戲曲表演藝術的愛好，使得他們越過時代潮流，得以回歸純然的藝術層面。這藝術層面不僅僅是藝人聲色形貌之「色」相，同時包含了藝人之性情品格、藝術表現。

## 第三節　品題著作

縱觀戲曲史中，專以伶人爲記的專著，自元代夏庭芝《青樓集》以來並不多見，大多散見於各種筆記和曲論專著之中。而《青樓集》所識者尚是女伶。安樂山樵吳長元《燕蘭小譜・弁言》：

> 昔人識豔之書，如《南部煙花錄》、《北里志》、《青泥蓮花記》，《板橋雜記》，及趙秋谷之《海漚小譜》，皆女伎而非男優。即黃雪蓑《青樓集》所載，亦女旦也。惟陳同倩《優童志》見其《齊志齋集》中，惜名不雅馴，爲通人所誚。〔註48〕

可見專記伶人事的書寫並不多，如《清代燕都梨園史料》所收《燕蘭小譜》等書，仍是清代以後才繁盛起來的。這也是在狎伶風氣普遍的清乾隆時期開始，才有了蓬勃發展的書寫需求。

在乾隆六十年（1795）《消寒新詠》著作之前，目前可見的品花著作即成書於乾隆五十年（1785）之《燕蘭小譜》，《燕蘭小譜》由於在清代這一波花譜流行之中屬成書較早者，雖無材料可見在該書出版同時是否亦有多種花譜流行，但不可諱言《燕蘭小譜》之內容豐富精繕，又富含大量史料訊息，及諸多在戲曲史中傑出藝人的記錄。從作者〈弁言〉可見該書之撰作源由，本非爲品評藝人而作，而是起因於藝人王湘雲之題蘭扇。其云：

> 癸卯（乾隆四十八年，1783）中夏，王郎湘雲素善墨蘭，因寫數枝於摺扇，一時同人賡和，以誌韻事。余逸興未已，更徵諸伶之佳者，爲《燕蘭小譜》。始甲午（乾隆三十九年，1774）迄今，共得六十四人，計詩百三十八首。〔註49〕

書作卷一即「畫蘭詩」五十七首（詩五十四，詞三首），卷二則題詠花部藝人十八位，卷三記花部藝人二十六人，卷四雅部二十人，卷五雜詠十八則。詩以題詠藝人，小序則寫藝人之生平、性情、形色相貌、表演韻致等。〈弁言〉並云：

〔註48〕張次溪：《清代燕都梨園史料》，頁3。
〔註49〕同前註。

先之以畫蘭詩者，識原始也。繼之以燕蘭譜者，美諸伶也。終之以雜詠者，寓規諷也。諸伶之妍媚，皆品題於歌館，資其色相，助我化工，或贊美，或調笑，或即劇傳神，或因情致慨，其優劣略見於小敘中。〔註 50〕

可見作者除了觀諸伶之美形色相外，仍亦藉詠詩一以評論優劣，一以寄情託慨。《燕蘭小譜》在當時引起的廣大迴響，恐怕是盛況空前。在《消寒新詠》中也有兩處提及《燕蘭小譜》一書，可見其影響力。其中一處提出《燕》中題詠諸伶，竟僅記旦色而無小生，其云：

如《燕蘭小譜》，六十四人，僅記小旦，而不及小生。豈當時無一人可稱者？若然，芙蓉帳中誰與佳人作鴛鴦侶！此又余之所不可解。（頁 14）

問津漁者以《燕蘭小譜》爲鑑，力求著作較《燕》更完備精彩的筆記，可見其用心。另一處則爲問津漁者寫〈李福齡墨蘭記〉文，談到集秀揚部藝人李福齡亦喜畫蘭，因持《燕蘭小譜》問其命名之故。（頁 71）從這段軼事記載亦可見《燕蘭小譜》不僅在文人間引起廣大迴響，在藝人間也頗爲知名。亦可見《燕蘭小譜》之影響力。而《消寒新詠》既承繼其內涵，亦另闢蹊徑，開創新的品題方式，並補《燕蘭小譜》之未及品題的小生部分。可謂既有傳承，亦有發展。

自清代這類品花筆記最早現有史料吳長元《燕蘭小譜》開始，到道光以後愈演愈烈。餐花小史於嘉慶八年（1803）小鐵笛道人所著《日下看花記》後序中云：

或記色，或記藝，或記看花之時、看花之地、同看花之人，而乘興筆之。是記也，未知于《燕蘭小譜》《夢華外錄》《鳳城花史》《燕臺校花錄》何如？顧記之之時，已不與諸書爭短長矣。〔註 51〕

文人在著作之時，不僅參考前人著作，興起品題之念，實際上也時時暗自比較，希望能作出更具有公信力的品花著作。而更晚的花譜如播花居士《燕臺集豔》（道光三年，1823）更記云：

都中伶人之盛，由來久矣。而文人學士爲之作花譜、花牓者，亦復汗牛充棟。名作如林，續貂匪易。〔註 52〕

〔註 50〕同前註。
〔註 51〕小鐵笛道人：《日下看花記》，同前註，頁 109。
〔註 52〕張次溪：《清代燕都梨園史料》下，頁 1055。

同類著作如雨後春筍般萌發，有的還不及成書，便已付梓，更惶論在張次溪先生大規模蒐羅的《清代燕都梨園史料》正續編之外，有多少遺珠未得流傳。么書儀先生曾對此現象作了一番研究：

> 花譜在當時，實際上已經起到了輿論宣傳、影響公眾認識的作用，是不是也可以這樣說：「花譜」在職能上，初步具有了「媒體」和「廣告」的性質。〔註 53〕

原來自乾嘉開始流行的這類「花譜」，在大量流行發展之後具有這樣的功能。這種類似廣告的小書，除了作者表現吹捧伶人的「才子風流」的傳統之外，同時也可與同好交換觀劇心得；而且，有時可以使流連京師囊中羞澀的士子得到「易米之費」，因爲大量的印行，這樣小書也成爲許多觀眾的「觀劇指南」，是書商認爲可以得到絕佳銷售成績的暢銷書。也有同在士子圈內手抄流傳的，同樣也能達到宣傳的目的。如落魄名士陳森（1805？～1870？）所著，描寫名士文人與伶人間的愛情小說《品花寶鑑》（約著於道光二十九年，1849）第一回中，有一段敘述寫主角梅子玉之友史南湘自著一部《曲臺花譜》，品題八位旦色，在同輩間流傳，他本人也隨身攜帶介紹給朋友：第一回中史南湘與友至梅子玉家中，即取出與梅同觀。後梅子玉與表兄王恂談及史南湘所著之《曲臺花譜》，王恂云：「現在那些寶貝得了這番品題，又長了些聲價，你也應該見過這些人。」〔註 54〕「那些寶貝」所指即是書中《曲臺花譜》所提的八位藝人，可見這類品花小記，其流傳之廣，影響之大，足以哄抬伶人身價，使伶人得到實質的幫助。

雖然，成爲這種具有宣傳性質的「觀劇指南」基本上流行於清代乾嘉之後，事實上，在乾隆末年的《消寒新詠》應該已具有這樣的性質。卷二石坪居士〈跋後〉：

> 消寒之詠，僕與陳、李二君戲爲耳。乃茶瑺雪案之餘，檢點已得百段十首。其間率口成吟，借娛寂寞，豈堪冒昧問世耶？惟書坊好友謂：「借梨園以遣興，亦猶渾語足解頤。天下事皆戲耳，何不遍作劇本觀？」二君首肯，僕亦哂付之。（頁 46）

---

〔註 53〕么書儀先生把清代嘉道年間刊刻的這一類筆記稱之「花譜」，以強調其內容上的特點。見么書儀：〈試說嘉慶、道光年間的「花譜」熱〉，《文學遺產》2004 年 5 期，頁 98。

〔註 54〕〔清〕陳森：《品花寶鑑》，頁 11。

這三人平日觀戲吟詠，寫下觀戲心得，作為閒暇之遣興。但「書坊好友」不惟鼓勵出版，同時，在該書中第四卷為專門集合諸多文人題詠的〈集詠〉。〈凡例〉云：「〈集詠〉係時賢佳作，一字一珠，風流雅正，藉以懺梨棗之災。」（頁9）內收有十一位作者、約六十首詩，某些亦有詩序。可見第一，在當時京師文人圈中，看戲是一件極其風靡的休閒娛樂；第二，題詠藝人、寫劇評，以與同好交流已成當時識與不識的文人間流行的習慣。

同時，這部小書的印行，原先恐怕還有「續集」的意圖。〈凡例〉並云：

> 京師，首善之區，人文淵藪。題贈伶人詩詞，諒屬不少。倘有同志者，鴻章下賁，只將原稿付宏文閣，隨到隨刊。（頁9）

「隨到隨刊」，可見作者與書商之間除了關係密切外，是否其間有什麼經濟效益則不得而知。但可知者，是當時這類品題藝人活動十分「火紅」，在文人圈裏可謂盛況空前。在〈凡例〉最後一條並透露此書原有曲譜劇本附於書末（或另有附冊）：

> 現刊詞曲，如崑班，已同李幹山老手校正工尺、點板；揚班、徽斑，亦節選同刻。統俟工竣，另列數卷，便於當場翻閱，且以證僕等題戲之不誣云。（頁10）

然而現存《消寒》已未見劇本，或許已經散佚了。但作者之用心，甚至找了曲師將曲譜「校正工尺、點板」，並「便於當場翻閱」，足見這部小書之著作不僅止於自娛娛人而已，它自有其寫作動機，並有預設的銷售對象。這些對象是慣於流連劇場的觀眾，而這些觀眾一部分也是共同的創作者，更樂見這部小書流傳世面，說不定會特意買來自我欣賞、或餽贈親友。至於書成之後，附上曲譜應更成為商機無限的「觀劇指南」。也或有觀眾手持此觀劇指南入戲園看戲有感，因而又興題詠之欲望，便再將詩稿付與宏文閣「隨到隨刊」。這樣的一種循環不斷的集體創作，恐怕正是當時新興的劇場現象。也因此乾嘉以來這類品題藝人的著作一直興盛到晚清，至社會型態漸漸改變，才逐漸消褪。

在這樣的創作背景中，許多品題著作往往不及完稿，便已急著刊刻出版。這在後期筆記如《眾香國》（嘉慶十一年，1806）、《燕臺集豔》（道光三年，1823）的凡例、小序說明中可見。《眾香國・凡例》云：

> 是集因急欲付梓，尚有和春部中劉翠喜、高鳳林，擬入艷香。四喜部中朱寶林，和春部中程玉林，擬入媚香。彩華部中凌吉慶，三和部中陸增福，擬入幽香。春臺部中譚如意，三多部中高全林，擬入

小有香。春臺部中王翠林，三和部中羅霞林，四喜部中王小天喜，和春部中陳全福，擬入別有香。他如三慶部中江金官、駱九林、潘景福、吳五福，春臺部中顧元寶、徐天元、杜雙福，和春部中郝喜林，雙和部中姚官德，三多部中陸福林、許湘雲、三和部中余小麒麟，彩華部中萬福元、孫巧林、許三喜，皆堪採錄，以聞見不眞，未遑月旦，姑誌之以待品題於異日而已。〔註55〕

該書分藝人爲六部：豔香、媚香、幽香、慧香、小有香、別有香。卻因急欲付梓，更有某些著名藝人因作者並未親身聞見，故未及錄入。播花居士《燕臺集豔》則云：

文人學士爲之作花譜、花榜者，亦復汗牛充棟。名作如林，續貂匪易。余何人斯？自知才力不逮，敢蹈覆瓿之誚，勢不得不求味於兼采，取制於群狐。惟是既格陳言，又拘律調，浮辭滿紙，慊意多端。友人未俟修飾，遽付剞劂。貽笑大方，希閱者諒之，則幸甚。〔註56〕

雖爲作者自謙之言，但亦可見當時這類品花著作之興盛、市場需求之大，文人之間互相鼓吹著作，甚至逕付刊刻，都是常有的事。有的作品因而較爲粗糙不全，自然也是難免。

因此像《消寒新詠》這部書之體例完備與詩作的收羅宏富，鐵橋等三人用心可見。他一反當時的「識豔」風氣，除了以男伶的美形色相爲書寫的主要目的，但其中記錄大量關於表演藝術、劇目分析，卻是其他的「識豔」之書所未及的。《消寒新詠》更以一種「文人」的書寫姿態來展現當時清代的品題文化。以「花鳥」托物賦形的特殊形式，更有別於別種品題著作。這一方面，可溯源自宋代以來文人與伶人歌妓之間的交往、評花榜有關；同時，文人藉歌妓之「花」而興起「詠物」結合「詠人」的一種寫作態度。《品花寶鑑》內亦曾描述文人集會品題群花撰作花譜之事。第十七回「祝芳年瓊筵集詞客／評花譜國色冠群香」中，寫幾位文士爲伶旦蘇蕙芳作壽，〔註 57〕觥籌交錯之餘，並欲繪圖一幅並聯句以記此會，因各人題詩聯句，最後「將人比花」：

於是大家評定，以寶珠爲牡丹，蕙芳爲芍藥，素蘭爲蓮花，玉林爲碧桃，漱芳爲海棠，蘭保爲玫瑰，桂保爲芙蓉，春喜小而多才，人

〔註55〕張次溪：《清代燕都梨園史料續編》下，頁 1018。

〔註56〕張次溪：《清代燕都梨園史料》下，頁 1055。

〔註57〕〔清〕徐珂編撰：《清稗類鈔》云：「老斗之豪者，遇伶生日，必擺飯。」頁 5096。

人鍾愛爲蘭花。……子雲道：「琴言色藝過佳，而性情過冷，比爲梅花，最爲相稱。」……「琪官性情剛烈，相貌既好，似欠旖旎風流，比他爲菊花罷！」高品道：「……琪官性情雖烈，其溫柔處，亦頗耐人憐愛，不如比爲杏花。」〔註58〕

在品花風潮盛行已久、品花筆記大量寫作之際，將伶人（尤以伶旦爲多）比爲群花，爲文人遊宴應酬之餘的一種遊戲。龔鵬程先生曾對文人之「以人喻花」作一番闡釋：

凡模擬之物恆不相等，故花並不等於美人。護花憐花之好色，是審美的，護美人愛美人憐美人，卻不純爲審美態度。觀賞花，並不會興起占有欲及性欲，觀美人卻有可能生起此類欲望，欲一親芳澤，狎玩褻用之。〔註59〕

或許如其所言，在某種程度上文人對於伶人所存有的「憐惜」之情，卻不一定參雜著欲念的。這在《消寒新詠・弁言》中開門見山地說明：

詩可以興，每因詩而賦物。物而不化，難體物以成詩。關雎鵲巢，國風之始；澧蘭沅芷，騷人之遺。……爰成眾鳥之編，別撰群花之譜。（頁3）

以「分花分鳥」的「詠物詩」爲表現方式來匯集成書，也足可體見這本小書的成書背景，及其中透露出的清代北京文人的觀劇文化。

〔註58〕〔清〕陳森：《品花寶鑑》，頁215。
〔註59〕龔鵬程：《中國文人階層史論・憐花意識——文人才子的心態與詩學》，頁270。

# 第二章　《消寒新詠》之書寫體例與品題特色

## 第一節　《消寒新詠》之成書體例

### 一、成書體例與寫作原則

《消寒新詠》頁首書名上方有「乾隆乙卯春鐫」字樣，乙卯年即乾隆六十年（1795）。書名右側書「三益山房外編」，左側「梨園雅趣／宏文閣藏版」。寫明了作者群、該書旨趣及出版者。

《消寒新詠》一書共四卷：卷一、二〈正編〉、卷三〈紀實〉、卷四〈雜載〉、〈集詠〉。《消寒新詠・凡例》云：

> 是書約略以《正編》、《紀實》、《雜載》、《集詠》分四則。
>
> 《正編》十八人，據管見妄加花鳥名。
>
> 《紀實》一卷，皆就諸伶擅長之戲，加以詩評。
>
> 《雜載》諸伶次第，隨意所定，不分高低。
>
> 《集詠》系時賢佳作，一字一珠，風流雅正，藉以懺梨棗之災。（頁 9）

此四則的書寫體例頗不相同。〈正編〉以十八位花雅藝人爲對象，其中雅部藝人十二位，花部藝人六位。每位藝人首載其藝名、次敘其隸屬班部、行當，再綴以小序。序中各舉一花一鳥以喻該藝人，其義爲「以花比色，以鳥比聲，托物賦形，分題合詠。」（〈消寒新詠序〉，頁 1）並解釋花鳥所比擬之意涵，與藝人之形象，及其生平事跡、藝術寫照等。最後作者三人（鐵橋山人、問津漁者、石坪居士）藉詠花、詠鳥之詩各題詩數首，以詠物詩體裁摹寫藝人，託物寫照。

〈紀實〉評論〈正編〉十八位花雅藝人擅長之戲。每位藝人繫以所擅長之劇名數折，作者於每折先以小序夾敘夾評，並於序後題詩一首。〈雜載〉則錄〈正編〉未錄的其他花雅藝人。每位藝人亦有小序並題詩數首。〈集詠〉則錄入其他愛好者共同的題詠匯編，或詩前有序，或僅題詩。〈雜載〉、〈集詠〉詩作不以花鳥比擬，僅或詠藝人，或詠其演劇，或寓詩自慨。

這樣的成書體例，使《消寒新詠》一書呈現一個完整而有系統的譜系。從前述可見，這部筆記的寫作重心在於〈正編〉兩卷十八位藝人，〈紀實〉一卷敘其擅演劇目。〈正編〉以小序及花鳥詠詩架構出十八位花雅藝人之生平與整體形象，〈紀實〉以小序與詠劇詩架構劇目及藝人之表演藝術。兩大部分構成整本《消寒新詠》的主要骨架。

下列「表一」，將《消寒新詠》之〈正編〉、〈雜載〉、〈集詠〉所錄花雅藝人製表以一清耳目。

**表一：《消寒新詠》之〈正編〉、〈雜載〉、〈集詠〉所錄花雅藝人一覽**

| | 雅部藝人（十八人） | | | | 花部藝人（二十八人） | | | |
|---|---|---|---|---|---|---|---|---|
| | 藝名 | 腳色 | 藝名 | 腳色 | 藝名 | 腳色 | 藝名 | 腳色 |
| 正編（十八人） | 范　二 | 生 | 劉大保 | 小生 | 王喜齡 | 貼旦 | | |
| | 王百壽 | 小生 | 毛　二 | 貼旦 | 倪元齡 | 小旦 | | |
| | 徐　才 | 小旦 | 金福壽 | 小旦 | 李福齡 | 貼旦 | | |
| | 李玉齡 | 小旦 | 李　增 | 貼旦 | 李桂齡 | 小生 | | |
| | 長　生 | 旦 | 張三寶 | 小旦 | 胡祥齡 | 小生 | | |
| | 陳五福 | 貼旦 | 王　琪 | 貼旦 | 潘巧齡 | 貼旦 | | |
| 雜載集詠所錄諸伶（二十八人） | 蓮　生 | 小旦 | 沈四喜 | 貼旦 | 徐　四 | 旦 | 蘇小三 | 貼旦 |
| | 玉　奇 | 旦 | 張大寶 | | 王　德 | 小旦 | 沈翠林 | 旦 |
| | 徐雙慶 | 小旦 | 宋瑞麟 | | 雙　桂 | 小旦 | 邱　玉 | 旦 |
| | | | | | 陳　敬 | 小旦 | 董如意 | 旦 |
| | | | | | 芳　官 | 花旦 | 童雙喜 | 旦 |
| | | | | | 禿　丑 | 丑 | 曹　印 | 旦 |
| | | | | | 李秀齡 | 武旦 | 陳　桂 | 旦 |
| | | | | | 高　月 | 旦 | 彭　錢 | 小生 |
| | | | | | 陳　喜 | 旦 | 程春齡 | 小旦 |
| | | | | | 金雙鳳 | 旦 | 薛萬齡 | 貼旦 |
| | | | | | 沈　霞 | 小旦 | 安　崇 | 小旦 |

從上表可見《消寒新詠》的寫作原則，略有以下數點：

第一，作者酷嗜雅部崑曲，如石坪居士云其「雅愛崑曲」、「有崑戲之癖」，問津漁者也表明自己「偏好雅部」，鐵橋山人也表達過對花部的不喜，但三人偶而也會去看徽部、揚部所演的花部劇目，且在評選藝人時，並不排斥花部藝人。從「表一」中臚列，看似花部藝人總數多於雅部藝人，似乎作者興在花而不在雅，然而事實上，作者所品評諸伶重點放在卷一、二〈正編〉十八人之上，卷三〈紀實〉所錄亦是十八位藝人擅長劇目；〈雜載〉、〈集詠〉諸伶的品題，一方面亦有重複〈正編〉中之藝人，且亦多爲「補遺」的性質，二方面在品題上也多只寥寥數筆，遠不如〈正編〉詳盡。在鐵橋三人所選的〈正編〉十八位藝人中，雅部藝人十二位，花部藝人六位，正可見其偏好所在。

然而全書包括卷四〈雜載〉、〈集詠〉中所提到的藝人，花部二十八人、雅部十八人，又可見當時大部分觀眾的喜好趨勢。（參見表一）這也說明了一方面當時花部聲腔的熱潮，已是不容小覷了；而其餘「時賢佳作」，亦多有對花部藝人較感興趣者。二方面顯示作者在寫劇評時，盡量以「客觀」來考量，爲了使該書不囿於一己之見，且博採眾聞，豐富該書內容，使之更具可參考性。鐵橋山人於卷四〈雜載〉：

> 安崇官，陜西人，雙和部小旦也。其技藝何若，余固未經多見。第詢之西人，則莫不贊賞，謂雙和部當以崇兒爲最。一日，偶于友人寓所，有客某，西人也，余即舉崇官爲問。客盛稱之，謂其體態端雅，若無嬌容，然每當登場演劇，則尤雲殢雨，靡不入神，固雙和部表表出色者也。噫，公好所在，諒屬不誣。惜余非知音，不能遽下定評。因即所聞而紀以詩。（頁 82）

雙和部所唱爲秦腔，作者不喜秦腔，便訪問喜愛秦腔的朋友，據以品評。從此處也可見著者之用心。

第二，在彼時題花品伶的風氣中，往往以品題「旦色」爲時尚，這當然與當時的狎伶風習有關，所謂醉翁之意不在酒。即使著述者並非眞以狎玩風氣看待筆下的藝人，但在流行的大環境之下，也無法免俗地追隨時好。問津漁者於卷一題王百壽詩序云：

> 特是世人心愛心藏之隱，多在乍陰乍陽之妝。如《燕蘭小譜》，六十四人，僅記小旦，而不及小生。豈當時無一人可稱者？若然，芙蓉帳中誰與佳人作鴛鴦侶！（頁 14）

在此，《消寒新詠》的著者特別標舉出與其他品題筆記不同的想法：除了旦色，也推舉小生。〈凡例〉中云：

> 考元時院本，曰「生」者，如范二官是也；曰「旦」者，如長生官是也。首以范二官，正其體也；不遺長生官，明其配也。其他小生、小旦，各取其長，見才子佳人之偶也。不以前後爲軒輊，無成見也。終以玉琪官，見之晚也。數以十八人，符九九也。（頁9）

明舉生腳亦爲品評之對象，可見著者並非眞爲「品花」而作，而是站在戲曲藝術的角度來看待品題一事。雖然在比例上，鐵橋等三人〈正編〉中分花鳥比擬的十八位藝人，生腳只占五位；而就全書統計雅部藝人共十八位、花部藝人共二十八位，〔註1〕合計有四十六位藝人，而生腳藝人則占六位，除了鐵橋等三人品題的那五位還只多了一位而已。（參見表一：《消寒新詠》之〈正編〉、〈雜載〉、〈集詠〉所錄花雅藝人一覽）也就是說，除了鐵橋山人三人認可的生腳仍應在品題之列，其餘如〈雜載〉、〈集詠〉等其他「時賢佳作」，仍是以欣賞「旦色」爲主。雖然如此，在以「旦色」爲主流的品題書寫中，確實已表現出作者不同的出發角度。

第三，其不僅以品詩之法來品花，更模倣《詩品》中作家排列的原則。《詩品・序》稱：

> 一品之中，略以世代爲先後，不以優劣爲詮次。〔註2〕

事實上於《詩品》的「上品」中同一世代的作家，在排列順序先後之中仍有高下之別，如曹植，置於劉楨、王粲之前，陸機在潘岳左思之前。曹旭先生於《詩品》的研究中云：「鍾嶸把自己認爲最優秀、最有代表性的詩人，置之這一『世代』的首位，以起統攝、代表這一世代和警策人心的作用。」〔註3〕同樣的，《消寒新詠》在著錄藝人時，雖云「諸伶次第，隨意所定，不分高低」（〈凡例〉，頁9），卻往往暗寓高低之意。如全書之首爲范二，作者評爲「生」中第一，定以文人眼中格調最高之梅花與鳥中仙品之白鶴爲喻；次於范二之王百壽，比爲「茶中玉茗」、「海上青鸞」，並認爲他「與梅作對」、「亦鶴爲群」，明示范二爲「生」行中之第一，王百壽爲「小生」行中之第一。而「旦」行，

---

〔註1〕周育德先生於所校刊《消寒新詠》末所附錄的〈《消寒新詠》演員劇目一覽表〉統計花部演員二十七人，獨漏三慶徽部旦沈翠林（頁82），故應爲二十八人。

〔註2〕〔梁〕鍾嶸著，曹旭集注：《詩品集注》（上海：上海古籍出版社，1996年），頁173。

〔註3〕同前註，〈前言〉，頁9。

雖然作者於〈凡例〉中曰:「首以范二官，正其體也;不遺長生官，明其配也。」以生、旦作爲統領品評藝人的行當，但排列於旦之首並非長生，而是徐才，同樣也是作者最欣賞的旦腳藝人。

從作者以生行范二、小旦徐才作爲生旦之首，可見在當時以品評旦色爲風尚的花譜中實爲特殊之例。這也顯示了作者重藝過於重色。

第四，「即聲色平平，有微長足錄，亦略紀而偶詠焉。」(頁 76)除了〈正編〉十八位藝人爲精心挑選外，作者於卷四〈雜載〉亦錄入許多「有微長足錄」的藝人。卷四〈雜載〉鐵橋山人記：

> 友人醉香閱之……謂:「五慶徽部小旦春齡官者，何未及之?渠姓程氏，安徽人。年才十五。丰致閑雅，情意纏綿。如此妙伶，而吟詠獨闕，毋亦子美詩中獨失海棠，黃鶯鼓吹唯有戴仲若乃識耶?」余曰:「春齡官，何可以海棠、黃鶯比?色粗而不豔，豈云翠袖佳人;聲響而不嬌，難言黃衣公子!謂其情意纏綿，吾不得而知。至謂其丰致閑雅，則未也。獨其演劇時，頗能著意求工，不肯輕心以掉。而且流連顧盼，務爲揣摩。是旦色之善迎人意者。噫!野花遍路，山鳥盈林，雖無甚關情，亦藉以點綴春光，喧鳴春意，矧春齡官尚有可取者哉!余試爲援筆詠之，君以爲何如?」(頁 76)

鐵橋山人雖不認爲程春齡足以搆得上「丰致閑雅」的美伶意態，但以他在演劇時的用心揣摩，則足以因此而記上一筆。再如問津漁者記載：

> 沈翠林官，三慶徽部旦色，年二十二歲，安慶人。究耳食焉，而非伊人親相告語。其度則笑容可掬，秀色可餐。簈袖曳裾，風流閑雅，洵此中翹楚者。至其聲韻之妙，別有知音。(頁 82)

對於徽部沈翠林，問津漁者雖對於其所唱聲腔殊非知音，但以其「風流閑雅」之態，也足資記錄。並不「以聲廢人」，是這部品題筆記的特色。

## 二、文人作者與書名之源起

《消寒新詠》成於乾隆五十九年冬至到乾隆六十年春分(1794～1795)。在〈凡例〉第一條：

> 始於甲寅冬至，成于乙卯春分，因時取義，名曰《消寒》。(頁 9)

道出了這本小書之成書時間與書名之來由。冬至到春分共八十一日，符九九消寒之義。冬至向來是中國傳統重要節日，清代旗人會於冬至日消災祈福敬祖，而南方文人在京師，向有冬至後邀親朋飲酒，輪流作東舉行宴集的習俗，這大約唐末便有此記載。〔註 4〕冬至日開始「進九」〔註 5〕之後，文人雅士每逢九日都有雅聚，稱「消寒會」。《北平歲時志・十一月・冬至》：「北京風俗，文人則有九九消寒會，逢九之日則請客，會中共約九人，每人每次做主人一次。」〔註 6〕清代《燕京雜記》亦載：「冬月，士大夫約同人圍爐飲酒，迭爲賓主，謂之消寒。好事者聯以九人，定以九日，取九九消寒之義。余寓都，冬月亦結同志十餘人飲酒賦詩，繼以射，繼以書畫，于十餘人，事亦韻矣。主人備紙數十幀，預日約至某所，至期各攜筆硯，或山水，或花卉，或翎毛，或草蟲，隨意所適。其畫即署主人款。寫畢張於四壁，群飲以賞之。如臘月硯凍不能畫，留春暖再舉。時爲東道者多邀集陶然亭，遊人環座觀之，至有先藏紙以求者。」〔註 7〕集會時詩詞字畫常需應「九」之典，因常稱「九九消寒會」。如《紅樓夢》第九十二回：「明兒不是十一月初一日麼？年年老太太那裏必是個老規矩，要辦消寒會，齊打夥兒坐下，喝酒說笑。」而消寒會也不定必要湊足九之數，如《品花寶鑑》第四回亦寫一伶春喜道：「這月裏我們八個人，在怡園三日一聚，作消寒會，今日是第五會了。每一會必有一樣玩意兒，或是行令，或是局戲。」〔註 8〕這「消寒會」已成爲當時文人雅士的一種風俗了。很顯然的，《消寒新詠》之爲題名，就是由此而來。多半作者三人當時即以「消寒會」之義作聚會之由，故「因時取義」，命爲《消寒新詠》。而所錄〈正編〉花雅藝人十八名，其〈凡例〉亦云：「數以十八人，符九九也。」（頁 9）其於花鳥譜中欲「足成九九之數」（頁 43）蓋源於「消寒會」之義。

本書有作者三人，書中卻不具名，只有別號：分別爲鐵橋山人（姓李）、石坪居士（姓劉）、問津漁者（姓陳）。卷二〈正編〉題「李桂齡官」，有鐵橋

---

〔註 4〕〔五代〕王仁裕《開元天寶遺事・掃雪迎賓》：「巨豪王元寶每至冬月大雪之際，令僕人至本家坊巷口，掃雪爲徑路，躬親立於坊巷前，迎揖賓客，就本傢具酒炙宴樂之，爲暖寒之會。」這便是「消寒會」之由了。〔宋〕孟元老《東京夢華錄》卷十「冬至」：「十一月冬至。京師最重此節，雖至貧者，一年之間，積累假借，至此日更易新衣，備辦飲酒，享祀先祖。官放關撲，慶賀往來，一如年節。」〔宋〕孟元老等著，周峰點校：《東京夢華錄（外四種）》（北京：文化藝術出版社，1998 年），頁 63。

〔註 5〕冬至日其後九天，又稱「頭九」，因此冬至日開始便曰「進九」。

〔註 6〕張次溪：《北平歲時志》（臺北：文海出版社，1985 年）。

〔註 7〕〔清〕無名氏：《燕京雜記》（臺北：新興書局，1988 年）。

〔註 8〕〔清〕陳森：《品花寶鑑》，頁 49。

山人小序云：

> 今友人劉君石坪、陳君問津，欲與余取京師出色之生旦，以花鳥品題，爲吟詠之助。（頁 30）

而卷二有石坪居士〈跋後〉：

> 消寒之詠，僕與陳、李二君戲爲耳。（頁 46）

全書中，只有這幾處可窺見著者之姓氏。當時的這類品題著作，作者往往不願實具姓名，而以字號發表。一方面作者多半視此類作品爲遊戲筆墨。這在張次溪所編輯的《清代燕都梨園史料・著者事略》即有所解釋：

> 余纂《清代燕都梨園史料》歷八載之久，始羅得三十八種。而眞撰者之姓名、爵里，其有考者，祇十四人。蓋爾日作家，緣一時風懷所及，縱筆爲之，遂使香天翠海添出幾許佳話。顧每有評述，輒視同遊戲。其欲以眞姓字留向人間者幾若星鳳。〔註 9〕

既視爲遊戲筆墨，則不必留下姓名，是當時文人的想法。顧頡剛之序亦云：「然或有疑是書所存日下品花之譜、宣南拾夢之辭，大抵皆文人遣興寄情之作，逢場作戲，偶留鴻爪，未嘗立意以貽後世。」〔註 10〕同時，也因爲是「一時風懷所及，縱筆爲之」，從這些品題書寫也可看出乾嘉盛世文人四處「結伴尋芳」的興致。張次溪於該書之〈自序〉又云：

> 長沙葉丈德輝重刻《燕蘭小譜》，序有云：「每讀康、雍、乾、嘉諸公遊宴之作，想其時朝野無事，海內乂康，士大夫生長太平，遭遇唐虞之際，即羈旅落拓之士，流連風月，寄興鶯花，亦絕無愁苦之音形之歌詠。如安樂山樵，其人不知如何，跌宕春明，樂而忘死。」云云。則著書者之興致可想見矣。〔註 11〕

顯然一開始，文人著書只純粹爲眞實記錄當時「寄興鶯花」的樂趣與心情，與題「花榜」相同，就是風流浪子的冶遊記錄。

而《消寒》之作者身份爲何？於書中並未直接透露，但從內文中可見作者應爲羈留京師的文人。於「擷芳道人」〈序〉云：

---

〔註 9〕《清代燕都梨園史料》收錄了自乾隆五十年起吳長元《燕蘭小譜》開始至民國以後品題花雅諸伶的筆記著作共五十一種，爲研究清代戲曲變遷的重要史料。《消寒新詠》亦收錄在《續編》中，惟所收不全，僅著錄十八位藝人姓名、及其擅演劇目而已。張次溪：《清代燕都梨園史料》，頁 24。

〔註 10〕同前註，頁 4。

〔註 11〕同前註，頁 16。

> 鐵橋山人與其友石坪居士、問津漁者，寓三益山房。誦讀之餘，欲爲消寒之計。（頁 1）

寄寓京師，正值北京寒冬，因思「消寒之計」。石坪居士〈消寒新詠題詞〉【侍香金童】云：

> 明窗淨几，燒一枝殘燭。幾回欲把詩書再讀，卻又被嚴寒冷酷。萬轉千回，思消閒局。歎徐陵筆硯，珊瑚高架矗。空對著牙籤玉軸，豈敢云三冬用足。趁此閑，評鳥啼花簇。（頁 5）

此三人是否爲南方人，不慣北方冬日酷寒？不得而知。但由三人對雅部崑腔的特別偏好來看，確實有此可能。三人之中，問津漁者已寄寓京師近十年，其於〈李福齡墨蘭記〉中寫道：

> 余客京師，幾近十載。往來歲月，大半銷磨於歌館中。（頁 71）

而鐵橋山人也已在京師五年，其於題范二官詩序中云：

> 然而，妙伶難得。求其聲色俱佳，又具風神奕奕者，僕於京師五載，卒未數覯其人。（頁 11）

從這幾處看來，《消寒新詠》作者三人是外地客於北京的文人。三人在北京爲官？或者只是羈旅落拓？雖然無從查考，但從三人「寓三益山房。誦讀之餘，欲爲消寒之計」之言來看，在京爲官的可能性並不高，問津漁者還於〈弁言〉中云：「窗下十年，虛度春風秋月。」（頁 3）可見多應還是羈旅文人、白衣秀士。河陽方杏村於《消寒新詠・題詞》有集句云：「旅館寒燈夜不眠，舞衫歌扇舊因緣。風流肯讓他人後，只有詩囊報可憐。」（頁 7）鮮明地描繪出旅邸寒士在京師消磨時光的風流雅性。問津漁者云：「歌臺演戲，太平盛事。余與二三知己，把酒尋芳於深柳堂前，臨春閣裏。酒酣興曠（酒字是一篇眼目），特少絲竹之音，終非快事。」（卷二〈正編〉，頁 28）除了酒之外，觀花聽戲已成文人生活中必要的一部分了！在《消寒新詠》卷二鐵橋山人記錄了一段此書的撰作過程與文人消閑的情形：

> 余與劉君石坪，陳君問津，以花鳥品題優伶，互相迭詠，不覺積帙成編矣。一日，偶從同樂軒過，適逢樂善部開場，二君即欲往觀。余曰：「此部惟有一玉齡官耳。豈尚未知之稔耶？何不於別部物色之？恐我輩未經寓目，或者尚有美伶，則於花鳥譜中足成九九之數，亦快事也。」而二君躊躕再四，若必欲一見，以徵向之吟詠「虞美人」、「秦吉了」者，今其人果復何若。余因念作爲賞花聽鳥之行，

則固未爲不可。於是遂入座。（頁 42）

經過戲園，正好戲班開演，而爲了再尋覓新的藝人，爲《消寒新詠》一書的「消寒」之義湊成九二十八人之數，三人便進去看戲了。客邸京師，無論是否只爲了排遣悶懷，但流連歌館的生活也實在愜意！白齋居士在卷四〈消寒集詠〉中云：

余閑暇時，常寄情歌館。各部中非無佳子弟，而心賞音殊寥寥也。辛亥秋，閱四慶徽部劇，頗爲愜懷。就中以董如意爲第一，其餘亦復卓爾不群。因各爲詠詩，以志鑒賞。（頁 91）

白齋居士亦不知何許人，但「閑暇時常寄情歌館」顯然是這一群文人的習慣；遇到欣賞的伶人，便題詩以資紀念。足見這類筆記著作目的僅在於遊戲文字，自娛娛人，而不在於著述立書。當時的社會環境既已太平，文人上京求試，或試場報罷、或屢試不第，因而流連京師。在無聊之餘，看戲聽書、或與諸伶交往應酬，成爲重要的活動。

如《金臺殘淚記》作者華胥大夫張際亮（1798～1843），因鄙薄當朝鹽運使曾賓谷，招曾所忌，處處毀詆之，感慨不遇而作。如更晚的道光年間自署「蕊珠舊史」的楊掌生（約 1808～1858），於道光十八年癸巳（1833）春闈已中魁，阮文達卻以其卷字多說文違例而於塡榜時撤去其名，自此放蕩不羈，著有至少四部的品花著作《辛壬癸甲錄》等四種。〔註 12〕在其《辛壬癸甲錄》中云：

道光丙申（道光十六年，1836），春試報罷，余出居保定。適有小伶翠林，新自京師來，自言舊隸春臺部。捧紈扇，乞塡〈柳梢青〉詞一闋。既而曜靈西匿，華燈繼張，催花傳箭，豪飲達旦。酒酣，相與縱論春明門內人物，乘醉捉筆，爲《長安看花記》一冊。〔註 13〕

文人與藝人之間的來去交往、密切關聯，可見一斑。在《長安看花記》完成的隔年，又作《辛壬癸甲錄》，記錄了辛卯、壬辰、癸巳、甲午（道光十一年至十四年，1831～1834）四年間在京師的見聞。其云「僕以負俗之累，久作寓公。日月逾邁，英雄兒女，一事無成，遂有燕市酒人之目。及時行樂，排日選歡，無過藉彼柔情，銷我豪氣。」〔註 14〕他因科場被撤名，鬱悶難遣，在京師賦閒無事，遂寄情笙歌，耽溺酒樂。這也或是這類筆記作者成書的內

〔註 12〕同前註，〈著者事略〉，頁 24～25。

〔註 13〕同前註，頁 277。

〔註 14〕同前註，頁 277。

在原因。事實上，文人不遇則藉聲色酒樂銷愁；而士夫階級耽溺於聲色戲場、狎邪優伶者，在明末清初以來更是屢見不鮮。因此如賦閒京官、應試士子，或世襲公子，爲了聲名，也往往避稱名號。以別號具名，即如餐花小史於小鐵笛道人所著《日下看花記》後序所云：「所以稱號者，以遊戲筆墨，知者自知，不必人人皆知。」〔註 15〕恐怕也是爲了名聲之故。

## 第二節　《消寒新詠》之品題特色——抽象品評

《消寒新詠》有別於其他品題筆記的特殊體例，成就該書特別的文人風格。擷芳道人於乾隆六十年乙卯（1795）〈序〉中云該書之特色爲「以花比色，以鳥比聲，托物賦形，分題合詠」，因而「嘉其命意既新，取義亦別，正所謂會心處不必在遠」（頁 1），頗將該書有別於其他品題筆記的批評特色點出。本章擬從品題的文學形式入手，探討其文學淵源，並歸納其品題方式與特點，最後總結於該書實際在藝人身上的品題文字，以見作者對於色藝品評的審美取向。

與清代諸多品花筆記對藝人的「題贈」不同，在《消寒新詠》的〈正編〉中特別提出一種以「詠物」比擬詠「人」的方式來寫作，專以「花」比擬藝人之形貌色相、體態丰姿，以「鳥」比擬聲音及聲情。名爲詠物，實爲詠人。在清代的品花著作中，《消寒新詠》毋寧是極具特色的，這樣的寫作方式展現出作者的「文人」身份，不僅以「詩」的方式呈現，更且是「詠物詩」，不直接寫「人」，而以「意象」寫人。這種詩歌傳統使得本書在評論藝人時呈現一種朦朧迷離的美感，兼之以「花」、「鳥」二者入詩，更添美形色相。有意無意間也賦予伶人一種「玩」、「賞」的角色。

卷三〈紀實〉問津漁者〈李福齡墨蘭記〉中曾提及《燕蘭小譜》一書，該書自刊刻以來，於乾隆時期流傳甚廣。其中有一段對於花部藝人的「一字評」，《消寒新詠》的成書靈感，一部分恐得意於此：

> 友人有以「歌樓一字評」相告，嫌其于諸旦頗有未愜，乃以近時習見者爲更定之。魏三曰「妖」以其閒淫冶之風，舊評曰「騷」，未足以概之；銀官曰「標」；桂官曰「嬌」；玉官曰「翹」；宜于健婦而少韻致；鳳官曰「刁」；白二曰「飄」；飄逸也；萬官曰「豪」；鄭三曰「騷」；蕙官曰「挑」；三元曰「糙」平聲。其他則未入品題也。至于崑旦，聲容

〔註 15〕同前註，頁 109。

優劣有不可以一字概，當彷書畫評，各綴數語爲善，姑闕之，以俟賞音者。〔註16〕

除了將花部諸藝人以一字來作印象式批評之外，記中明白地說出崑旦之「聲容優劣不可以一字概」，或因崑旦聲容表演含蓄內蘊，以質取勝，不徒賣弄聲色，因無法以一字概括。《消寒新詠》補足了這個遺憾，以「意象」來涵括藝人的外在形象、姿容體態、音色聲情、神情意趣、性情格調、表演風格、表演境界等。可以說，對於該藝人的整體風格都含蘊在「意象」中。藉由外貌的「形」來寫其內涵的「神」，這也正是貫串中國藝術精神的一個傳統。

這種形神論的傳統，最早須溯源至東漢的人倫鑒識之風，藉由人物的形貌來探求其精神意態，以達到「相人」的目的。轉化在戲曲的人物品鑒上，品藻藝人的外在色相以達到鑒賞戲曲藝術的多重效果。而《消寒新詠》所採取的手段，即是以物擬人，運用文學的手法來深化鑒賞的形式與內涵。

從這個觀點來考察《消寒新詠》品題上的形式特色，可發現這類品題形式均是在文學藝術上占有重要份量與意義的文學形式，這也透露出文人傳承的文化現象的痕跡。以下先從這種品題特色的淵源作一番說明。

## 一、品題溯源

品鑒人物，自漢代開始發展，至魏晉南北朝而極盛。自《漢書・古今人表第八》中所謂「列九等之序」，〔註17〕已可見品鑒人物的基本樣貌。東漢末年因政治局勢混亂，選官制度之「察舉」與「徵辟」均被世族壟斷，流弊漸多。因此魏文帝採尚書陳群之議，延續東漢末以來尚清議、評人物的習慣，定立出分九品爲評比人材的制度，以作爲朝廷擇才的準則。曹魏時期在政治制度上延此思維發展出「九品中正」之制，〔註18〕因之才性的品鑒、德行的考察，成爲當時文人士子關注的重點。《後漢書・許劭傳》即記載：

初，劭（150～195）與靖（許靖，字文休）俱有高名，好共覈論鄉

〔註16〕〔清〕吳長元：《燕蘭小譜・雜詠》，張次溪：《清代燕都梨園史料》上，頁47。

〔註17〕《漢書・古今人表第八》：「傳曰：譬如堯舜，禹、稷、與之爲善則行，讙兜欲與爲惡則誅。可與爲善，不可與爲惡，是謂上智。桀紂，龍逢、比干欲與之爲善則誅，于莘、崇侯與之爲惡則行。可與爲惡，不可與爲善，是謂下愚。齊桓公，管仲相之則霸，豎貂輔之則亂。可與爲善，可與爲惡，是謂中人。因茲以列九等之序，究極經傳，繼世相次，總備古今之略要云。」

〔註18〕九品分類爲：上上、上中、上下、中上、中中、中下、下上、下中、下下。

黨人物，每月輒更其品題，故汝南俗有「月旦評」焉。

當時的「月旦評」影響甚廣，因之許多品鑒人物的專著在該時期如雨後春筍般萌發，如《隋書・經籍志》史部雜傳類有《海內士品》一卷（《舊唐書・經籍志》《新唐書・藝文志》作《海內士品錄》題魏文帝撰）；《南史・阮孝緒傳》記載梁朝阮孝緒著《高隱傳》云：「上自炎黃，終於天監末，斟酌分爲三品。言行超逸，名氏弗傳，爲上篇；始終不耗，姓名可錄，爲中篇；挂冠人世，棲心塵表，爲下篇。」再如《世說新語》及劉劭《人物志》則是該時在品鑒人物上較有系統性的著作。

對人物的分品評論，也同時延燒至文學，成爲時代的評論方法。鍾嶸（約469～518）《詩品》評論漢至梁之五言詩作者一百二十二人，分上中下三品。《詩品・序》云：

昔九品論人，《七略》裁士，校以賓實，誠多未值。至若詩之爲技，較爾可知。以類推之，殆均博弈。

可見《詩品》之受九品官人制之影響。流風所及，齊梁時代，書畫界有梁庾肩吾《書品》，亦將書家分三品，每品又分三等，亦是九品之意；再如謝赫《古畫品錄》將五代二十七位畫家分六品；《隋書・經籍志》載有范汪等注《碁九品序錄》一卷、《袁遵撰碁後九品序》一卷、梁武帝撰《圍碁品》一卷、陸雲公撰《碁品序》一卷，體例亦均受九品評士之影響。品鑒人物遂成爲時代之風氣。

東漢以來的人物品鑒風氣，根據徐復觀先生的分析云：

這種人倫鑒識，開始是以儒學爲鑒識的根據，以政治上的實用爲其所要達到的目標：以分解的方法，構成他們的判斷。而其關鍵之點，則在於通過**可見之形，可見之才**，以發現**內在而不可見之性**，即是要發現人之所以爲人的本質。……及正始名士出而學風大變……於是人倫鑒識，在無形中由**政治地實用性**，完成了向**藝術的欣賞性的轉換**。〔註19〕

在魏晉時期發展至後來，人物品鑒的目的即在於「超實用的趣味欣賞」，並「停頓在生活情調之上」。〔註20〕就這個觀點來看，《消寒新詠》可謂爲實際地體現這個理念。

而《消寒新詠》以花鳥題詩作爲品評藝人的方式，是文人擅長的詠物詩

〔註19〕徐復觀：《中國藝術精神》（臺北：學生書局，1988年），頁152。
〔註20〕同前註，頁153。

的一脈相承。詠物詩最早可溯源自《詩經》。其中多有藉草木鳥獸託物起興之作，如〈鶴鳴〉、〈碩鼠〉及〈鴟鴞〉〔註 21〕等等，這些詩已不止於單純的比興，而是藉由該物來隱寓某事。但在意義上屬於最早的成熟詠物詩爲屈原《九章・橘頌》，以比興象徵的手法達到寄託的意義。自此之後，詠物詩大興，至南朝齊梁而極盛。在《四庫全書總目》卷一六八・集部二一・別集類二一收有「詠物詩一卷」（浙江鮑士恭家藏本，元謝宗可撰），內云：

> 昔屈原頌橘，荀況賦蠶，詠物之作，萌芽於是，然特賦家流耳。漢武之《天馬》，班固之《白雉》、《寶鼎》，亦皆因事抒文，非主於刻畫一物。其託物寄懷，見於詩篇者，蔡邕詠庭前石榴，其始見也。沿及六朝，此風漸盛。王融、謝脁，至以唱和相高，而大致多主於隸事。唐宋兩朝，則作者蔚起，不可以屈指計矣。其特出者，杜甫之比興深微，蘇軾、黃庭堅之譬喻奇巧，皆挺出眾流。其餘則唐尚形容，宋參議論，而寄情寓諷，旁見側出於其中，此其大較也。〔註 22〕

可見詠物詩在技巧上不斷發展的進程：自「賦」的形式開始，發展成「非主於刻畫一物」，而後開始有「託物寄懷」的思考方式，其後技巧愈趨深細，至唐宋時期，則藉「詠物」以實現議論、寓諷的文學功能，可說是詠物詩進一步的面貌。事實上在齊梁時代，不論在題材的廣度和描物的深度上，便已有所躍進。但此時詠物詩一度走向極力描摹事物的外在，不論在形貌聲色上，均予以精雕細琢。〔註 23〕同時，也出現一種多人同題共詠的潮流。〔註 24〕但

---

〔註 21〕《詩經・小雅・彤弓之什・鶴鳴》：「鶴鳴于九皋，聲聞于野。魚潛在淵，或在于渚。樂彼之園，爰有樹檀，其下維蘀。它山之石，可以爲錯。　鶴鳴于九皋，聲聞于天。魚在于渚，或潛在淵。樂彼之園，爰有樹檀，其下維穀。它山之石，可以攻玉。」《詩經・國風・豳・鴟鴞》：「鴟鴞鴟鴞，既取我子，無毀我室。恩斯勤斯，鬻子之閔斯。　迨天之未陰雨，徹彼桑土，綢繆牖戶。今女下民，或敢侮予。　予手拮据，予所捋荼。予所蓄租，予口卒瘏。曰予未有室家。　予羽譙譙，予尾翛翛。予室翹翹，風雨所漂搖。予維音嘵嘵。」《詩經・國風・魏・碩鼠》：「碩鼠碩鼠，無食我黍！三歲貫女，莫我肯顧。逝將去女，適彼樂土。樂土樂土，爰得我所。　碩鼠碩鼠，無食我麥！三歲貫女，莫我肯德。逝將去女，適彼樂國。樂國樂國，爰得我直。　碩鼠碩鼠，無食我苗！三歲貫女，莫我肯勞。逝將去女，適彼樂郊。樂郊樂郊，誰之永號。」

〔註 22〕〔清〕紀昀等：《四庫全書總目》（北京：中華書局，1965 年），頁 1453。

〔註 23〕除了當時有詠山、詠水、詠石、詠雲等自然景觀物事之外，亦出現許多以往不曾出現的題材如詠扇、詠簾、詠琵琶、詠青苔等。

〔註 24〕如謝脁〈詠琴詩〉「同詠樂器」、〈詠席詩〉「同詠坐上見一物」等。

這也使得詠物詩這種體裁的發展臻於成熟。然而清代王夫之《薑齋詩話》評價齊梁詠物詩云：「詠物詩，齊、梁始多有之。其標格高下，猶畫之有匠作，有士氣。徵故實，寫色澤，廣比譬，雖極鏤繪之工，皆匠氣也。又其卑者，餖湊成篇，謎也，非詩也。」可道出齊梁詠物詩後來發展至極致時的局限。而南朝早期詠物詩，多以託物喻志爲目的，對於物之外貌並不強調，重視物之「神」。略貌取神，這也是後來文人詠物所回歸的重點。對於詠物詩的創作要求，清人俞琰所輯的《歷代詠物詩選・序》中說得明白：「詩也者，發於志而實感於物者也。詩感於物，而其體物者不可以不正，狀物者不可以不切，於是有詠物一體，以窮物之情，盡物之態，而詩學之要，莫先於詠物矣！」而在細部的要求中，宋代張戒《歲寒堂詩話》卷下云：

> 江頭五詠，物類雖同，格韻不等。同是花也，而梅花與桃李異觀；同是鳥也，而鷹隼與燕雀殊科。詠物者要當高得其格致韻味，下得其形似，各相稱耳。

這一點在詠物詩中可說相當重要，精準地描繪出「物」的形貌特質，以至於意趣精神，才是詠物的目的。同時，清代吳雷發的《說詩菅蒯》中提到一個要點：「詠物詩要不即不離，工細中須具縹緲之致。」〔註 25〕「不即不離」，可謂詠物眞詮。石坪居士於題張三寶小序中正合乎這種精神：

> 夫古人抒懷詠物，托景寫情，未嘗沾沾摹似。而即境傳神，每流露於字句外，令讀者玩其詞如睹是物。（頁 39）

這也是《消寒新詠》以文人作詩的技巧來品評藝人的方式。

意象作爲一種思維方式的表述，是自有文字以來的傳統。《周易》便大量地使用這種方式，以「卦」來表示天地間的萬事萬物。《周易》的「易象」不僅是抽象的符號，卻也是具象的形象。《莊子》最擅長將其思想化作一系列的意象（甚至意境），以寓言的方式表述。與老莊一脈相承的魏晉時期的「言意之辨」的思想觀念，更把語言、意象、思想三者的關係作了一番詮釋。王弼在《周易略例・明象》一篇便闡釋了這個論題：「夫象者，出意者也。言者，明象者也。盡意莫若象，盡象莫若言。言生於象，故可尋言以觀象。象生於意，故可尋象以觀意。意以象盡，象以言著。故言者所以明象，得象而忘言。象者所以存意，得意而忘象。」也就是說，「象」的作用在於存「意」，

〔註 25〕《說詩菅蒯》一卷，清吳雷發撰。臺靜農編《百種詩話類編》（臺北：藝文印書館，1974 年），頁 1667。

而「言」乃使「象」更明白。因此，「得意在忘象，得象在忘言。故立象以盡意，而象可忘也。」〔註 26〕不執著於象與言本身，而追求透過言辭表層所得到的更多想像的意蘊，而「意」因不僅僅限於思想，更多的是非理性、無法明確言說的、模糊的整體印象、情緒、情境等等，因此「言外之言」、「象外之意」，及往後延伸司空圖所提出的「味外之旨」、「韻外之致」〔註 27〕等「酸鹹之外」〔註 28〕的意趣，遂成爲中國傳統的藝術中一項極重要的思維。問津漁者於《消寒新詠・弁言》末云：「究竟酸鹹之外，不繫鹽梅。色相俱空，如同水鏡云爾。」（頁 3）在如遊戲文字般的、對藝人色相的品題中，體現了古代文人對文學的要求。

在詩學的發展中，詩歌品鑒的評論方法也發展出一種「摘句評論」的意象式評論法。事實上，早在齊梁時期即擅用此象喻法作爲批評的方法。如劉勰《文心雕龍・物色》：

> 是以詩人感物，聯類不窮。流連萬象之際，沈吟視聽之區。寫氣圖貌，既隨物以宛轉；屬采附聲，亦與心而徘徊。故灼灼狀桃花之鮮，依依盡楊柳之貌，杲杲爲出日之容，瀌瀌擬雨雪之狀，喈喈逐黃鳥之聲，喓喓學草蟲之韻。皎日嘒星，一言窮理；參差沃若，兩字連形：並以少總多，情貌無遺矣。〔註 29〕

而鍾嶸《詩品・序》：

> 若乃春風春鳥，秋月秋蟬，夏雲暑雨，冬月祁寒，斯四候之感諸詩者也。嘉會寄詩以親，離群託詩以怨。至於楚臣去境，漢妾辭宮；或骨橫朔野，或魂逐飛蓬；或負戈外戍，殺氣雄邊；塞客衣單，孀閨淚盡；或士有解佩出朝，一去忘反；女有揚蛾入寵，再盼傾國。凡斯種種，感盪心靈，非陳詩何以展其義；非長歌何以騁其情？

---

〔註 26〕王弼：《周易略例・明象》。

〔註 27〕〈與李生論詩書〉云：「文之難，而詩之難尤難。古今之喻多矣，而愚以爲辨於味而後可以言詩也。江嶺之南，凡足資於適口者，若醯，非不酸也，止於酸而已；若鹾，非不鹹也，止於鹹而已。華之人以充飢而遽輟者，知其鹹酸之外，醇美者有所乏耳。………近而不浮，遠而不盡，然後可以言韻外之致耳。………倘復以全美爲工，即知味外之旨矣」《司空表聖文集》（涵芬樓藏舊抄本，《四部叢刊》，上海商務印書館，1919 年）卷二，頁 2。

〔註 28〕司空圖的《詩品》論詩曰：「梅止於酸，鹽止於鹹，飲食不可無鹽梅，而其美常在鹹酸之外。」

〔註 29〕劉勰著、周振甫注：《文心雕龍注釋》（臺北：里仁書局，1998 年 9 月），頁 845。

詩之作用如是。因而以「詩」來囊括抽象情感，並以實象來使情感具象化，變成爲當時品評的習慣。如《詩品》評曹植云：「陳思之於文章也，譬人倫之有周孔，鱗羽之有龍鳳，音樂之有琴笙，女工之有黼黻。」評陸機、潘岳云：「陸才如海，潘才如江。」評范雲、丘遲：「范詩清便宛轉，如流風迴雪；丘詩點綴映媚，似落花依草。」以意象作爲批評的手段，雖在此之前此法也常爲文人使用。如曹植《前錄序》云：「故君子之作也，儼乎若高山，勃乎若浮雲，質素也如秋蓬，摛藻也如春葩。」李充《翰林論》：「潘安仁之爲文也，猶翔禽之羽毛，衣被之綃縠，猶淺于陸機。」劉義慶《世說新語》引孫綽語：「潘文爛若披錦，無處不善。陸文若排沙簡金，往往見寶。」《南史・顏延之傳》載鮑照語云：「謝五言如初發芙蓉，自然可愛；君詩如鋪錦列繡，亦雕繢滿眼。」這些都是在文學批評史上精彩的評語。但可以說，大量地使用意象批評，還是從《詩品》開始。其後如李商隱亦是個中高手，其《唐容州經略使元結文集後序》則以大篇幅四言韻文來評論元結之詩文，其中幾乎全以意象形狀來評述作家。晚唐時司空圖（837～908）的《二十四詩品》亦是一種具有品評特色的文學批評著作，該書將詩歌風貌分爲二十四品，每品以兩字標示詩歌的風格，如「雄渾」、「沖淡」、「纖穠」、「沈著」、「高古」等等。這種品評方式也造成一股摹倣的風潮，並延續齊梁以來大量運用比喻象徵手法，以具體意象描述抽象的詩歌風格。如〈典雅〉一篇：

> 玉壺買春，賞雨茅屋。坐中佳士，左右修竹。白雲初晴，幽鳥相逐。
> 眠琴綠陰，上有飛瀑。落花無言，人淡如菊。書之歲華，其曰可讀。

這種以「形象」說詩的方法，將作品的藝術風格與抽象的思維化作具體的、可感的形象，在詩文的批評法中成爲顯學。這種風氣持續在後世的文學批評中，成爲常見的方法。

無論是品鑒人物、或書寫詠物詩、以至於意象批評的法則，全都指向一個宗旨：寫形取神。

形神之說，早於先秦時代《荀子》即已有此概念。《荀子・天論篇第十七》中說：「形具而神生。」而於〈解蔽篇第二十一〉中云：「心者，形之君也，而神明之主也。」不僅將「形」、「神」二者視爲兩個對立的概念，並發展出「形」爲外在的、具體的形體（五官），「神」（心）則爲內在居中、治掌五官的主宰。秦漢時的《黃帝內經》延此概念：「心者，君主之官也，神明出焉。」（《素問・靈蘭秘典論》）東漢桓譚《新論》亦提出：「精神居形體，猶火之然燭矣。」都將「神」視爲主宰形體、虛中而德充之內涵。而《莊子・天地篇》謂：「物成生理，謂之形，形體保神，各有儀則，謂之性。」莊子思想中，形體來自氣之聚合，而神則體現並對應了化生宇宙萬物之「道」；並於〈德充符〉則提出「形殘而神全」的境界，雖似乎形與神是可二分的，但也表示莊子思想中內美重於外形的思維。

西漢《淮南子・說山訓》提出「君形」說，云：「畫西施之面，美而不可說；規孟賁之目，大而不可畏，君形者亡焉。」所謂「君形」者，即「神」之謂，神爲形之君。當亡失了神，西施畫得再美、孟賁之目畫得再大，亦不能使觀者有所感知。得形而失其神，即失去藝術的生命力。此時，「神」之重於「形」，或云「形」之必須傳「神」，則成爲形神理論之主旨。

前文曾提及，從東漢末開始流行的鑒識風氣，一直成爲中國文化傳統重要的一環。無論當時品鑒人物的出發點爲何，魏晉以後，漸漸在「人物」的品鑒上引申至對於藝術文學各方面的品鑒。在《世說新語》中常見對人物品藻的方向。如庾子嵩目和嶠「森森如千丈松，雖磊砢有節目，施之大廈，有棟樑之用。」「太尉神姿高徹，如瑤林瓊樹，自然是風塵外物。」「王右軍……歎林公器朗神儁」(《世說新語・賞譽》)、「弘治膚清，叔寶神清」(《世說新語・品藻》)，這些都指的是「由形相而見」，所相者爲人物的形相外貌可見之「神」，因稱爲「神姿」或「神貌」。但其時在士人間更看重人物的「神」，神和形之間，有時不必然是一致的。如《世說新語・言語》記載之溫嶠，《語林》曰：「初溫奉使勸進，晉王大集賓客見之。溫公始入，姿形甚陋，合坐盡驚。」然而虞預《晉書》注「嶠字太眞，太原祁人。少標俊清徹，英穎顯名。」這就是魏晉人常「忘形以發其神」，一旦其人風神俊雅高逸，形骸便可遺忘。有名的是嵇康：「身長七尺八寸，美詞氣，有風儀，而土木形骸，不自藻飾，人以爲龍章鳳姿，天質自然。」(《晉書・嵇康傳》)這是魏晉時人的審美觀，但也同時奠定了中國傳統的審美基礎。

在當時的藝術理論中，因「重神」、「忘形」，而有「神似」的追求。如《世說新語・巧藝》記載東晉畫家顧愷之：

> 顧長康（愷之）畫裴叔則，頰上益三毛。人問其故，顧曰：「裴楷儁朗有識具，正此是其識具。」看畫者尋之，定覺益三毛如有神明，殊勝未安時。

改變人物的形象以符合其神識，顯示當時人對於「神似」的重視。《世說新語・

巧藝》很早便提出「傳神寫照」一詞：

> 顧長康畫人，或數年不點目睛。人問其故，顧曰：四體妍蚩，本無關於妙處。傳神寫照，正在阿堵中。

「寫照」爲描摹出物的外在形象，「傳神」則是通過外在形象傳達出物之精神、內在的本質。人的精神通過眼睛而傳達，因此在「點睛」時特別小心在意。其後謝赫於《古畫品錄》所提出的「氣韻生動」，亦是延續顧愷之「傳神」的意涵。其後南齊書法家王僧虔亦承此脈絡，主張「神彩爲上，形質次之。」（《書法鈎玄》；五代宋初之歐陽炯亦云：「六法之內，惟形似、氣韻二者爲先。有氣韻而無形似，則質勝於文；有形似而無氣韻，則華而不實。」（《益州名畫錄》）北宋沈括《夢溪筆談》則云：「書畫之妙，當以神會，難可以形器求也。」神之先於形，不言可喻。至蘇軾〈傳神論〉一文云：「優孟學孫叔敖抵掌談笑，至人謂死者復生。此豈舉體皆似，亦得其意思所在而已。」雖以優孟演戲喻繪畫之理，卻因此而將繪畫中的傳神論導入戲曲理論之中。其於《書鄢陵王主簿所畫折枝》二首之一並云：「論畫以形似，見與兒童鄰。賦詩必此詩，定知非詩人。」詩畫同理，亦知凡藝術之理皆同。徐復觀先生對於「形」與「神」之間關係的形成闡釋得非常詳細。其云：

> ……儀形，乃至《世說新語》所說的容止，不止於是一個人外面的形相，而是通過形相所表現出來的，在形相後面所蘊藏的，作爲一個人的存在的本質。……在老子、莊子稱之爲德；……後期的莊學，又將**德稱之爲性**。……而人倫鑒識作了藝術性的轉換後，便稱之爲「**神**」。此「神」的觀念，亦出於莊子。……而魏晉時的所謂神，則指的是由本體**所發於起居語默之間的作用**。〔註30〕

「形」指的是人物體現出來的外在形象，「神」則是「由外及內」、「由現象到本質」的顯現。這種透過「形」以捕捉傳達出人物的「神」的「以形寫神」的觀念，正是後世詠物體的終極目標。

而在戲曲的領域中，將「形神」觀念納入批評，則由來已久。李惠綿先生在《元明清戲曲搬演論研究》中曾以專章討論以形神理論爲基礎而形成的「形神美學」在戲曲批評中的運用，使得「形神」成爲具有象徵性的表演藝術境界的形容語。以此品評戲曲藝人時，除了色藝等外在條件外，化身爲人物時是否

〔註30〕徐復觀：《中國藝術精神》（臺北：學生書局，1988年1月初版10刷），頁155。

可擷取人物的「神韻」，則成爲評論的重點。〔註31〕而《消寒新詠》在品評藝人時，也運用詩人詠物的方式，以花鳥之意象來象喻藝人，使得形神美學更具有意象性與象徵性，可說是形神美學運用的極至。它所指涉的意涵，不止於表演本身，也指涉外貌形象、內在精神，以及品格調性。以下詳細說明。

## 二、花鳥取象

將藝人歌妓喻爲花，遠自唐宋已然。上章第一節「花榜歷史」已概括討論：文人評選花榜，將伶妓比之爲某花，分甲乙、評等第，由來已久。但眞正將之著爲一書，卻不多見。清代以來，品花題詩之「花譜」漸漸興盛，將伶人喻之爲花，並著於書中，自乾隆五十年吳長元《燕蘭小譜》始記載云：

> 王桂官（萃慶部），名桂山，即湘雲也，湖北沔陽州人。身材彷彿銀兒。橫波流睇，柔媚動人，一時聲譽與之相埒。余謂「銀兒如芍藥，桂兒似海棠。其丰韻嫣然，常有出於濃豔凝香之外，此中難索解人也。」〔註32〕

已將銀官、桂官比之芍藥海棠。可見將藝人比之爲花，《燕蘭小譜》中已有記錄。鐵橋山人云：

> 余與同人品題優伶，分花分鳥，效詩人托物寫照之義。（頁11）

托「物」之「象」來寫「人」之「照」，而「寫照」實即爲了「傳神」。這便是本書的品題形式的法則。石坪居士序張三寶官云：

> 夫古人抒懷詠物，托景寫情，未嘗沾沾摹似。而即境傳神，每流露於字句外，令讀者玩其詞如睹是物。抑或即是物，見所況之人。因而撷其緒餘，緣爲注腳。雖屬架空翻新，不嫌旁引借證；則亦義取諸比，物維其肖也。（頁39）

這一語道出了《消寒新詠》以詠物詩的手法，取其「即境傳神」的特性，藉以摹擬所指涉的對象予以複雜豐富而具有聯想性的、言外之意的特質，以意象自身來駕馭、訴說，而不必作者言明。也明確地傳達出這種品評方式，完全是文人習以爲常、「識者自能辨之」的文學性格。石坪居士在品題徐才的小序中提出：

> 然而寄懷托物，摹寫蛾眉，古調已舊；借影生情，品題優孟，幻想

〔註31〕李惠綿：《元明清戲曲搬演論研究——以曲牌體戲曲爲範疇》（臺北：文史哲出版社，1998年），頁307～317。

〔註32〕張次溪：《清代燕都梨園史料》上，頁18。

尤新。第必取其神肖，不徒泛以形求。（頁 16）

品題藝人之聲形樣貌，也同樣奉行著這一最高宗旨——「神似」。因此所比擬的花鳥，有的兼顧形似與神似，有的則完全以意趣爲主。原則上，聲色形貌是品評的基礎，由形入神、忘形見神則是品評的境界。鐵橋山人在品題李福齡官的小序中云：

以花比色，以鳥比聲，此余與友人品評優伶之意也。顧花有色香兼備，亦有有色無香，有有香無色。至禽鳥爲物，則天下並無無聲之鳥也，特其聲之巨細清濁，疾徐短長，要不一而足。且鳥亦未始無色，羽毛鮮美，陸離可愛，又不特有聲而已。余輩不過約略舉似，識者自能辨之。（頁 23）

在作比喻之時，多從「花」「鳥」的特性入手。花之特性以「色」、「香」爲主，鳥之特性以「聲」、「形」爲主。然而以花比色、以鳥比聲之外，花又細分有「色」與「香」之別。至於「色」、「香」到底分指什麼意涵？從下文可約略窺見作者用意。石坪居士詠潘巧齡「玉簪花」詩之後註解釋了「香」的指涉意涵：

初見巧齡演劇，有搖頭弄舌之病，余原詩曾有「每惜冰姿香寂寞，此卿空負假風流」之句，今則盡改，便覺香多，故改贈之。（頁 37）

及同樣是石坪居士的題李增官序：

惟貼旦李增兒，韶年雋逸，素質輕盈。未嘗賣弄妖嬈，體態生香。（頁 38）

色自然是指形貌，香則頗有暗指體態丰姿、神情精氣之等使得「色」更添意態風流的意涵。這類意象批評，其比擬意涵時的原則即是「不泥乎物」。問津漁者云：

緣情而起義，要皆不泥乎物，不膩乎情爲得也。（頁 36）

詠物的原則要在「不即不離」，即物又不泥於物，但「形似」既要精準，卻更要取物之神。

李惠綿先生曾將《消寒新詠》所擬十八種花鳥分類爲以下幾種意涵：〔註 33〕

一取其聲肖色似。如將王喜齡官比擬爲芍藥、黃鶯（鶬鶊），「蓋美其品之佳，羨其音之好也。」

二取其神之肖而非色之謂。如毛二官，比擬爲梔子、白鷺，「皆白色。彼

〔註 33〕標楷體字爲其原文，餘隱括敘述。李惠綿：《元明清戲曲搬演論研究——以曲牌體戲曲爲範疇》，第一章〈色藝論・聲容與聲色〉，頁 47～49。

不甚白，夫人而知之矣………此則取其神之肖，而非色之謂耳。」

三取其格高聲似。如范二官，擬之梅花、白鶴，「存眾卉獨先，雞群獨立之意」。

四取其性情神似。如李桂齡官，擬之含笑花，因「每登場演劇時，心情宛轉，顧盼嫣然」；擬之鴛鴦，因其爲人「性情和平，有情有義」。

五取其演劇之苦心孤詣。如長生官擬之杜鵑。

六取其消聲滅色。如劉大保擬之丁香憂懷百結、秋雁之勢失形孤。

此六點將花鳥比擬的意涵盡數容括在內，或取聲、色、神，或取格調、性情，或取表演之方式。筆者析其比擬意涵，實即取花鳥之「形」、「神」二義。形所取者有花之形色、香氣，鳥之聲音、形體；神所取之義有花的神韻、鳥的靈性。以下藉「表二」羅列《消寒新詠》所品題之十八位藝人之名稱及作者所解釋其比擬之意涵，並列一欄以《花鳥詩歌鑒賞辭典》中對花與鳥的形象、特性之說明文字〔註 34〕對照之，最後一欄爲《古今圖書集成》中所附之花鳥圖片，〔註 35〕以爲參照。

**表二：《消寒新詠・正編》品題藝人之花鳥名稱及其意涵**

| 花雅 | 藝名 | 腳色 | 花鳥 | 比擬意涵 | 花鳥說明 | 花鳥圖 |
|---|---|---|---|---|---|---|
| 雅部藝人 | 范二 | 生 | 梅花 | 范二官者，有聲有色，卓卓冠時者也。彼其格高態老，非梅花、白鶴不足以方之。……我特不過存眾卉獨先，雞群獨立之意云爾，並非謂其有仙骨仙姿也。<br>蕭然點綴皆堪愛，瘦削橫斜總得宜。 | 梅花，……屬薔薇科落葉小喬木或灌木。其品種很多，較著名的有「綠萼」、「骨紅」、「照水」、「粉梅」、「直腳」、「龍遊」諸品。……其花白色至水紅色，極淡雅，形美面不妖，味清淳有韻；其枝幹如鐵。耐霜寒、鬥風雪，是它的可貴品質，常於嚴寒季節綻放花朵。我國人民自古以來喜愛梅花，並喻爲君子。（頁 168） | |

〔註 34〕此說明採自張秉戍、張國臣主編：《花鳥詩歌鑒賞辭典》（北京：中國旅遊出版社，1992 年 12 月）。爲清耳目，直接於表格中標明頁數，不另作注。另未標明頁數者，即引自《數位古今圖書集成》（國立故宮博物院與東吳大學合作，1999 年）：http://192.83.187.228/gjtsnet/search.htm。

〔註 35〕花鳥圖之來源有：《數位古今圖書集成》http://192.83.187.228/gjtsnet/search.htm、及《古今圖書集成全文資料庫》（鼎文書局授權出版，木鐸資訊系統設計，2003 年）http://140.114.72.27:2010/bookc/ttsdbook.exe。

| | | | | | | |
|---|---|---|---|---|---|---|
| | | | 白鶴 | 雞群獨立。<br>雙翩健凌千仞舉，一聲清唳九霄聞。 | 鶴，……其鳴聲響亮，善飛翔，常涉於淺灘，捕魚、蟲爲食，亦食水草及穀類。夏季繁殖於黑龍江流域，冬季徙至長江下游。……它的形象優美典雅，時而起舞，歷來是詩詞歌舞及繪畫中的絕好題材，且其壽命可長達五、六十年，常被引爲長壽象徵。（頁779） |  鶴圖 |
| | 王百壽 | 小生 | 玉茗 | 嫩白含香，茶中玉茗。<br>與梅作對，認傅粉之何郎。 | 山茶一名曼陀羅，樹高者丈餘，低者二三尺。枝幹交加，葉似木樨，硬有稜，稍厚，中闊寸餘，兩頭尖長三寸許，面深綠光滑，背淺綠，經冬不脫，以葉類茶，又可作飲，故得茶名。花有數種，十月開至二月。（王象晉《群芳譜》） |  山茶圖 |
| | | | 青鸞 | 清歌按節，海上青鸞。<br>亦鶴爲群，擬吹簫之子晉。 | 鸞，瑞鳥。鸞者，鳳鳥之亞，始生類鳳，久則五彩變易，故字從變省。禮斗儀曰：天下太平安寧則見，其音如鈴，鑾鑾然也。周之文物大備，法車之上綴以大鈴，如鸞之聲也。後改爲鑾。（《禽經》） |  鸞鳥圖 |
| | 徐才 | 小旦 | 海棠 | 邇有歌臺獻媚，自在嬌嬈；擅板傳聲，天然節奏。爲之窮妍極態，如看月下海棠。 | 海棠，……屬薔薇科落葉小喬木，高達七－八米，花數朵簇生呈傘形總狀花序，蕾期紅色，開後爲粉紅色，直徑四－五釐米。花期四月－五月，品種主要有西府海棠和白海棠。海棠花很美，唐吳融稱它「占春顏色最風流」，宋陸游詩曰：「若使海棠根可移，楊州芍藥應羞死」。（頁138） |  海棠圖 |

| | | | | | |
|---|---|---|---|---|---|
| | | 鸚鵡 | 有時緩囀輕謳，似聽花前鸚鵡。 | 鸚鵡，別稱「鸚母」、「鸚哥」、「隴客」等；爲鸚形目，鸚鵡科各種之通稱。其品種頗多。共同特徵是頭圓嘴鉤，羽色華美，足部四趾前後各二，利於攀援。……常結群活動於闊葉林中。食漿果、堅果及幼芽嫩枝，亦常啄食穀物。鸚鵡外觀美麗，易於馴養，其中某些品種又能模仿人語，故爲名貴的籠鳥。（頁820） |  鸚鵡圖 |
| 李玉齡 | 小旦 | 虞美人 | 虞美人，統辭也；楚姬，專辭也；花與譜，概辭也。玉齡官當歌舞之場，蹉跎歲月，不知老之將至好景難長留，皆當作如是觀。何異玉帳佳人，坐老軍中乎？ | 虞美人花，……屬罌粟科一年生草本植物。分枝纖細，花色自白經紅至紫，並有斑紋品種，花瓣四片。近圓形，有單瓣種、複瓣種和重瓣種。……花形奇特，《花經》描寫它：「單瓣叢心，五色俱備，姿態蔥秀，嘗因風飛舞，儼如蝶翅動，亦花中之妙品。」此花以楚項羽愛妾之名命之，足見其美。（頁121） | 《古今圖書集成》圖缺 |
| | | 秦吉了 | 我輩爲是舉也，皆妙齡稚子。彼獨美且長，柔情繡口，見則娛人。余故爲彼憐，過此，將爲人所棄。秦吉了，釋云「情急了」也。 | 秦吉了，鳴禽類，性聰慧，能模仿人言，聲音大於鸚鵡。李白詩「安得秦吉了，爲人道寸心」。《舊唐書・音樂志》：「嶺南有鳥似鸜鴿而稍大，乍視之，不相分辨。籠養久則能言、無不通。南人謂之吉了，亦云『料』。開元初廣州獻之，言音雄重如丈夫、委曲識人情，慧於鸚鵡遠矣。疑即此鳥也」（轉引《白居易詩選》注釋）。（頁993） |  秦吉了圖 |
| 長生 | 旦 | 杜鵑花 | 長生官者，於千古勞人思婦，聚散離合，即境傳情。當夫登場度曲，苦心傾寫，幾至於口不流血不止。今則雲散風流，眞杜鵑所謂「不如歸去」矣。且樂天詩：「杜鵑花開子規啼」，然則花也、鳥也，二而一 | 杜鵑花……據《本草綱目》介紹：「處處山谷有之，高者四、五尺，低者一、二尺，春生苗，葉淺綠色，枝少而花繁，一枝數萼，二月始開……有紅者、紫者、五出者、千葉者。」……此花以紅豔著稱……傳說古蜀帝杜宇死後化作杜鵑鳥，悲鳴不已，至口吐鮮血，滴落花上，人們便稱這種花爲杜鵑花了。（頁369） |  杜鵑圖 |

| | | | | | | |
|---|---|---|---|---|---|---|
| | | | 杜鵑鳥 | 者也。……想亦杜鵑花開，適當子規之美。子規不幸而流血。此花不幸而鮮紅。 | 子規鳥又叫杜鵑、杜宇，杜宇是傳說中的古代蜀國國王，號曰望帝，後來失國，流亡在外，死後魂魄化爲子規，這種鳥以蜀中最多，啼聲凄惻，常常徹夜悲啼，據說能啼出血來，啼叫的聲音好像是在呼喚「不如歸去」。每年農曆三月間子規啼叫時盛開。花紅色，如血如火，對此，白居易有生動的描寫：「日射血珠將滴地，風翻水焰欲燒人」。傳說杜鵑的紅花是杜鵑鳥啼血染成的，所以花與鳥同名。（頁841） |  杜鵑圖 |
| | 陳五福 | 貼旦 | 薔薇 | 到處留情，風動薔薇之刺。 | 薔薇，別稱「買笑」……等；屬薔薇科落葉灌木。莖蔓生，刺頗多；花色分金黃、淡黃、紅、紫、白、黑諸種，朵小而簇生。花期長、易繁殖，性耐寒、耐旱、耐陰；喜光。……產華北及長江流域。宜栽庭院中。（頁240） |  薔薇圖 |
| | | | 鵓鴿 | 此心喜合，天生鵓鴿之知。 | 鵓鴿，為鴿形目，鳩鴿科，鴿屬各種之通稱。鴿類多達五百五十餘種，約占世界鳥類十五分之一，堪稱鳥王國中之龐大家族。常見的有「原鴿」、「岩鴿」及「家鴿」。家鴿又稱「鴿子」、「半天嬌人」、「插羽佳人」、「飛奴」等。（頁818） |  鴿圖 |
| | 劉大保 | 小生 | 丁香 | 香殘豔歇，幽懷百結。 | 丁香花，別稱「百結花」；屬木樨科落葉灌木或小喬木。它的葉型似茉莉而無亮光，花小而叢聚，原爲淡紫色，後又培育出白色品種，花型有寬瓣、卷瓣之分，花氣馨香沁人。丁香花有頑強的生命力，很能耐旱、耐瘠。（頁401） |  丁香圖 |

|  |  |  |  |  |  |  |
|---|---|---|---|---|---|---|
|  |  |  | 秋雁 | 勢失形孤，獨守三更。 | 雁，屬雁形目，鴨科，雁亞科。主要種類有鴻雁、豆雁（又稱鴻）、白額雁、灰雁等。……羽毛多為淡灰褐色，並布有斑紋，背、肩羽為暗棕色，尾覆上羽和尾羽下部純白色，尾羽棕黑色，嘴黑色，眼棕色，足橙黃色。棲居於麥田、河邊、湖泊、沼澤和海灘。繁殖地在蘇聯西伯利亞，秋冬季經東北、華北，到華中、華南過冬。雁體大肉多，羽翎及絨羽均可利用，是經濟價值較高的狩獵鳥類。（頁 594） | 鴻鴈圖  |
|  | 毛二 | 貼旦 | 梔子花 | 韓翃詩云：「梔子同心好贈人」，施肩吾亦云：「不如山梔子，竟解結同心」。試想當場含情凝睇，巧笑悅人，肖耶？否耶？ | 梔子花，別稱「越桃」、「鮮支」、「詹卜」、「黃枝」、「山梔」等；屬茜草科常綠灌木或小喬木。花大，白色，芳香，開時芬芳撲鼻，色晶瑩如玉，襯以綠葉，益顯清麗可愛；結果黃色。據《花鏡》載，有三個品種：「單葉小花結子多；千葉大花者不結子，色白而香烈；又有四季花者，亦不生山梔。」……喜溫暖、光照、濕潤，不耐寒。花可提取香料，做切花；果可制染料，且可入藥。（頁 429） | 梔子圖  |
|  |  |  | 白鷺 | 惜聲無妙韻，僅如秋水塘邊相呼相喚，雖著雪衣，終不若金衣公子能叫醒春夢也。 | 鷺，別稱「鷺鷥」、「絲禽」、「帶絲禽」……。俗謂老笠，為鸛形目鷺科部分種類的通稱。……白鷺身白如雪，頭有冠羽，背部蓑羽特長，羽枝做散看狀，眼黃，嘴、腳皆黑。以其形象優美，歷來有很多雅稱，如「白鳥」、「雪衣」、「雪衣公子」、「風標公子」、「雪禽」、「雪客」、「白雪客」等都是。……鷺類喜群居，主要以小魚蝦為食。棲息於池塘、沼澤、湖泊等處，建巢於大樹上或蘆葦中。……其肉可食用，羽可作飾物。（頁 558） | 鷺圖  |

| | | | | | | |
|---|---|---|---|---|---|---|
| | 金福壽 | 小旦 | 桃花 | 面泛桃花之暈，載灼其華。 | 桃花，屬薔薇科落葉小喬木。……桃花爲名花，花色多粉紅，變種有深紅、緋紅、純白、紅色、混色等。花葉同發，而花開常略占先。花期三至四月。人們喜愛桃花，因爲它是一年中第一個給大地帶來艷色的使者。（頁218） |  《古今圖書集成》有桃圖無桃花圖 |
| | | | 鸜鴿 | 聲調鸜鴿之歌，亦剪其舌。 | 八哥，又稱「鸜鴿」、「鴝」、「八八兒」；屬雀形目，椋鳥科，體長約二六〇毫米；體羽漆黑如墨，翅上有一對白色橫斑，飛翔時，從下面看形如「八」字，由是得名，……多生活於山林、平原、村落；它們在繁殖期以外的季節裡常成小群活動，……哥鳴聲噪染無韵，但極善仿其他鳥類的鳴聲，經調教還可摹仿人語。是著名的觀賞鳴禽及農林益鳥。（頁991） |  |
| | 李增 | 貼旦 | 茉莉 | 同契喜其淡雅，品以「茉莉」。 | 茉莉花，……屬木樨科多年生常綠灌木。幼枝綠色、兩性花，聚傘花序，花白色，有極濃芳香，自初夏至晚秋開花不絕。原產印度、伊朗，據說漢代已傳入我國。……花型分單瓣、重瓣、千層瓣等，以重瓣品種最佳。茉莉以其濃郁芳香爲人所重，古人譽之爲「人間第一香」。其花無論是薰茶或提取香精，均稱上品。花和葉皆可入藥。（頁387） |  |

| | | | | | | |
|---|---|---|---|---|---|---|
| | | | 百舌 | 愛彼謳歌，名爲「百舌」。 | 鳥鶇，稱「百舌」、「反舌」、「黑鶇」、「報春鳥」等；屬雀形目，鶲科。全體羽色烏黑，唯嘴部橙黃色，雄鳥體色更黑，嘴色更黃。其體型頗似八哥，但額無羽簇，翅與尾無白斑。鳥鶇鳴聲響亮，平時成「吉－吉－吉」的單聲，二月上旬開始囀鳴，至繁殖期鳴聲更豐富多變，並能模倣其他鳥叫。棲息於森林、草地間，營巢於不太高的樹杈上，常在地上行走覓食，主食昆蟲。（頁 1023） |  |
| | 張三寶 | 小旦 | 瑞香 | 骨香不自知，色淺意自深。……觀其宮裝獻酒，環珮玎璫，則所謂「雕玉香穠因瑞雪，翠翹春暖插輕霞」庶其近之。 | 瑞香花，原名「睡香」，別稱「瑞蘭」、「露甲」、「千里香」……屬瑞香科常綠小灌木，枝矮叢生，葉厚平，冬生花蕾，春始開花，有白、紫、淡紅等色。《花經》曰：「花小成簇，蕊偶不冠；形若丁香，氣勝幽蘭，枝幹婆娑，廣葉璘扁。既蒼翠之常保，盡年而賞玩。」可知瑞香是花中佳品。此花原產我國……現有「金邊瑞香」、「白瑞香」、「薔薇瑞香」等優良品種。習性喜陰，畏寒，宜種肥沃濕潤土壤。瑞香根可入藥；皮纖維可造紙。（頁 349） |  |
| | | | 山雞 | 空中紛格鬥，彩羽落如花。……及其陣演孫吳，搴旗戰舞，靡不精彩炫人，又何異「鸂鶒翻草去，紅嘴啄花歸」也。 | 雉鷄，別稱「雉」、「野雞」、「山雉」、「山雞」……等；屬鷄形目……雉鷄羽毛美麗，有明顯的金屬光澤，頸部多有一白色環，尾羽長，赭黃色，具黑色橫斑；嘴灰，眼、腳紅，雌鳥羽色不若雄鳥美觀，尾亦較短。雉鷄生活在山區丘陵的草灌叢中，也常到葦叢或田地活動，腳健善足，翼短不耐久飛，以穀物、草籽、昆蟲等爲食。爲極常見的野禽，羽毛、皮張可供裝飾。（頁 757） |  |

| | | | | | | |
|---|---|---|---|---|---|---|
| | 王琪 | 貼旦 | 荼蘼 | 古人云：「開到荼蘼花事盡。」似斯人遲之又久而後出，不可謂非遇合有時矣。 | 酴醾花，本作「荼蘪」，《群芳譜》謂其化「色黃似酒，故加『酉』字」；別稱「獨步春」……「傳粉綠衣郎」、「沈香密友」等；屬薔薇科落葉灌木。酴醾很像薔薇。花單生，花型大而重瓣；花色有紅、黃、白等種。它的花期在春末，是百花園中承上啓下的角色，因而受到重視。（頁 264） |  |
| | | | 倒掛 | 而倒掛，又名「探花使」，《名物通》謂其日聞好香，則收藏尾翼間。然則，斯人也，斯鳥也，即謂之爲眾花收香，可也。 | 桐花鳳小於元鳥，春暮來集。桐花一名收香、倒掛，又名探花使，性馴好集美人釵上，出成都。（《太平廣記》） |  |
| 花部藝人 | 王喜齡 | 貼旦 | 芍藥 | 態浩香狂，無如芍藥。 | 芍藥，……屬毛茛科，多年生宿根草本植物；爲我國著名花卉之一。株高六十至一二〇厘米……花大而美，花期四至五月。芍藥名貴品種甚多：遠在晉代即有重瓣品種出現，宋王觀《揚州芍藥譜》記有三十四種，至清陳淏子《花鏡》一書中所記品種已達八十八種，山東荷澤爲重要產區，有「紫蝶金」、「烏龍捧盛」、「朱砂盤」、「楊妃出浴」、「硯池漾波」、「紫袍金帶」、「西施粉」、「大紅袍」……等諸品。花色分紅、紫、黃、白等數種。……芍藥性耐寒，夏季喜冷涼氣候，栽種於陽光充足之處爲宜，芍藥既有很高觀賞價值，又是重要藥材。韓愈〈芍藥〉詩云：「浩態狂香未逢，紅燈爍爍綠盤龍。覺來獨對情驚恐，身在仙宮第幾重。」（頁 43） |  |

| | | | | | | |
|---|---|---|---|---|---|---|
| | | | 黃鶯 | 聲嬌舌巧，首數鶬鶊。 | 黃鸝，爲雀形目，黃鸝科各種的通稱。……有很多別稱，如「黃鳥」、「黃鶯」、「黃袍」……「鸝」……「商庚」、「楚雀」、「金衣」等。體長二五〇毫米；通體鮮黃色，……生活於平原林地，低山丘陵地帶，巢營於高樹上；以蟲爲食，繁殖於我國東部，夏季廣布全國，此鳥鳴聲婉轉，羽色美麗，是著名的觀賞鳥類，亦是農業益鳥。（頁 964） |  |
| | 倪元齡 | 小旦 | 水仙 | 余素賞鑒旦色中，首取才官。今見元齡，神如馮夷倚浪，技若小鳥凌波。允怡閒情，復堪持贈，則爲配海棠以水仙，次翡翠於鸚鵡，皆神肖而非貌似者 | 水仙花，別稱……金盞銀臺等；屬石蒜科多年水生草本植物。它的姿資不負其美名，扁長的葉猶如碧玉雕成，潔白的花朵恰似玲瓏玉盞，花的馥香氣息更能令人陶醉。《群芳譜》載：「水仙叢生宜下濕地，根似蒜頭。」……冬間於葉間抽一莖，莖頭開花數朵，大如簪頭，色白，圓如酒杯，上有五尖，中心黃蕊頗大，有金盞銀臺之名。其花瑩韵，其香清幽。一種千葉者，花片卷皺，上淡白而下輕黃，不作杯狀，世人重之。以爲眞水仙。……此花不可缺水，故名水仙。……以福建漳州水仙最著名。……其鱗莖可入藥，花可製香精。（頁 504） |  水仙圖 |
| | | | 翡翠 | | 翡翠，一名「翠雀」，爲佛法僧目，翠鳥科……羽色鮮豔，頭部黑色，背、翅尾爲亮藍色，喉、胸、頸白色。……喜在池塘、沼澤和溪邊活動；主食魚、蝦、昆蟲；築巢於河岸或山岩洞穴中；……翡翠具有很高觀賞價値，其羽毛亦是名貴的裝飾品。（頁 878） |  翡翠圖 |

| | | | | | | |
|---|---|---|---|---|---|---|
| | 李福齡 | 貼旦 | 芙蓉 | 愛爾天機爛熳眞，芙蓉出水淨無塵。歌臺未必無雕飾，畢竟金官是可人。 | 荷花，別稱「蓮花」、「水芝」、「芙蕖」、「水芙蓉」、「菡萏」等；屬睡蓮科多年生水生花卉。生有多節地下莖（藕），莖節間生不定根；荷葉張開多呈圓盾形，葉面闊大，葉柄修長；花型大，花徑常可達八至十二厘米，花色有白、粉、紅、紫、灑金等；……性喜光、喜溫、喜濕；……花可賞、蓮藕、蓮子均可食。荷花在我國素有「花中君子」之美稱，宋代周敦頤《愛蓮說》中贊曰：「……出淤泥而不染，濯清漣而不妖，中通外直，不蔓不枝，香遠益清，亭亭淨植，可遠觀而不可褻玩焉。」此評至當。（頁 29） | 蓮圖 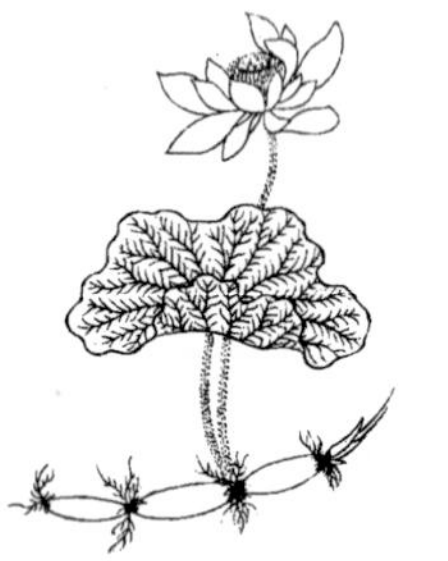 |
| | | | 鷓鴣 | 離合悲歡色相並，陽關一曲逼眞情。觀場也下傷心淚，如聽鉤輈格磔聲。 | 鷓鴣……鷄形目，雉科，鷓鴣屬。形體類鷄而小，體長約三二○毫米，體重約三○○克。羽色大多黑白相雜……棲息於丘陵、山地的草叢或灌木叢中。其雄者性好鬥，鳴聲特殊，詩人擬其音爲「行不得也哥哥」，民間則擬其音爲「十二兩平平」。此鳥以穀物、豆類、果肉、嫩芽或昆蟲爲食。多分布於南方各省。……亦有飼之爲鬥禽者。（頁 717） | 鷓鴣圖  |
| | 李桂齡 | 小生 | 含笑花 | 每登場演劇時，心情宛轉，顧盼嫣然，余久以「含笑花」目之。 | 含笑花，別稱「香蕉花」，屬木蘭科常綠喬木。此花葉片翠綠，花氣芳香，花淡黃色，花冠不張開而下垂。「花開不張口，含羞又低頭。擬似玉人笑，深情暗自流。」這詩句恰是含笑花的寫照。此花性喜溫暖濕潤，不耐霜寒；花期頗長，一般爲一～五月或十～十二月。（頁 100） | 《古今圖書集成》圖缺 |

| | | | | | | |
|---|---|---|---|---|---|---|
| | | | 鴛鴦 | 蓋有旦不可無生，正如鴛鴦雌雄之不能相離。且其性和平，有情有義。 | 鴛鴦……屬雁形目，鴨科。係中型游禽，體長不超過五〇〇毫米，體重約五〇〇克。鴛鴦是極珍貴的觀賞禽，其雄者羽毛色彩錯綜絢麗，羽形別致，頗富裝飾性。……鴛鴦在河湖中成對生活，形影不離，據說其中一隻死去，另一隻則終身獨處。此鳥善走、善飛、亦善游。食性較雜，以植物性食爲主。……鴛鴦在我國歷來受人喜愛，不獨因其羽毛美麗，更因其結伴成雙生活，象徵夫妻的恩愛、忠貞。它的形象在文學、美術中都被廣泛運用。（頁 654） |  |
| | 胡祥齡 | 小生 | 梨花 | 曩昔梨花之報，燕子之來，余將與子頡頏耳。然酒闌人散又應，曲罷音沉妙手空空，渣滓悉化，祥齡已歸去矣，於我又何與焉！是時，月下梨花，簾前燕子，猶依然在目也。興至，遂爲賦《梨花》、《春燕》二章。 | 梨花……屬薔薇科落葉灌木。……花多白色，有一種素美清雅韻致……梨花以他的樸素之美贏得不少人的喜愛，歷代詩文描寫的很多……《禮記》、《莊子》、《山海經》都有關於梨的記載。（頁 253） |  《古今圖書集成》有梨圖無梨花圖 |
| | | | 春燕 | | 燕，即燕子，別稱……「玄鳥」、「烏衣」、「朱鳥」、「神女」等；爲雀形目，燕科各種類之通稱。……一般形體較小，體態輕盈伶俐，兩翅狹長，飛行時如鐮刀，尾分叉如剪子。……燕類是我國主要的食蟲益鳥。（頁 895） |  |

| | | | | | | |
|---|---|---|---|---|---|---|
| | 潘巧齡 | 貼旦 | 玉簪 | 宮鬢小髻，舉止輕柔，或有當於玉簪插鬢。 | 玉簪花，因花形似婦女髮飾玉簪而名，別稱「白玉簪」、「玉春棒」；屬百合科多年生宿根草本植物。葉基生成叢，卵形至心狀卵形，具長柄，頂生總狀花序，高出葉面，花筒狀，下部細小，形如簪，白色而具芳香。花期七月至八月。……性強健，喜半陰，受強光則葉變黃，耐濕、耐旱。分株、播種皆可繁育。花及根可供藥用。（頁 495） | 玉簪圖 |
| | | | 鵪鶉 | 性醇身小，或如鵪鶉之愛養於人。 | 鵪鶉，亦稱「鷃」、「鶉」……等；鷄形目，雉科，鵪鶉屬。爲該目中體最小者，體長一七〇～二〇〇毫米。形似雞雛，頭小尾禿。……色殊鮮麗……生活於乾燥而臨水的近山平原地區，伏於草木叢中。以植物性食爲主，兼食昆蟲。……肉味甚佳，卵可食用，又其雄者好鬥，可供觀賞。（頁 727） | 鶉圖 |

作者以花鳥比擬品題藝人的手法，實取花鳥之神、形二元素。實際上，這個比擬手法仍然是用「形神論」的概念：描物之形，以取物之神。而其中的形，即涵括花之色香、鳥之聲形；神，則包含花鳥之神韻神態與鳥之性情。〔註 36〕

如雅部藝人慶寧部生角（即今老生）范二，作者擬之梅花、白鶴，云「范二官者，有聲有色，卓卓冠時者也。彼其格高態老，非梅花、白鶴不足以方之。」並有「存眾卉獨先，雞群獨立之意。」（頁 11）梅花詩云：「誰似冰魂黯淡姿，鉛華不禦耐人思。蕭然點綴皆堪愛，瘦削橫斜總得宜（自注云：是梅是范兩意俱得）。……」白鶴詩：「野禽相住日紛紛，獨立昂藏迥不群。雙翮健凌千仞舉，一聲清唳九霄聞（自注：寫照范二，一言已足）。……」（頁 12）頗將其形貌、姿態、聲色、格調、神韻均描摹入神。值得一提的是，在《消寒新詠》中，所品之藝人非小旦即小生，惟有范二一人，以「生」行列

〔註 36〕比擬物之性情者，唯鴛鴦、鵪鶉二者。因性情乃其內在神理，因此仍屬神識之意。

於排行之首。在《消》書中已難得一見，更不必提其他的品花書寫了。范二擅長《彩毫記・吟詩》之李白、《鳴鳳記・吃茶》之楊繼盛、《千忠戮・打車》之程濟……等，都是有稜有角、色彩鮮明、性格突出之人物。而范二之演技，「摹形繪影，聲情逼眞，鬚眉活現，觀者莫不快心醒目，嘖嘖稱羨」（頁 11）因而以格調清高的梅花、白鶴比擬，是既取其形、也取其神韻。

再如松壽部貼旦李增，石坪居士名之爲「茉莉」，因「喜其淡雅，品以茉莉。」茉莉之淡雅在神韻，石坪居士云其「未嘗賣弄妖嬈，體態生香」。再如李福齡，擬之芙蓉，因「芙蓉出水淨無塵」；擬之鷓鴣，因「福齡善演苦劇，如《烤火》、《撿柴》諸出，色色俱足動人。」鷓鴣之鳴叫聲情悲傷，有詩云：「離合悲歡色相並，陽關一曲逼眞情。觀場也下傷心淚，如聽鈎輈格磔聲。」（頁 23）亦符合其神韻。

而萬和部小生王百壽擬爲玉茗（茶花之一種）:「嫩白含香，茶中玉茗。」既擬其形之美，又取其態之清。問津漁者題詩中有句：「色映梨雲羞白晝，香鄰梅月襯黃昏。雪霜勁節風流種，水木清華氣味存。」（頁 14）聲色形貌、體態風格，都在此詩中以景傳情。小旦張三寶，擬之山雞，因張三寶爲武旦，山雞之「空中紛格鬥，彩羽落如花」頗似武旦衣裝豔質、武打翻飛的景象。並云：「及其陣演孫吳，搴旗戰舞，靡不精彩炫人，又何異『觹翖翻草去，紅嘴啄花歸』也。」（頁 39）山雞之矯健身形、一身美麗彩羽，正是武旦精彩演出的最佳註解。還有萬和部小旦金福壽，問津漁者云：「時人僉議其體膀而短，不勝婦女妝，殊刻論也。昨觀其臺上往來，姍然舉止，丰韻天成。求之閨閣中，亦不多得」作者獨排俗議，挖掘藝人可觀之處，將之封爲「桃花」:「面泛桃花之暈，載灼其華。……蛾眉犀齒，秀色可餐，詢旦中之後勁者。」（頁 26）又題詩云：「歌舞場中擬麗姝，武陵曾見此花無？迎風灼灼消人恨，含笑青春踏錦湖。」（頁 27）因其演技精湛，又爲作者所稱道：「至其慧性騰芳，傳神阿堵，能令觀者目炫情怡，又其本領。」（頁 26）又如五慶徽部貼旦潘巧齡，因「宮鬟小髻，舉止輕柔，或有當於玉簪插鬢」（頁 37）以其身形嬌小，因而有此比擬。

品其聲者，如集秀揚部藝人王喜齡，問津漁者於題詩中注云：「僕嘗見其演崑戲，規模殊欠靜細，不脫亂彈習氣，特音韻尚佳，爲可取耳。」（頁 19）因此擬之鶬鶊（黃鶯）云「聲嬌舌巧，首數鶬鶊。」再如前述張三寶，有別名「啞瑞」者，因雖擬之爲瑞香，但「聲色之不齊，當必有辨之者」（頁 39），大約是音聲不佳。

而另有取花鳥之文學意象作爲其所比擬之內涵者，如小生劉大保，「洵小生中表表者。又得才官爲配合，其劇愈覺神奇。何意未及兩載，頓失其音，以致有長莫顯，抱技難鳴。」（頁 65）因而擬之丁香，取「香殘黯歇，幽懷百結」之意；擬之秋雁，取「勢失形孤，獨守三更」之意。再如慶寧部旦長生，擬之杜鵑花、杜鵑鳥，乃因長生以苦劇見長，鐵橋山人云：「長生官者，於千古勞人思婦，聚散離合，即境傳情。當夫登場度曲，苦心傾寫，幾至於口不流血不止。今則雲散風流，眞杜鵑所謂不如歸去矣。且樂天詩：杜鵑花開子規啼，然則花也、鳥也，二而一者也。夫花與鳥何與而遽蒙杜鵑之名？想亦杜鵑花開，適當子規之美。子規不幸而流血。此花不幸而鮮紅。兩兩相當，故以是名之。」（頁 35）此正取「杜鵑啼血」之意涵。石坪居士題詩道：「前身豈是杜鵑鳥？化作啼紅泣露花。人在他鄉看不得，那堪忍淚對芳華。」詩中頗有司馬青衫之意。由此亦可見，長生之演劇如何動人，而觀劇者引發的感慨，何止一言難盡。

再如樂善部小旦李玉齡之所以比擬虞美人之因，乃因此花之「一名多用」，以諷玉齡之性情。問津漁者：「李玉齡，姑蘇人。初到京師，爲金玉部小旦。後在慶寧部，復在慶和部，又後在慶升部，才歸樂善部。紛紛遷改，無從確指，而東依西傍，性情可識矣。然豪華貴客，莫不知都下有玉齡焉，想亦冶容媚骨之所招致耳。」言下對於玉齡之易變頗不以爲然，因命之虞美人：「虞美人，統辭也；楚姬，專辭也；花與譜，概辭也。玉齡官當歌舞之場，蹉跎歲月，不知老之將至好景難長留，皆當作如是觀。何異玉帳佳人，坐老軍中乎？」而將之比擬爲「秦吉了」，乃取此名之諧音——「情急了」，以暗示玉齡日後之處境。其云：「彼獨美且長上聲，柔情繡口，見則娛人。余故爲彼憐，過此，將爲人所棄。秦吉了，釋云『情急了』也。歡笑幾時，而春風秋月，不知珍重者多矣。」（頁 23）這雖是文人戲謔之言，卻也可見藝人在這種競爭環境中的苦境。而小生李桂齡，特擅長於觀眾留情顧盼。並一出場即帶微哂，作者以「含笑花」稱之。石坪居士云：

> 友人見桂齡官登場，必高聲叫好。想亦心契其妙，情不自禁也。渠亦必回頭顧盼。若以意謝者。（頁 32）

這在當時或亦爲藝人藉以招徠觀眾與顧客的手段。

另有取花鳥之「興象」者。這事實上便是《詩》中「興」的作用，此時的花鳥成爲「興象」。如問津漁者一次記錄觀胡祥齡演劇時的氣氛和情景，於梨花初開、燕子飛來時節，一美童於席間翩翩起舞，恍若夢間。這種觀戲經驗，不僅引發詩興，也成爲一種美麗的記憶：

> 歌臺演戲，太平盛事。余與二三知己，把酒尋芳於深柳堂前，臨春閣裏。酒酣興曠酒字是一篇眼目，特少絲竹之音，終非快事。聞五慶徽部，嘖嘖人口，即借彼笙歌，大開局面。是時，樹木交蔭神來之交，香氣襲衣。繁林蓊翳中，望見白雲掩映，素月澄輝。猶疑殘雪在樹，而奚奴報曰：「梨花開矣！」於是，攜金樽應，吹玉笛，張祜《梨花》詩：偷把寧王玉笛吹徘徊於其下焉。未幾，有一小鳥，似曾相識，穿花而度。其即小桃謝後，燕子來時耶？余問花不語，如醉應如癡，不知置身何地。復入席，眾皆哂之，始知身在歌舞場中。倏見一童，素袖風流，淡溶溶之月色；花筵灑落，舞翩翩之羽儀。亦不知爲何戲，第詢其人，曰：「小生」。詢其名，曰：「祥齡也」。噫！雪膚花貌，復入余目中，而更處我堂上耶？疇昔梨花之報，燕子之來，余將與子頡頏耳。然酒闌人散又應，曲罷音沉妙手空空，渣滓悉化，祥齡已歸去矣，於我又何與焉！是時，月下梨花，簾前燕子，猶依然在目也。興至，遂爲賦《梨花》、《春燕》二章。（頁 28）

這直是一篇極美的小品文。當時文人觀劇的樂趣，除了品「花」的狎弄意涵外，也有把它當作是一種純粹的美感的體驗，不涉淫邪污染。

作者在作比喻時，有時亦以對花鳥的主觀排序作爲藝人名次的排序。石坪居士在品題集秀揚部小旦倪元齡云：「余素賞鑒旦色中，首取才官。今見元齡，神如馮夷倚浪，技若小鳥凌波。允怡閒情，復堪持贈，則爲配海棠以水仙，次翡翠於鸚鵡，皆神肖而非貌似者。」（頁 19）鐵橋山人因而和一首〈水仙贊〉云：「心空目寄，物色風塵。何期歌館，載覯美人。輕盈皓質，豔冶芳辰。丰容嫻雅，語笑清眞。春雲作態，秋水爲神。凌波仙子，姑射前身。」並序云：「其玉容秀骨，體態斑斕，實予所不能恝然於心者。且其年甚少，逢場作戲，即梨園老手亦未必盡能若渠之酷肖。昔人云：花可愛矣，不如花之蕊；竹可愛矣，不如竹之筍。少年人宜如何珍惜也。余於元齡，實深嘉賞。」（頁 20）文人在欣賞美伶色藝之餘，亦有惜才憐才之心。

## 第三節　《消寒新詠》之品題特色——具體品評

檢視歷代記錄藝人的史料，不論是作小傳、贈詩、品題，其中有很大一部分內容，必爲描述藝人的美姿美儀。戲曲藝人在舞臺上表演人生百態，既爲公眾人物，作爲第一印象的「色相」美醜往往左右普羅大眾徵逐的目光焦點。品評色藝至「色藝論」的形成，乃「流行文化」的最高體現。

試看《消寒新詠》中對於心目中的「妙伶」與「俗伶」是如何定義。鐵橋山人題范二官詩序云：

> 然而，妙伶難得。求其聲色俱佳，又具風神奕奕者，僕於京師五載，卒未數靚其人。（頁 11）

除了聲色形貌是必要條件外，還要具備神彩煥發的氣質，足以在舞臺上奪人之目。可見鐵橋山人認爲的高超的藝人，首先在先天外貌聲音，再者便是舞臺魅力，這才足以稱爲「妙伶」。而他認爲的惡俗之伶則如此：

> 故或按部就班，不過葫蘆依樣，或裝模作態，終成東施效顰。面目巉岩，塗朱抹粉，儼登風月之場；語音嘔啞，傍笛依笙，翻充生旦之隊。……甚至高聲大叫，盡力囂呼，豈眞驢鳴犬吠，方足駭人聽聞？直是蟬噪蛙喧，不過無理取鬧耳！（頁 11）

第一是表演。如果只會一味模倣，沒有舞臺魅力，那就不算好演員。若再加上相貌不佳、音聲喑啞，那就更次一等。如果音聲已不佳卻仗著聲音響亮而盡力囂呼，那就不忍卒睹、無可挽回了。

可見，作者在品評藝人時，形貌色相雖不能算「首要」，仍占極「重要」的地位。在後文人我們也將提到作者所品題的幾位藝人，雖色相不如人，但在表演上精彩動人，兼具舞臺魅力，也成爲極成功的藝人。但眞正能跨越色相皮囊而直達表演核心的欣賞者並不多，《消寒新詠》中也多少提到這些藝高色不佳的藝人，知音幾希。在品賞色藝之時，畢竟擁有天生好條件的藝人，還是比較吃香。鐵橋在題倪元齡官〈背娃娃〉一劇時曾談到一點：

> 元齡官，旦中最少者，十二歲，而或歌或笑，妙極自然。豈此事亦由天定，雖小道必存乎其人耶？（頁 62）

倪元齡雖年幼，卻能將人物演活演眞，難道他的演技眞是精湛熟練？若說以年歲來看，這位藝人恐怕是位「天生」的好演員，才能以「妙極自然」的水準嬉笑逼眞。作者在品評藝人之餘，雖也肯定藝人的努力和歷練，卻也不免感歎先天條件的重要。以下，便來談談在文人筆下的「色藝論」，在《消寒新詠》中有什麼樣的面貌。

在品評藝人之時，最重要也最直接的標準，便是藝人的外在、以至先天的條件。戲曲藝人的形象是否達到一個「美」的標準，往往影響藝人的表演成績。當品評一位藝人時，多半會抓住該藝人形象中最鮮明的特色點，有時是面容、有時是體態、有時是膚色、有時是聲音、有時是打扮妝束等外貌的特質。這些都是藝人給予觀眾的第一印象。大部分的觀眾，名爲看戲，實際是在觀賞藝人的美形色相，即如文人，在品題藝人時也多從這些方面著眼。但文人品題與其他觀眾不同的地方在於，除了表相的描述，還著眼於藝人帶給觀眾的整體觀感、風格與意態。事實上，除非該藝人外在相貌實在有特出於人的長處（或短處），否則當作者在品評其聲色形貌時，仍著重在整體風格的描述。這也就是「以形寫神」批評法則的體現，也是文人在欣賞藝人之色相時與其他觀眾不同的欣賞角度。

## 一、形貌容態

對外貌的品評，《消寒新詠》中主要品其面容及體態。如鐵橋山人評：

> 神情骨秀，面粉唇朱。（王喜齡，頁 18）
>
> 玉容秀骨，體態斑斕，實予所不能恝然於心者。（倪元齡，頁 20）
>
> 眉清目秀，面嫩神閑。……腰一撚，輕於綠柳；唇一點，小於桜桃。（王琪，頁 43）
>
> 稚齒纖腰，纖徐合度。（問津漁者評王琪，頁 44）
>
> 蛾眉杏臉，皓齒珠唇，抑又肩圓而小，腰細而柔。置之紅粉場中，眞所謂「婷婷裊裊十三餘」者也。（石坪居士評蓮生，頁 73）
>
> 宮鬟小髻，舉止輕柔，或有當於玉簪插鬢耶？……豈性醇身小，或如鵪鶉之愛養於人耶？（問津漁者題潘巧齡，頁 37）
>
> 雪魄冰姿色相兼，簪形惟肖玉纖纖。（鐵橋山人評潘巧齡，頁 37）

顯然大部分對外貌的品評，不會只執著於容貌與形狀，作者多描繪出整體的觀感，並重視描寫出神韻。這方是其品題特色。

其次，或有品其膚色者。如問津漁者評毛二：

> 靨輔不甚白，而假脂粉妝，徘徊於花晨月夕。丰神韶秀，腰折回風，裊娜中彳亍有致。眞所謂「匝來玉筍纖纖嫩，放下金蓮步步嬌」者。

余幾忘其爲旦色焉。（頁 24）

毛二雖膚色不白，但卻因身段優美，也贏得讚賞。也因爲如此，我們可觀察到作者對於藝人的膚色白晰與否，亦頗爲在心。

其三爲眼神。浯上居士評李玉齡眼神之媚態云：

秋波一轉最關情，執盞徘徊百媚生。（頁 87）

石坪居士評胡祥齡眼波之流動：

掠水穿雲眼帶波。（頁 29）

問津漁者評沈四喜擅用雙眼以傳遞其情意：

第五陵豪少豔稱之，謂其秀媚在目。顧盼時，必雙睫交覷，何等有情，而不覺其近視也。（頁 74）

眼神實爲一位藝人精氣神韻的傳達。一位藝人成功與否，眼神占了極重要的關鍵。尤其是旦色，特別需要眼波流動，以傳達情意。

其四，有藉品賞藝人之衣飾妝扮來品評其人者。如石坪居士批評李玉齡之裝扮風格：

玉齡色技俱佳，惜裝點過於妖冶，美中不足。（頁 21）

浯上居士卻特別欣賞李玉齡在造型上的用心：

小旦中多用金管指甲，彼獨以玉爲之，更覺雅致宜人。（頁 87）

這也可見當時的扮相，還會在指上飾以金管（或玉管）指甲，如此可增加「十指纖纖」的女性魅力。

石坪居士評張三寶裝束：

豔質柔姿，嫣然嫵媚。觀其宮裝獻酒，環珮玎璫，則所謂「雕玉香穠因瑞雪，翠翹春暖插輕霞」庶其近之。（頁 39）

張三寶乃武旦，石坪居士比之山雞（雉雞），羽毛之紛彩燦爛，正猶如武旦在舞臺上武打翻飛的精彩畫面。因有詩云：「羽毛文彩亦妖嬈」、「最喜山雞出豔妝，羽毛鮮彩錯文章。」（頁 40）

問津漁者評王琪扮作漁婆的裝束云：

王琪官扮艄尾女子，剪采束腰，貼翠蓋頂，天然韻秀，更覺驚人。（頁 70）

從以上材料，可發現作者品題藝人形貌有幾個方向，第一，寫其面貌神氣。如「神情骨秀」、「玉容秀骨」、「面嫩神閑」等。第二，細描其如美人的臉部特徵。如「面粉唇朱」、「蛾眉杏臉」、「唇一點，小於按桃」等等。第三，體態身材。如「肩圓而小，腰細而柔。」「腰一撚、輕於楊柳」、「稚齒纖腰」、「腰折回風，裊娜中彳亍有致」等等，多半讚其身材纖細，腰肢細柔。第四、眼神。第五、裝束。

從以上幾項特徵看來，作者將身本男性的旦腳藝人均作女性觀，並強調其女性特徵。事實上，這些男性藝人化身爲女性形象已出神入化，不止於舉止儀態，連形貌身材都能自我塑造成女性的模樣。如毛二的膚色。膚白若雪一直是古今審美中女性的要件，一般而言作者在品題時不會特別提及。唯評毛二時，特別指出他雖膚色不白，飾以脂粉卻也能嫣然嫵媚。這主要是因毛二擅長以體態儀行來化身女子，使作者有「匝來玉筍纖纖嫩，放下金蓮步步嬌」的錯覺，而忽略他膚色的缺憾。

形貌體態之外，眼神與裝束等「非天生」、可以後天幫助（或彌補）成爲女性形象的方法，藝人更是精益求精，在技術上加以進化。如眼神須練就媚態流波的本事，甚至沈四喜以「雙睫交覷」的技巧使人覺得特別有情。而打扮上，李玉齡以玉管的指甲博得獨特的讚譽，張三寶精彩炫人的裝束使他的戰舞有加分效果，耀人耳目，增添舞臺的美形色相；王琪艄尾女子的裝扮，以「剪采束腰，貼翠蓋頂」的形象，使他更有女性特色了。這些藝人在外相形貌上，無一不努力「像個女人」，而且要像個具有美感的女子。

其中，甚至連扮飾「小生」的藝人，即使所演的人物是風流的年輕男性，但在這整個品賞「旦色」的大環境下，小生藝人亦被「女」性化。如九峰山人贈李桂齡詩：

> 秋水爲神雪作膚，含顰顧盼幾蜘躕。纖腰一撚能如許，小字誰將「大體」呼？（桂齡一名大體。）（頁 95）

小生仍「秋水爲神雪作膚」、且「纖腰一撚」，從詩中實在難以辨別雌雄。或許當時對與小旦作配的小生而言，同樣也要是紅顏朱唇的美形，才能適合小生小旦的愛情劇目吧。這將在下一節持續探討。

同時，在男童伶盛行風氣的情況下，男性藝人的青春代表著他們的演藝生命。愈是年輕，愈能扮得像女性。浯上居士評李玉齡云：

> 年已廿餘，丰姿猶若童男。（頁 87）

李玉齡即前述諷爲「秦吉了」（情急了）的藝人。問津漁者云其：「當歌舞之場，蹉跎歲月，不知老之將至，……過此，將爲人所棄。」（頁 22）並云「我輩爲是舉也，皆妙齡稚子。」鐵橋山人於評金雙鳳時亦云「特少年子弟，憐香惜玉，多在稚齒韶齡。」（頁 76）所題詠的藝人，均須是青春初盛的童伶，若過了發育期，有的藝人恐怕就無法再擁有如童伶般幼嫩的身材與臉龐，陽性的氣質一旦顯露，就很難再扮得像「旦色」了。然而如李玉齡年已二十餘，還能「猶若童男」，不能不說是他先天的優勢。

《消寒新詠》中也有論及形貌不佳的藝人。如問津漁者論金福壽云：

> 如萬和部旦色名福壽官者，時人僉議其體膀而短，不勝婦女妝，殊刻論也。昨觀其臺上往來，姍然舉止，丰韻天成。求之閨閣中，亦不多得。唇一點，小於桃英；眼雙垂，尖於柳葉。面泛桃花之暈，載灼其華；聲調鸝鴿之歌，亦剪其舌。蛾眉犀齒，秀色可餐，詢旦中之後勁者。（頁 26）

「體膀而短，不勝婦女妝」的評價，作者認爲是「刻論」。足見一般人對於藝人的外貌多半從嚴不從寬，畢竟藝人站在舞臺上，便成眾矢之的。如鐵橋山人記錄徐雙慶事云：

> 雙慶，歌音頗亦清亮，惜面地無多，中嶽橫互過峻，殊爲礙目，故人咸以「大鼻子」目之，然亦無可如何也。（頁 74）

徐雙慶因鼻高而大，因而備受批評。藝人天生條件的優劣左右他的藝術價值，十分現實。再如鐵橋山人評金雙鳳云：

> 雙鳳官，姓金氏，安慶人，三慶徽部旦色也。身高面長，殊失美人之體，然婷婷裊裊，嬉游於古木園中，危巒峰下，槎枒巉岩內，翻行嫵媚可人。（頁 76）

雖然作者亦承認外相足以影響一位藝人的舞臺魅力，但以其文人角度欣賞，也擅長挖掘藝人「出於表象之外」的藝術表現。如「體膀而短」的金福壽，問津漁者認爲他「姍然舉止，丰韻天成」，「身高面長，殊失美人體」的金雙鳳，卻能「婷婷裊裊」、「翻行嫵媚可人」。藝人克服他身材上的缺陷，以體態取勝。而「大鼻子」的徐雙慶，雖「面目未見嬌媚，體態亦少風流」，卻利用他面貌上的特色，演出〈喬醋〉、〈跪池〉等具有「悍態」的人物，更添人物性格的強烈印象。這也是作者在欣賞時能夠超越外貌表相直達表演藝術的內涵，鐵橋山人云：「第人多好言其短，余則樂道其長。」（頁 74）這在觀眾之中，也是難能可貴。

## 二、意態風致

品題色藝，描其外形是形而下，形而上的是描繪出藝人的風致神韻，也就是其人之風格。事實上，以花鳥比擬即欲以該花鳥意象囊括藝人的整體形象風格了，這在上一節已討論。如雅部藝人徐才與花部藝人王喜齡，石坪居士云其「態含新雨，音遏行雲」，夢花樓主人「題徐才官」詩云：

> 一曲歌聲聽風簫，箇中幽意向誰調。塵氛到此皆吹盡，皓月清風近碧霄。（頁 86）

> 態含新雨，音遏行雲。一時占斷風光，兼有西府垂絲之美；獨爾敲將玉管，允稱綠衣白雪之奇。是惟其秀在骨，其韻俱神。（頁 16）

均將徐才的風格指向一種含蓄與清雅的特質。而王喜齡官，鐵橋山人云其「態浩香狂」、「聲嬌舌巧」，「神情骨秀，面粉唇朱，既弱質以蹁躚，復清音之嘹亮。當歌館而淡抹輕描，盡羨紅嬌粉醉，就梨園而憐香惜媚，咸稱楚豔月娥。」（頁 18）則描繪出一個較爲嬌媚跳脫的貼旦模樣。

但徐才整體風格雖較含蓄溫雅，在演出如潘金蓮一般的人物時，便稍力有未逮。石坪居士評徐才官演《金瓶梅‧雪夜》：

> 賣弄風騷，惟此等劇盡可出色。乃才官天然嫵媚，總只見其溫柔，不露半點醜俗態。或有訾其不工調戲者，職是故耳。然是劇未見多演，度所欲擅長，端不在此。（頁 55）

一位藝人的氣質影響他的演出，藝人本身與所飾人物性情有所差距時，在表演上未免打折。鐵橋山人評其演《翠屏山‧戲叔》題詩一首：

> 才兒端靜歉風情，劇演花魁也至誠。惟有堂前呼叔叔，嫣然一笑足傾城。（頁 56）

所謂「欠風情」，乃過於端莊閑雅，在詮釋潘金蓮這類人物時殊不相稱。但徐才畢竟是一位風姿綽約的藝人，「嫣然一笑」時，也是情態百出。

《消寒新詠》品題藝人之意態風致，主要在〈正編〉十八位藝人之中。其中有爭議性較高的藝人李玉齡，欣賞崑曲宛轉溫雅風格的作者三人，對於李玉齡露骨妖嬈的表演風格，自然頗有微辭，紛紛予以評論：

> 然豪華貴客，莫不知都下有玉齡焉，想亦冶容媚骨之所招致耳。（問津漁者，頁 21）

> 玉齡色技俱佳，惜裝點過於妖冶，美中不足。然非如此，識者諒之，焉得娛人？（石坪居士，頁 21）

> 玉齡妖嬈，本屬太過，然人之初見者，靡不欣賞。（鐵橋山人，頁 23）

> 玉齡於數年前頗爲莊雅，後則盡情調戲，想亦急欲傳名以爭時好耳。（鐵橋山人，頁 23）

然而欣賞這種風流冶豔情態的浯上居士，論點就大有不同：

> 妙麗長如二八年（年已廿餘，丰姿猶若童男），風流一種近天然。（浯上居士，頁 87）

> 玉齡《思凡》，別具一種體態。其動人處，尤在撒袖浪遊時也。（浯上居士，頁 88）

可見欣賞者品味有別，評論也就大異其趣。但從不同角度，倒也可見李玉齡之名氣。

再看小生李桂齡。鐵橋山人評云：

> 丰神韶秀，語言藹如，翩翩焉梨園之佳子弟也。（頁 30）

李桂齡扮的是風流小生，一出場即帶微笑，惹人憐愛：

> 桂齡官登場，必帶微哂，故鐵橋山人以含笑花目之。自在風流，喜悅人意，不得不如題贈之。

因題詩云：「另有春心向日開，嬌多欲笑故徘徊。風流人解風流意，我自含情爾自猜。」（石坪居士，頁 32）桐村居士亦以含笑花爲題品詩一首：

> 含與含羞一並栽，嫣然百媚傍瑤臺。青風無限多情處，都付花心帶笑開。（頁 86）

鐵橋山人評李桂齡云：「含笑自來多媚態。」自註：「桂齡有含笑花之目。」（頁 67）作者抓住李桂齡「含笑」的意態爲題大加稱頌，事實上，「含笑」意猶「含情」，但凡藝人含情脈脈，如有傾注之意，觀眾多爲之神魂顚倒。而李桂齡本爲有情義之人（見下節），作者以其含笑不妖媚而風流。這正是桂齡特殊的神情意態。

集秀揚部的兩位童伶，倪元齡十二歲，李福齡十三歲，從作者的品評中，二位藝人資質俊秀，全無孩童氣，但二人的風格特色大不相同。作者品評倪元齡如下：

> 錦綉堂中猛逢洛浦神仙，笙歌會上幻出青衣女子！（石坪居士，頁 19）

> 輕盈皓質，豔冶芳辰。丰容嫻雅，語笑清眞。春雲作態，秋水爲神。凌波仙子，姑射前身。（鐵橋山人，頁 20）

> 月明洛浦冰容潔，風靜湘江翠帶垂。（鐵橋山人，頁 21）

而李福齡：

> 余固有題贈云：「愛爾天機爛熳眞，芙蓉出水淨無塵。歌臺未必無雕飾，畢竟金官是可人。」又云：「離合悲歡色相並，陽關一曲逼眞情。觀場也下傷心淚，如聽鈎輈格磔聲。」（自註：福齡善演苦劇，如《烤火》、《撿柴》諸出，色色俱足動人。）（鐵橋山人，頁23）
>
> 淡抹胭脂頻笑日，別饒丰韻不爭時。（鐵橋山人，頁24）
>
> 娟如靜女霜林醉。（問津漁者，頁24）
>
> 綽約風姿壓錦城，曉臨秋水態橫生。美人初醉嬌無力，白頰紅多帶宿酲。（石坪居士，頁24）

二者都從相貌描繪入手，元齡的特質頗有仙肌玉骨、清麗絕俗之意，且鐵橋云其「即梨園老手亦未必盡能若渠之酷肖」。可見其技藝頗高。而福齡較之元齡稍微青澀，鐵橋云其「韶華未晏，稚性可憐。」然於演劇亦擅於刻畫，尤以苦劇見長。這兩位花部藝人年幼而色藝俱佳，鐵橋云二「令觀者猶如挑珠選寶，兩兩皆愛於心。」（頁64）

再如高月，三慶徽部的掌班，在京師劇壇赫赫有名。乾隆六十年時，約二十二歲，〔註37〕問津漁者云：

> 高月官，安慶人，或云三慶徽掌班者。在同行中齒稍長，而一舉一動，酷肖婦人。第豐厚有餘，而輕柔不足也。華服豔妝，見之者無紅顏女子之憐，有青蚨主母之號。（頁83）

高朗亭非以紅顏風流的旦色著稱，但其多才多藝，又兼之爲掌班，自有一種氣派，因以「青蚨主母」稱之。

其他如胡祥齡之「素袖風流」、李增之「滌去濃華，獨標雋雅」、王琪之「丰致姍姍」等等，都是以一種「神態」來概括藝人之整體風格。

最後，將以上三點關於作者品評藝人之聲色形貌等外在之丰神意態作一小結：

第一，《消寒新詠》特表明並非只愛美伶。鐵橋山人於卷二〈正編〉：

> 長生官……體矅面小。入都時，爲慶雲部貼旦，技藝平平，無甚動人之處。後闌入慶寧，改爲正旦，坐作語默，簡練揣摩，窮工極態，怒笑俱宜。蓋與范二官可稱對偶，俱非以豔色媚容取悅於世者。（頁35）

〔註37〕此根據幺書儀先生的考釋。見幺書儀：《晚清戲曲的變革》，頁108。

另如毛二，主要因其外形普通（不白），再者聲韻不佳，但演技仍佳。再如金福壽。問津漁者云：「如萬和部旦色名福壽官者，時人僉議其體膀而短，不勝婦女妝，殊刻論也。昨觀其臺上往來，姍然舉止，丰韻天成。」（頁26）徐雙慶，鐵橋山人云其「面目未見嬌媚，體態亦少風流。……然余嘗觀其演《喬醋》與《跪池》一劇，眉頰悉帶酸容，舉動俱形悍態，本地風光，便能活現。」「雙慶，歌音頗亦清亮，惜面地無多，中嶽橫互過峻，殊爲礙目，故人咸以「大鼻子」目之，然亦無可如何也。」（頁73）這幾位藝人相貌未見出色，但作者卻能不囿於藝人之美貌與否，而眞從其技藝上欣賞。鐵橋並云：「第人多好言其短，余則樂道其長。」（頁74）

第二，對比於乾嘉時期的觀眾多半只欣賞旦腳藝人而言，《消寒新詠》對小生也同樣重視。其於〈凡例〉云：

> 考元時院本，曰「生」者，如范二官是也；曰「旦」者，如長生官是也。首以范二官，正其體也；不遺長生官，明其配也。（頁9）

以「生」、「旦」（即今之老生、正旦）爲該書之首，以「正其體」、「名其配」，足見：其一，作者對於該書著作之體例相當重視，《消寒新詠》並非泛泛的遊戲之作，從其「考元時院本」之語來看，應是經作者精心經營的，似仿元劇之習用方式建構該書之體例：欲以生、旦爲小生、小旦之首，具提綱挈領的意義。雖然，事實上元時院本（雜劇）並未有「生」之名稱，男主腳之行當實以「末」稱之。大抵「生」之名稱自南戲至傳奇以來漸習用爲男主腳之意，作者不查，即以「生」稱之。然察其意應即類似傳奇中之以「生」爲男主腳、「小生」爲次要男主腳之意涵。〔註38〕其二，從作者對范二的評價，可見其演劇藝術之高明（此將於下章詳述）。雖全書中「生」行（老生）僅此一人，

〔註38〕曾師永義：〈中國古典戲曲腳色概說〉：「以『生』爲腳色名稱者，始見於永樂大典南戲三稱。北雜劇中不止元刊三十稱未有其目，即元曲選亦未之見；惟孤本元明雜劇中……有『生扮莊子上』……之語，……但必經明人竄改無疑。」收於《說俗文學》（臺北：聯經出版社，1980年），頁239。另云：「傳奇分生行爲生、小生二目，係以其在劇中地位而分，也就是說，生爲男主腳，小生爲次要男主腳，與其年輩無關。」頁262。考《消寒新詠》中之范二所扮飾之「生」行，實均爲今之老生。李斗《揚州畫舫錄》記載之「江湖十二腳色」中生行包括老生、正生二目，而於所記洪班腳色中，另有小生一目。正生即今所謂「冠生」。而民國十八年記載「崑曲傳習所」之各門腳色中，老生行又分外、生、末三目。生即正生。（仝見曾師〈中國古典戲曲腳色概說〉文，頁263～264。）可見無論乾隆時期還是民國時期，「生」行均指正生、冠生之意。但《消寒新詠》將之視爲「老生」，應只是區別於「小生」云云。

但以其所占篇幅之多，又居全篇之首，足見作者仍以藝爲重，不獨「好色而已」。問津漁者於卷一〈正編〉中題王百壽詩序亦云：

> 特是世人心愛心藏之隱，多在乍陰乍陽之妝。如《燕蘭小譜》，六十四人，僅記小旦，而不及小生。豈當時無一人可稱者？若然，芙蓉帳中誰與佳人作鴛鴦侶！（頁 14）

第三，奇怪的是，書中對於生腳形貌意態美感的品評，仍傾向於柔美優雅的陰性描述。除了生行首位之范二，於其形貌意態多以「格高態老」、「梨園挺秀」等具有風骨的品格形象描述之，並不從其色相、美貌等較具陰性特質的文辭概括。但除此之外，對「小生」藝人的描述卻多與對旦腳（女性）的審美相同。也就是說，《消寒新詠》雖聲明世人多愛「乍陰乍陽」的男優妝旦，惟獨他們也記錄男優所妝扮的小生。然而在描繪這些「以男妝男」的「男性」時，卻仍以「陰性」特質描繪取代了原本應該具備的「陽性」特質。顯然，雖然作者意識到「小生」這個行當，但並未將之視爲「男性」，而是仍將之作「旦」論；這一方面是因爲小生與小旦所演者都是愛情對手戲，其同質性極高，且有時小生小旦也常互扮，如小生胡祥齡即嘗改妝小旦。作者對於「小生」的審美標準，顯然以回到六朝時期「傅粉何郎」的男性形象爲主。下表羅列生行藝人形貌意態的描述。

**表三：《消寒新詠》中對「生」行藝人形貌意態的描述**

| 花雅 | 班　社 | 藝　名 | 腳色 | 形　貌　意　態　的　描　述 |
|---|---|---|---|---|
| 雅部 | 慶寧部 | 范　二 | 生 | 「格高態老」、「誰似冰魂黯淡姿，鉛華不禦耐人思。蕭然點綴皆堪愛，瘦削橫斜總得宜。」「擬得孤山老幹枝，瑤臺歌管兩相思。敲將檀板傳丰韻，種出梨園挺秀姿。瘦影亦教香作骨，清光許借玉爲肌。群芳不肯尋常譜，吟到梅花我又癡。」 |
| | 慶寧部 | 劉大保 | 小生 | 「維丁香之可愛，春將去而豔仍留。彼陽鳥之何靈，秋乍來而情似客。」「原慶寧部小生劉大保者，當其獨出冠時，儼若仙肌帶露。」 |
| | 萬和部 | 王百壽 | 小生 | 「風流文雅，十分可人」、「橫拖秋水，厭卻金篦；淡掃春山，何須石黛。」「雪霜勁節風流種，水木清華氣味存。」「洗卻鉛華見本眞，溶溶淺碧玉爲神。風前雪裏閑搖曳，不獨梅花是美人。」「每出臺時，丰神閒逸，動輒得宜。」「百壽於生旦中，尤美丰婆。」「嫩白含香，茶中玉茗」、「色映梨雲羞白晝，香鄰梅月襯黃昏。」 |

| 花部 | 集秀揚部 | 李桂齡 | 小生 | 「丰神韶秀，語言藹如，翩翩焉梨園之佳子弟也。每登場演劇時，心情宛轉，顧盼嫣然，余久以含笑花目之。」「此花（含笑花）實足爲桂齡替身，桂齡定應爲此花再世。繪影傳神，即所云『六郎蓮花，蓮花六郎』〔註39〕未必如此切當也。」 |
|---|---|---|---|---|
| | 四慶徽部 | 彭　籛 | 小生 | 「英姿秀質好容顏，照映清如近玉山。……風流獨佔嫦娥隊，雅韻堪隨鵷鷺班。」 |
| | 五慶徽部 | 胡祥齡 | 小生 | 「雪膚花貌」、「素袖風流，淡溶溶之月色；花筵灑落，舞翩翩之羽儀。」「煙籠春水玉無暇，映出銷魂靜女花。」「斜飛疾舞態偏多，掠水穿雲眼帶波。度到繡簾聲細細，似憐春永奈如何。」「春風剪刻梢頭玉，盡日園林看不足。忽逢微雨洗嬌姿，絕似楊妃罷新浴。（祥齡嘗改妝小旦，故云）」 |

如王百壽之「風流文雅，十分可人」、「嫩白含香」、「色映梨雲羞白晝，香鄰梅月襯黃昏。」（頁 14）、「亭亭玉樹羨臨風」（頁 86）等等，其外貌之膚若白雪、意態之風流可愛，都呈現一種細膩溫婉的美感。而「須識何郎留本色，羞同兒女重脂凝。」（頁 15）的題詩，也證實作者對於小生的形象，正是要「美丰姿」的特質。

## 三、品格性情

前面三點，都是論及藝人之外在聲色形貌及其丰神意態，然而在這些品花筆記中，還有一個特別的重點——品評藝人之品格性情。這在作者竟是一件十分要緊之事，品格情性之佳否、藝人之有情無義，彷彿都影響其「藝」之高下。這在後期小說《品花寶鑑》中更加發揚光大。《品花寶鑑》一開始便敘及該書之寫作緣起：

> 京師演戲之盛，甲於天下。地當尺五天邊，處處歌臺舞榭；人在大千隊裏，時時醉月評花。眞乃說不盡的繁華，描不盡的情態。一時聞聞見見，怪怪奇奇，事不出於理之所無，人盡入於情之所有，遂以遊戲之筆，摹寫遊戲之人。而遊戲之中最難得者，幾個用情守禮

〔註39〕《舊唐書》列傳第四十「楊再思」中記載：「再思爲御史大夫時，張易之兄司禮少卿同休嘗奏請公卿大臣宴於司禮寺，預其會者皆盡醉極歡。同休戲曰：『楊內史面似高麗。』再思欣然，請剪紙自貼於巾，卻披紫袍，爲高麗舞，縈頭舒手，舉動合節，滿座嗤笑。又易之弟昌宗以姿貌見寵倖，再思又諛之曰：『人言六郎面似蓮花；再思以爲蓮花似六郎，非六郎似蓮花也。』其傾巧取媚也如此。」蓋張昌宗乃武則天之男寵。

> 之君子，與幾個潔身自好的優伶，眞合著《國風》好色不淫一句。先將紳中子弟分作十種，皆是一個情字。一曰情中正，一曰情中上，一曰情中高，一曰情中逸，一曰情中華，一曰情中豪，一曰情中狂，一曰情中趣，一日情中和，一曰情中樂；再將梨園中名旦分作十種，也是一個情字。一曰情中至，一曰情中慧，一曰情中韻，一曰情中醇，一曰情中淑，一曰情中烈，一曰情中直，一曰情中酣，一曰情中豔，一曰情中媚。這都是上等人物。還有那些下等人物，這個情字便加不上，也指出幾種來。一曰淫，一曰邪，一曰黠，一曰蕩，一曰貪，一曰魔，一曰祟，一曰蠹。大概自古及今，用情於歡樂場中的人，均不外乎邪正兩途，耳目所及，筆之於書，共成六十卷，名曰《品花寶鑑》。〔註40〕

這段敘述中可參考者有幾點：第一，京城演劇之盛甲天下，而至嘉慶年間，「醉月評花」之事日日上演，可見這類品評筆記幾乎文人士子人人可寫一冊，其盛如此。第二，「以遊戲之筆，摹寫遊戲之人」。確實，當時文人將此類品花之記視爲遊戲文字，文人鎭日嬉遊於花間。第三，士紳子弟好此道者顯然爲數眾多，蔚然成風。第四，對於藝人的品評，聲色形貌本是基礎要件，但藝人的性情品格是否合乎「潔身自好」的標準？在以色、藝甚至賣笑賣身的藝人環境裏，這樣的品德特別難得，尤其「情」字一關特別首要。重情有義的藝人，才是文人士子最能稱賞的對象，因此指爲「上等人物」；而輕情重利之藝人，只能算得下等。

《品花寶鑑》是道光年間的作品。根據么書儀先生的研究，在品花筆記中漸重視藝人的性情風致，事實上便說明了藝人工作型態的微妙變化：由臺上的表演色藝雙好，延伸到臺下的性情風致俱佳。也就是說，藝人除了臺上表演之外，更重要的一項工作是「打茶圍」。打茶圍多在伶人住處，招待賓客陪酒聽歌、飲茶閑聊等等，在這個著眼點上，藝人之品格性情，便成了文士賞花最在意的地方。而這又以嘉慶以後徽班伶人爲多。〔註41〕在道光間《品花寶鑑》中有許多篇幅描寫文人豪客、風流公子至伶人寓所打茶圍之事。書中主角梅子玉曾發表關於「品花」的議論云：

> 大凡品花，必須於既上妝之後，觀其體態，又必於已卸妝之後，視

---

〔註40〕〔清〕陳森：《品花寶鑑》第一回，頁1。

〔註41〕從嘉慶八年《日下看花記》中可見。見么書儀：《晚清戲曲的變革》，頁92。

> 其姿容。且必平素熟悉其意趣，熟聞其語言，方能識其情性之眞。〔註 42〕

十分說明了文人品花的樂趣，既要見其於戲臺上之容貌色相、身形丰姿，又要見臺下之應對品味、情趣喜好，惟有常常往來其寓所交往談天，方能識其爲人。而文人之於伶人的心情，也因而不止於戲臺之前，反而更重視戲臺下的交情了。因此文人對於「性情」之要求，某種層次上是將伶人當作一種身份特殊的「知交」來交往的。

但於乾隆五十年《燕蘭小譜》的記載，雖少見以「打茶圍」型態來招待客人的藝人，但文人品花卻已十分重視藝人性情風致。雖在少數，文人仍珍而重之。如王桂官之自愛，歌板之餘寄情筆墨；劉二官之與寒士結契，因性情驕蹇，時與豪客抵牾；劉桂林之溫文閒雅，喜書史、能舉業、善畫蘭、有文士風，其云「予過友人寓，與之同飲，不知其爲伶也。」望之不似伶人，即無伶人之習氣。〔註 43〕這些其實都顯示了當時文人與藝人相交，賞其色藝的同時，品其情性與之詩文盤桓往來，更是一大樂事。若遇到性情中人，對己有情有義，那更値得宣揚。

因此，文人對於藝人之性情品格，因而特別注目。《消寒新詠》作者三位均是文人，雖不知其在京師之地位，然從其行文寫作，知其爲客館旅邸之行人。從其於藝人性情品格的描述，更可見作者重性情更甚於藝人之聲色形貌，因而花了許多篇幅給予評價。以下是略舉該書在性情上特標舉出特色者：

### （一）李玉齡

對於李玉齡這位爭議性藝人，文人有諷之者，有深愛之者。問津漁者評李玉齡云：

> 李玉齡，姑蘇人。初到京師，爲金玉部小旦。後在慶寧部，復在慶和部，又後在慶升部，才歸樂善部。紛紛遷改，無從確指，而東依西傍，性情可識矣。然豪華貴客，莫不知都下有玉齡焉，想亦冶容媚骨之所招致耳。（頁 21）

並以「虞美人」諷其「當歌舞之場，蹉跎歲月，不知老之將至（好景難長留，皆當作如是觀）。何異玉帳佳人，坐老軍中乎？」而以「秦吉了」諷其「情急了」之意。鐵橋山人則云：

〔註 42〕〔清〕陳森：《品花寶鑑》第十回，頁 121。
〔註 43〕張次溪：《清代燕都梨園史料》，頁 7、19、38。

> 玉齡於數年前頗爲莊雅，後則盡情調戲，想亦急欲傳名以爭時好耳。（頁 23）

這便是文人最爲不恥的「東依西傍」，一切唯利是從。因此即使李玉齡或許在表演上頗爲出色，在妝扮上特爲用心（有別於一般藝人的玉管指甲），因爲性情上的缺陷，作者大加諷刺。

類似的品評，也發生在程春齡身上。卷四〈雜載〉中，作者之友「醉香」提出未及品評的程春齡，認爲他「丰致閑雅，情意纏綿」，頗覺有遺珠之憾。然而鐵橋山人聞後竟云：

> 春齡官……色粗而不豔，豈云翠袖佳人；聲響而不嬌，難言黃衣公子！……獨其演劇時，頗能著意求工，不肯輕心以掉。而且流連顧盼，務爲揣摩。是旦色之善迎人意者。（頁 76）

並於〈雜載〉末云：

> 大抵豪華貴客，觀劇場中偶得伶人之一盼，則不禁意惹情牽。春齡特善於應酬人情耳。（頁 84）

很顯然的，程春齡又是一位在劇場中極受歡迎的藝人，然鐵橋一方面不欣賞他（色粗不豔，聲響不嬌），另一方面，因春齡善於「應酬人情」，或許對鐵橋這樣的文人而言，又是諂世媚俗的不齒行爲。

在當時的劇場環境，如李玉齡這樣的藝人應屬大多數，鐵橋等人應所見多矣。因此，才特別珍惜性情質直的藝人。

### （二）薛萬齡

這又是文人所喜的性格：天眞、質樸、不假雕飾。鐵橋山人於卷四〈雜載〉末云：

> 萬齡官，姓薛，年十四，揚州人，五慶徽部貼旦之至小者也。其戲未甚多見，……獨怪人情多豔稱春齡。於萬齡鮮有道之者，豈春齡果勝萬齡耶？大抵豪華貴客，觀劇場中偶得伶人之一盼，則不禁意惹情牽。春齡特善於應酬人情耳。若萬齡，稚性童心，不識不知。演劇時，兢兢惟恐失誤，何暇顧盼乎人！故人亦淡泊視之，所以有美弗揚也。……余愛其宛如閨中幼女，似畏人，又若不畏人。含羞帶怯中，純是天眞發露。視彼妝嬌作媚，未免人情太熟矣。（頁 84）

並題詩云：「平生雅愛露天眞，故意妝嬌惡效顰。須識妍姿在風骨，半形羞澀更宜人。」（頁 84）這便是文人含蓄溫雅的審美風格——不喜造作裝嬌，寧愛生澀質直。如薛萬齡之自然發露，較之敢於應酬人情的程春齡，更得文人嘉賞。

### （三）李桂齡

在《消寒新詠》全書中，記錄藝人性情所費篇幅最長者，即李桂齡之軼事。鐵橋山人序集秀揚部小生李桂齡云：

> 余曾聞其於一客某，意念纏綿，不以死生易心。求之風塵物色中，有不可多得者。初客某，一見桂齡，便爲契賞。後與二三相好觀劇無虛日。但桂出臺，則刮目相迎，精神倍覺詡詡。桂因頗識客之喜己，關注流連，與泛泛者殊。後客病，不能一至歌園，然每於友人觀劇回時，則必問桂之何若。床褥呻吟間，有人言桂之美妙者，輒自夸曰：「子之賞鑒，固自不誣！」云。於是，得之友言者，一一皆著之詩。同寓某君，一日招致諸美伶陪酒，桂在內。入門時，攜至客榻前，以慰其渴想殷殷。桂一見客，即曰：「吾固□長髯君緣何月餘不一見？詎知病臥在床也！」友因代客達憐惜之意，並出客前所作詩以贈。時，客口占一絕，有「床頭自愧無長物，贈爾詩章道寸私」之句。無何，閱兩月，客竟不起。斯時，大夢初覺，盡屬烏有矣。不意桂於後數日聞知，親自奔至，痛哭流涕，哽咽不能出言。同寓諸公咸異之，漸稍止之數數。桂因且哭且言，謂自某時看劇後，僅於某處路上一相逢。前兩月某日到此，乃知其病。月前喜齡、福齡來，予以他務羈身不能赴命。回寓時，詢此君病體，彼乃欺我以全愈之言。孰料今竟至此！月日時候，一一敘述無訛。復問客之家計何若？當此旅櫬蕭條，作何厝理？且何時得返家鄉也？嗟乎！豈客之文章有神耶？何優伶中有此長情者？而或者曰：「是假也。彼其於歌舞場中，悲歡哀笑，何所不至！是亦不過於演劇時，一出悲哀之曲，傳寫恰肖耳！」噫，以此論人，未見其確也。士人平居所往來，朝夕所相見，共井同裏，並非萍交可比。一旦病篤垂危，竟漠不關心，甚至幽明永隔，客舍淒涼，而情同陌路，曾不一視者何限！容於桂，未嘗深交，不過憐惜之深，贈以詩篇耳。客已沒，桂即置若罔知。即知之，仍恝然度外，以視士人平索交遊，誼關桑梓者有差，初不得以薄情寡義責之。而桂哭涕若此，不可謂非，尚知一哭以答客之詩。即云假，亦假得其宜，優勝生時酒食相歡，死日仇讎相視者。或又以爲，爲在寓諸公之生者，並非爲死者。獨計爾時之涕洟交流，何自來也。以此見桂之爲人應前作收，有

情有義。擬之禽鳥，惟鴛鴦差可比焉。亦與含笑花之目，俱肖乎其人而出者也。（頁30）

桂齡與某公的軼事，略有幾點可資討論：

其一，李桂齡之於「某客」的情感，恐不止單純得到契賞的「知音」之意，是否其中尚有「情意」在內？則不得而知。因當時的情愛風氣，士夫優伶的情愛頗爲習見，或桂齡於「某客」一見傾心，不無可能。

其二，對於李桂齡不爲多金豪客所動，獨鍾情於「床頭自愧無長物，贈爾詩章道寸私」的窮酸文人，亦足見桂齡之爲性情中人。且藝人在彼時已有親近文人爲雅尚的情況。

其三，有人質疑桂齡此舉爲別有用心，「是假也」，是演戲，是「爲在寓諸公之生者，並非爲死者」，以博時名的行爲。可見不論在什麼時代，伶人多爲無情的表徵。即使伶人中眞有至情至性者，亦不爲常人所信。尤其是花部藝人，大約更是以年輕貌美、以色惑人爲常態，因此人多不信中有至情者。

鐵橋山人因題「鴛鴦」詩云：

不識衷情固結深，翠衿紅掌有文禽。難將儔侶參差別，長羨雌雄對偶臨。煙島晴飛雙比翼，池塘春浴兩同心。人間薄幸胡爲者，於爾雍雍仔細吟。（頁32）

### （四）宋瑞麟

在《消寒新詠・集詠》中，式南居士特提出一人：

宋瑞麟，江蘇長洲人。己亥冬入京，年甫十三歲。其父初以私事遠適，勢不能俱往。孑然獨立，無可依倚者，遂寄託於翠秀部某氏，因學劇焉。瑞麟資性聰明，每演一劇，輒出人頭地。甫數月，地無遠近，觀者皆爭睹焉。至其天性純孝，罕有知者。余曰：孝，庸行也。余於優伶中得之，是庸而奇也，不可以不傳。因賦詩六章彰之，以紀實焉。（頁89）

宋瑞麟被父送入戲班，是否有不得已的苦衷已不得而知。然而宋瑞麟依然有深深的孺慕之情。式南居士對於伶人竟具有這樣的孝行，不禁大加贊賞。並於詩中特一再說明：

瑞麟本不樂於梨園，而天性純孝，每言乃父苦況，輒嗚咽流涕。

客有爲制新裘衣者，辭曰：「麟有老父在，無以禦寒，請解綈袍衣之足矣。」客遂以羊裘遺焉。

> 在某宅演劇，遇其父，悲咽不勝，至於廢食，人咸異之。
>
> 不受多金孰爲貪，（客有贈金多者，輒分其半還之，以其不能奉父也。）承歡無藉尚懷慚。爲思旅店淒涼甚，有子頻來進旨甘。（其父寄居店中，日用皆取給於瑞麟，甘旨未嘗有缺焉。）
>
> 春暉每憶尚餘悲，（瑞麟幼齡失恃，迄今念及，猶不勝悲。）情摯寧爲習俗移。問卜猶如懷弱弟，（其弟在蘇，寄居姨母家，嘗思念之，爲求卜焉。）伶中孝友兩無虧。（頁 90）

因此，「相賞者矜其孝，嘗召伊父至家，爲厚贈焉。」藝人之家庭不幸，所在多有，但如宋瑞麟如此事父至孝者確實少見。這在藝人往往已被扭曲畸形的人格而言，實值得稱頌。

其他如玉奇官之性情嫻雅，卷四〈雜載〉問津漁者記：

> 玉奇官，萬和部旦色。年最少，嫻雅無囂陵氣。目眉碧清，聲音雪亮。眞如新荷出水，嫩綠盈盈，不受一點塵氛染。（頁 74）

大約當時略受觀眾歡迎的藝人，便自矜得意，目中無人。因之作者遇上性情平和的藝人，便要特意記上一筆。「無囂陵氣」這點特爲重要。如五慶徽部貼旦潘巧齡，問津漁者比之「鵪鶉」，云：「又聞鵪鶉小而善鬥，出入懷袖，豪少多愛畜焉。」但「至其巧笑怡人，迥非善鬥者比，豈性醇身小，或如鵪鶉之愛養於人耶？」（頁 37）特意將其「性醇」大書一筆，並於題「鵪鶉」詩中云：「醇和性格黃金買，少小身材白璧看。」更不用說前述集秀揚部的李桂齡比之鴛鴦，因他「其性和平，有情有義」。

又有王琪官爲人聰明。如卷三〈紀實〉石坪居士題王琪官戲時云其：「妙齡秀質，姿致悅人，更饒聰慧。……乃疊觀其《亭會》與《送女》諸劇，媚態溫柔，嬌聲淒切，皆能合拍摹神。」（頁 69）大加贊譽。因作者將之置於〈正編〉十八人之最末，取爲殿軍，恐其技藝未達標準。結果在觀賞他的表演之後，贊曰：「善才再世」。以十五歲之稚齡而能「演作俱工」，這在崑曲中是極難得的。大抵藝人之天份資質還是十分重要，不僅形貌等皮相是天生要件，內裏聰慧也是祖師爺賞飯吃。藝人的領悟力強與否，左右了他在表演上的表現能力。徐才也是聰慧的藝人，石坪居士題其「鸜鵒」詩云：「烏鵲群飛難學舌，聰明似爾我尤憐。」（頁 17）

以及王百壽之勤奮敬業。石坪居士題王百壽「玉茗」詩中云其：「終日歌舞不倦。」並有詩云：

> 畫堂永日妙香聞，消受瓊花不斷芬。眞味醉人神倍爽，清能解渴有如君。（頁 15）

註云：「邇日演劇半是百壽登場。」王百壽丰姿嫻雅、且善音律，相貌擬爲茶中玉茗（山茶之品，白花稱玉茗），足見其天生已佔優勢。更兼之「終日歌舞不倦」，敬業之極。

《品花寶鑑》第一回中，梅子玉看完其友史南湘之《曲臺花譜》即言道：

> 我想此輩中人，斷無全璧，以色事人，不求其媚，必求其餡。況朝秦暮楚，酒食自娛，強笑假歡，纏頭是愛。此身既難自潔，而此志亦爲太卑。再兼之生於貧賤，長在卑污，耳目既狹，胸次日小，所學者孀膝奴顏，所工者謔浪笑傲。就使塗澤爲工，描摹得態，也不過上臺時效個麒麟楦，充個沒字碑。〔註 44〕

這便是當時一般文人對於旦色的觀感，即使有容貌出眾者，亦對於藝人的品格性情有所懷疑，其云：「或者天生這一種人，以快人間的心目，也未可知。但誇其守身自潔，立志不凡，惟擇所交，不爲利誘，兼通文翰，鮮蹈淫靡，則未可信。」（第一回）這代表著一般人對藝人的觀感。即如《消寒新詠》中，卷四〈雜載〉特有一篇警世之言，論及藝人之勢利。問津漁者云：「世人最不可交者（當頭一棒），梨園子弟也。彼雖出身微賤，自少而壯，罔知稼穡艱難。衣極其華，食極其美，珠玉錦繡極其欲，其果力之所致歟？要不過以媚骨諂容竊人之物而不覺耳。墮其中者，見則生憐。傾囊而與，猶恐不得其歡心，是以悟之者鮮。」（頁 84）並及其友李君詐與藝人相交往，先以華服輿馬引該伶人上鉤，後又僞作失意狀，該伶竟故作不識，以見伶人之無情無義，意欲悟世之事。這段軼事，頗說明了雖然作者記中所識之藝人皆品藝俱佳，但其時藝人風評之差，並自甘墮落者應不在少數。

當我們在閱讀《消寒新詠》，文人花大量的篇幅盛讚某伶品格性情如何可取，某伶又如何爲士人所不恥。原來在品題藝人的書寫中，注重伶人色藝本是應當，但實際上文人卻特別在意伶人的性情品格。這一切都說明了文人觀眾之審美意趣，不止於品賞其色相才藝。與伶人相交往，並探其品格、見其性情。文人在伶人身上，尋找欣賞藝術之外的一種「知音」。

---

〔註 44〕〔清〕陳森：《品花寶鑑》，頁 9。

# 第三章　《消寒新詠》的表演評論

在乾隆時期的觀眾眼中，演員是成就「戲」的主因，一個演劇的成功完美與否，演員占了關鍵性的地位。但演劇的完美要如何達成？體現在演員的表演藝術上的特點是什麼？——這是《消寒新詠》所提供的當時觀眾對觀劇的審美思考。

從《消寒新詠》透露出一個演劇的成功關鍵，在於是否演得「像」。人物塑造，因而成爲演劇的重心。因此演員的外在形象是否與所欲詮釋的人物合拍？也成了要件之一。這在品評藝人色相形貌風行的時代，既有醉翁之意不在酒的意味，演員的表演能力如何，往往也成爲評論的邊緣。從前章的品評審美觀可看出，當時大部分觀眾所關心的事，不是藝人的相貌妍蚩、體態美醜，就是性情如何，品格也很重要，若有具備吟詩繪畫等文人素養，則更高一等。若要談及表演，就是唱功嗓音，大多成爲彼時觀劇筆記評論的重點。這在《燕蘭小譜》等書中尤是。《消寒新詠》在這些筆記中，卻與眾不同地花了〈紀實〉一卷來記載「諸伶擅長之戲，加以詩評」(〈凡例〉)。而在這一卷中，作者寫下他們看戲後的觀劇筆記，其中不乏深刻的表演藝術的評論、與劇作和人物的分析與詮釋等等。這種觀劇筆記多半藏在文人的「曲話」、「劇論」之類的作品，且多半零星散記，多說典故源流等，未見如《消寒新詠》這般有組織的、純粹對每齣「折子戲」的表演加以評論者。這可謂《消寒新詠》在評論上的創發。而另一類針對「表演」的論述，則主要出於藝人本身的表演心得與表演方式、技巧的記錄。〔註1〕這類書籍雖有較詳細的身段表演

〔註1〕在乾嘉時期，即有無名氏輯《崑曲身段譜》甲集十冊三十二個折子、乙集五冊二十五個折子，匯集乾嘉年間崑曲藝人抄藏的演出劇本，其中不乏記錄舞

及舞臺提示，卻多是從藝人角度在「技術」、「技巧」上的記錄，而《消寒新詠》雖在這方面甚少著墨，卻較多的關注於表演的效果與表演的美學。

因此，本章所探討《消寒新詠》對於演藝的評論，將有三個方向：第一節討論演員以何種方式深度詮釋一齣戲，演繹出劇作精神，這也可看出《消寒新詠》對劇作深刻的體認與解析；第二節主要談該書如何評論演員之表演藝術與表演技藝，主要在於分析演員詮釋人物的技巧與手法及其效果；第三節從該書對於表演美學的特質談起，思索當時對於「表演」的想法。

## 第一節　詮釋劇作的表演藝術

《消寒新詠・紀實》一卷完全是針對藝人的表演藝術的探討，根據每位藝人，羅列其擅長之劇，每劇後作小序說明，並題詩一至數首。在這樣的體例中，作者一方面談論藝人的表演藝術，一方面深度詮釋劇作主旨、精神，何處乃劇作的務頭、何處藝人處理確當，均一一分析，甚爲精彩。在詮釋某劇的精髓時，作者不單討論劇作本身，更以藝人的表演呈現詮釋該劇，因此，劇本便已不是案頭劇本，而成爲場上活生生的有骨有肉的經典折子戲。透過《消寒新詠》的分析，我們也可以看到藝人如何塑造、創造一個戲，將一齣戲演得透、吃得深。

首先作者從作品的觀看視角予以討論。問津漁者題范二《爛柯山・逼休》云：

> 世無少君孟光，鹿車牛衣中，不知委屈多少癡心漢！作者傳至此，匠心亦苦矣。加以范二官繪水繪聲之技，咄咄逼人，能不令觀者髮指！（頁 48）

因而題詩一首云：「變幻文心未易窮，誰將曲調巧求工。小伶領略其間意，當日癡情恰個中。」（頁 48）特是文人，對〈逼休〉一劇感觸特別深吧。〈逼休〉演朱買臣屢試不第，久困爛柯山下，崔氏不耐清貧，逼迫朱買臣寫下一紙休書，任其改嫁。朱買臣雖不願，無奈崔氏狠狠相逼，只得在不得已中簽下休

臺演出之身段提示等。此本原爲周明泰先生所藏，後捐贈上海圖書館。另外，署名黃旛綽之《梨園原》，原名《明心鑒》，作者亦爲乾嘉時期藝人，內容匯集有「藝病十種」、「曲白六要」、「身段八要」等，及莊肇奎增輯一些考證。另較後期有道光時期《審音鑒古錄》，傳爲琴隱翁輯，王繼善訂定，選錄折子戲六十五齣，其中記錄有表演的舞臺及動作提示、人物角色說明等。

書。不同於今日平權觀點，多以女性角度出發而為崔氏翻案者，問津漁者尚以傳統男性文人角度看待此劇。然而〈逼休〉並非單純的父權主義譴責不賢不惠的崔氏而已，問津漁者是以悲憫的同理心來看待朱買臣！「委屈多少癡心漢」是文人的宿命，而作者的「匠心亦苦」，更說明了問津漁者解讀此劇之著眼細膩，體貼人物至微，懂得〈逼休〉之用心，而非於情節表面粗淺的理解而已；而藝人范二「繪水繪聲之技」，得以「領略其間意」，演出「當日癡情」，更是不易！其「委屈」是困頓窮愁已久，復久屈於崔氏之下，既欲安撫討好崔氏，更且仍對功名執著，認為明年終將發跡，這便是他的「癡心」！能夠演出這雙重的意涵，無怪范二得以獲如此高的評價。

再如范二另一齣戲〈誥圓〉。石坪居士評范二《雙官誥・誥圓》云：

> 此出為全劇結局。舉馮生之由貧困而富貴，大娘、二娘之變節蒙恥，碧蓮、老僕之苦守膺榮，皆於誥贈時傳出。所難表者，當馮生雙酬節義，歡喜中隱含悲楚，感謝處寓有怨傷。固應兩面都到，方不是潦草過場。惟范二官能知曲意，故贈冠而顏帶寂，酬酒而淚雙垂，皆從中情流露，則眞做半面而得全神者，他伶何曾夢到也！（頁 48）

〈誥圓〉一劇雖云「圓」，卻不是眞正的大團圓喜劇，而帶有悲欣交雜的複雜情感，藝人需於該劇的前後脈胳均梳理清楚，方能掌握當下人物的情感，這正是折子戲的特色所在。它須將「故事背景」（全本戲）盡濃縮隱藏在一折之中，成為時間長軸中的一個凝結點，情感的切片。因此藝人在情感的表演上，也不能囿於該劇的那一個片段，而是須將整個人物的一生、及事件的前因後果都要納入心中。馮生在顯貴榮歸之後，得知的竟是妻妾皆改嫁，既氣憤又難堪，然而受封誥命，何等光榮。既喜且悲，唯范二官將這種複雜的情感表演出來「贈冠而顏帶寂，酬酒而淚雙垂」，這種表現方式，方能將誥圓時人物情感全面呈現。這也是藝人對該劇體悟深刻，才能有這樣表現。戲劇情節所醞釀的情緒不是單一的，能夠營造出人物情緒的複雜度，方是好戲。

另外，在詮釋劇作時，尺度的拿捏也特別重要。問津漁者題范二《獅吼記・跪池》云：

> 柔能克剛，理之所有。試問今日貌為丈夫者。有幾人不懼內乎？此出作者因東坡戲嘲詩句，故刻於摹擬。苟非善技，委曲求工，難免過火之弊。（頁 50）

則對於戲劇效果特強的劇情，特別提出「苟非善技，委曲求工，難免過火之弊」的考量。只這一句便道出作者不認為「追求戲劇效果」為演劇的目標，只有合乎人物矩度，拿捏準確，才是一位眞正的好演員。

《消寒新詠》另談及作品之「務頭」。如《長生殿・驚變》，鐵橋山人云：

> 樂天詩「漁陽鞞鼓動地來，驚破霓裳羽衣曲。」「驚破」二字，使當日情事，靡不畢現。今之演《長生殿・驚變》一劇者多矣，惟百壽則處處傳神。（頁 51）

直接點出該劇之「務頭」，即「驚破」之處。〈驚變〉一齣前半段為〈小宴〉，演唐明皇與楊貴妃至御花園遊賞秋色爛斑，後小宴飲酒，席間楊妃以李白所作的〈清平樂〉三章為明皇歌舞，兩人宴樂已極。明皇且頻頻勸酒，貴妃不勝，終至酣醉。至此是一個極為平和歡樂的場面，然而忽地漁陽鞞鼓驚破這一切詳和安樂的太平盛世。由於這是此劇中的一大轉折，更是唐帝室由盛轉衰的那一關鍵時刻，因此「驚破」二字才會如此驚天動地，成為全劇的「務頭」。此劇惟此處演活，才得此劇眞髓。王百壽得以演得「傳神」，必定在細膩處多所揣摩。因此鐵橋題詩云：

> 自信今生永靡他，霓裳一曲樂何多！當年玉殿驚聞變，此日梨園細揣摩。膽戰已教神失據，情深猶問醉如何。妙伶一一為傳出，可與參觀《長恨歌》。

演出「膽戰已教神失據，情深猶問醉如何」之態，足能流露當時的驚惶與擔憂，更對比於小宴時的歡樂。王百壽藉由掌握「戲眼」傳達出一劇的精髓，果是妙手。

另外，劇作之層次。石坪居士題王百壽《白羅衫・詳狀》云：

> 是劇傳神，固須老僕從旁指點。尤在看狀時，先將一團疑竇，宛轉推求，方是「詳」字神理。獨百壽著意求工，看到徐能名姓，忽然詞色俱變，而若訝若驚，復自思自解。及老僕送茶偷覷，擎杯不接，乃又疑上添疑，出之有意無意間。至逗出原情，傷心欲絕，的的可人，應為有目共賞。（頁 52）

〈詳狀〉一齣今曰〈看狀〉，演徐繼祖中進士擢御史後，路遇生母蘇夫人，二人互不認識，蘇夫人告知其夫蘇雲遇害及白羅衫始末根由，囑其代為尋子。徐繼祖回衙後竟收到蘇雲狀紙，所告之人為其養父徐能。徐繼祖詳細推求，並審問奶公，方得眞相大白。此劇精彩處，在於徐繼祖看狀之時，其心理層次之轉折，自一團迷霧至眞相大白的過程。《消寒新詠》層層剝蕉，一面評論演員，一面擘析劇理。王百壽表演之長，在於深諳劇情、人物之內心，將「詳狀」之「詳」字神理演出。

再者，論劇之「會心」。一劇能感人至深，必須能寫出入心的婉曲之情。石坪居士題徐才演《療妒羹・題曲》：

> 自來惟才憐才，古今一轍。即或生不同時，未當謀面，而遙情默契，有不期然而然者。況閨壺幽情，恒多婉曲。若假梨園傳演，不得妙伶，安能酷肖？頃見才官演《題曲》一出，歌喉嘹嚦，意致纏綿，將小青感歎杜麗娘神思，細意描寫，則可謂彷彿當年，不徒形似者。（頁 53）

〈題曲〉演才女小青不幸爲褚大郎妾，而大婦苗氏奇妒。楊夫人憐之，借《牡丹亭》與小青解憂。一夜秋雨飄零，小青夜讀《牡丹》，既羨杜柳之魂夢姻緣，復歎自身之不遇不幸。〈題曲〉一折正是細膩演繹閨壼少女那種婉轉幽微的心境。徐才演出「意致纏綿」的小青，能夠準確體現才女受困的心理，可謂神肖。而問津漁者題毛二演《牡丹亭・離魂》亦是此意：

> 花殘月缺，人易傷心。當此美人香銷，不濕透青衫者，想必門外漢。即歌樓幻影，情亦猶當是耳。如果駕返瑤池，見之者又不知作何歎息！（頁 61）

以觀眾／讀者的觀點，談人物、演員、觀眾之間的「會心」。演員懂得人物的心境，才得演出給觀眾，而觀眾也得以藉由演員而體會在閱讀劇本之外的更清晰、更鮮活的人物。

再談作劇之「巧」，須得「意外之意」，方成「神外之神」。《金雀記・喬醋》云：

> 是劇作者設想固巧，演者摹擬難工。惟會得曲中意外之意，方能繪出當日神外之神。才官質秀心靈，假已矯容，傳他醋意。一颦一笑，無不逼眞。是誠得此中三昧者。（頁 53）

〈喬醋〉一劇，本在劇情上便頗有戲劇性，於小地方設想細到，使得該劇趣味性十足。然而要演得「喬裝醋意」卻非易事。石坪居士評才官「質秀心靈，假已矯容，傳他醋意。一顰一笑，無不逼眞」，得將該戲之「喬」意表現到位，是能準確詮釋劇作的表演藝術。

另外，《消寒新詠》又談及表演之「求新」。胡祗遹於〈優伶趙文益詩序〉中云：「醯鹽姜桂，巧者和之，味出於酸鹹辛甘之外，日新而不襲故常，故食之者不厭。滑稽詼諧，亦猶是也。拙者踵陳習舊，不能變新，使觀聽者惡聞而厭見。……趙氏一門，……有字文益者，頗喜讀，知古今，趨承士君子。故於所業，恥蹤塵爛，以巧而易拙，出於眾人之不意，世之所未嘗見聞者，一時觀聽者皆多愛悅焉。」〔註2〕從元代的胡祗遹，便以「醯鹽姜桂」來調和食物，使「日新不襲故常」，引申滑稽詼諧之作爲使劇作耳目一新的調和效果。無論如何，「翻新」、「不落窠臼」實是戲劇創作者的規臬，不論是舊事新編、或創新局面。而《消寒新詠》於表演者同樣以此準則衡量。鐵橋山人題潘巧齡官戲〈鬧書房〉云：

劇傳一出鬧書房，能得翻新便不常。俗事俗情皆是戲，未經人道味偏長。（頁 69）

《消寒新詠》亦論及戲曲的「本質」——即「假作眞」。石坪居士題徐才官戲《翠屏山・反誑》云：

戲無眞，情難假。使無眞情，演假戲難；即有眞情，幻作假情又難。（頁 55）

問津漁者評慶寧部小生范二「白鶴」詩中云：

無端設境皆虛幻，何必當場認假眞。（頁 12）

並評毛二官演《牡丹亭・離魂》：「花殘月缺，人易傷心。當此美人香銷，不濕透青衫者，想必門外漢。即歌樓幻影，情亦猶當是耳。如果駕返瑤池，見之者又不知作何歎息！」（頁 61）戲曲本是假，但須演得眞；情知其眞是假，卻又常爲此假情而動眞情。作者之意，除感歎演劇之難，同時也警惕戲曲之易入人心，影響力深遠。

因之文人眼中的戲曲仍有其功能作用，而社會功能尤著。雖實際上文人自己將戲曲視爲娛樂，而世人亦多將之作娛樂觀，然而「載道」思想仍左右文人。因此作文時「載道」之說雖然冠冕堂皇，卻也實際。因爲事實上戲曲的影響風行草偃，文人亦不免爲其影響力之強而有所戒愼。大約文人仍有一定思想，認爲自己仍有社會義務，應作爲普羅百姓的典範。文人本有「道學」思想。見戲曲流行廣力度強，而心有所警。且自身以爲知識分子，因此不宜觀淫戲（非江湖豪客）；同時自身審美喜好，喜雅淡不喜淫濊；雖實仍爲聲色之娛的意淫，但包裝得宜，便得以忽視之。

首先，作者認爲戲曲的「勸善」作用甚大。問津漁者云：

〔註 2〕《紫山大全集》卷八，《四庫全書》珍本四集。

勸善戒淫，黜華崇實。(〈弁言〉，頁 3)

鐵橋山人題范二官詩序：

梨園演劇，借舊翻新。謂之歌舞昇平也可，謂之歡娛耳目也可。即謂之演善演惡，終場了局禍福顯然，爲警世醒俗以代暮鼓晨鐘，亦無不可。(頁 11)

其次，戲曲重在「戒淫」。問津漁者題王德官詩序中提及慶和部小旦演《狐狸偷情》一齣時，對於「場上預設紗幕，至其中以錦衾覆半體，假出玉筍，雙峰矗然特立。而臺下好聲，接連不迭。」的情狀加以斥責，並云：

夫戲，本爲勸善而戒淫，誰其作俑，爲此骯髒？(頁 80)

這便是戲曲的功能論了。在當時社會，戲曲作爲教化意義作用亦大，因此作者以文人之姿，也不免呼籲戲曲也該有「分級」制度。

## 第二節　演員的表演藝術

《消寒新詠》對於「表演」最重視的要件，即是「演出人物」。藝人要能精準地以技術演活、演像一個人物，才是作者作爲一位觀眾最關心的目標。因此，在《消寒新詠》中，其評論表演的方法是：作者先分析整個劇情的來龍去脈，尤其是「故事背景」(這也是折子戲中未及敘述的地方)，打下人物之所以成就當下人物性格的基礎；而後對人物當下的形象、特色與性格，及在特定場景的心理轉折等等加以討論；最後觀察演員所用的方法和技巧是否呈現恰當。可以說《消寒新詠》在分析劇中人物之時，不止「見樹」(人物於折子戲中的情志表現)，並且「見林」(人物處於故事背景、大環境之下的觀察)、甚至「見山」(人物的一生際遇造就的人物性格)。而在論「樹」之時，也各從不同角度切入，有時析人物之內心轉折、有論藝人之神情肢體語言表現、有從藝人之聲色形貌論人物者、亦有純論人物外在形象以度藝人之表現等等，不一而足。以下試舉出幾例以證。

### 一、人物詮釋

#### (一) 心理活動的層次刻畫

藝人范二是《消寒新詠》中評價最高的演員。鐵橋山人比之梅花白鶴，取「格高態老」之意。這也說明了范二的表演風格，既卓犖不群，又老練有深度。上節所述石坪居士評范二《雙官誥・誥圓》云：

> 此出爲全劇結局。舉馮生之由貧困而富貴，大娘、二娘之變節蒙恥，碧蓮、老僕之苦守膺榮，皆於誥贈時傳出。所難表者，當馮生雙酬節義，歡喜中隱含悲楚，感謝處寓有怨傷。固應兩面都到，方不是潦草過場。惟范二官能知曲意，故贈冠而顏帶寂，酬酒而淚雙垂，皆從中情流露，則眞做半面而得全神者，他伶何曾夢到也！（頁 48）

石坪云「能知曲意」並不是件容易的事，而范二官做到了。所謂「眞做半面而得全神」，在該折子未及述說的前情，也能表演出來，表現人物內心那錯綜複雜的情愫，正是此意。因此石坪題詩云：

> 傷心底事意徘徊，笑不成歡淚落腮。節義雙酬中有恨，盡傳鼓樂送霞杯。（頁 48）

范二還有《千忠戮・打車》一劇，亦善於表現人物內心的複雜心理狀態：

> 程濟於患難中隱護建文，已十六載。一旦少離，主即被繫。此時，忙尋奔救，忽見囚車，自應肝膽俱裂，疾視讎仇。但心酸氣激情狀，兩處極難裝點。范二官於車前哭訴，即色黯神傷；與震直辯論，復詞嚴氣壯。哀痛是眞哀痛，怒罵是眞怒罵。精忠勁節，咄咄逼人，允爲梨園獨步。
>
> 攀轅匐叩恨無窮，憤激踉蹌恰箇中。大義痛陳鬚髮動，歌臺猶想烈臣風。（頁 48）

范二演出的不僅是忠臣風骨，忠臣在當下場景的「心酸氣激」、「疾視讎仇」，還有一十六年來的辛酸，這些內心情節都能精確傳達給觀眾。而演建文君的王百壽，也同樣能將淒惻之情、內心之苦展現出來。鐵橋山人題曰：

> 演《打車》一劇，可以出色者，唯程濟一人。扮建文君者，何處爭奇？惟百壽於車前告語，悲咽淒惻，聲口情神，靡不逼眞。乃知妙伶，固自不同也。
>
> 美少玲瓏若個勝，即於冷淡也難能。聽當告語情淒惻，字字傳神得未曾。
>
> 問津漁者曰：「噯！有負你一十六載，患難相隨！」只此二語，令人心惻。（頁 51）

二人都擅長將戲中之情，也是折子戲最擅長挖掘的「內心戲」演繹妥當。

石坪居士題王百壽《白羅衫・詳狀》云：

> 是劇傳神，固須老僕從旁指點。尤在看狀時，先將一團疑竇，宛轉推求，方是「詳」字神理。獨百壽著意求工，看到徐能名姓，忽然詞色俱變，而若訝若驚，復自思自解。及老僕送茶偷覷，擎杯不接，乃又疑上添疑，出之有意無意間。至逗出原情，傷心欲絕，的的可人，應爲有目共賞。（頁 52）

此劇今名〈看狀〉，其關鍵在於徐繼祖看狀之前，已巧遇蘇雲之母及蘇夫人（即〈井遇〉、〈遊園〉二折），於蘇雲遇盜而死一案已頗啓疑竇，如今竟遇著蘇雲告狀，更添疑問，不料狀紙上竟告其父徐能之名，又驚又疑，正在百般推詳之際，偏又無意間忽見老奴神色慌張。此劇情節推衍一層深似一層、內心一層疑過一層。而藝人王百壽演劇不僅能將此層次條理演繹，且不刻意，一切均在「有意無意」之間。這正是作者所讚許的表演最高境界。

### （二）細膩的肢體與表情的運用

同時，內心戲的表現，更有賴於精準的肢體語言和神情才能傳達給觀眾。石坪居士評范二演《彩毫記・吟詩》清楚地記錄范二演劇時的肢體運用：

> 明皇愛貴妃之色，重李白之才，於宮中飲酒，召白塡詞，誠千古韻事。但此劇專寫李白之奇才雋致，最難摹仿傳神。惟范於原詞「雲想衣裳花想容」及「名花傾國兩相歡」之句，作濡毫落筆狀，有意無意間，頻頻注視玉環，可謂體貼入微。及賜酒，作醉態，他伶不失之呆，即失之放。惟范拜賜已露酒意，跪跌若難自持，不漫不呆，純是儒臣丰致，略露才子酒狂。梨園無能學者。因成七絕紀之。（頁 47）

最是「有意無意間，頻頻注玉環」，表現李白作詩時的思維運作，這種能夠把人物細微的心思外顯的動作設計，才眞是對人物「體貼入微」。而另一劇《鳴鳳記・吃茶》，范二更有驚人的表現：

> 椒山爲阻奸謀不遂，反被相僕奚落一番。不得已，諂及文華。胸中多少憤懣！乃文華當獻茶時，偏誇爲嚴相所賜。此刻，因物嫉奸之心，自必露於顏面。范二官當擎杯欲飲，一聽此言，忽然目赤腮紅，眞是含怒者。以後諍辯、忿別，無不確肖當年。若非會悟忠臣梗概，焉能繪出全神！（頁 47）

以「當擎杯欲飲，一聽此言，忽然目赤腮紅」的神情技巧，準確傳達內心之憤恨！若內心眞無憤恨之情，恐怕無法做到這麼細微的面部表情。也就是說，范二這位藝人，擅長往細膩處挖掘人物內心深處的情感和情緒，並設計適切的面部表情和肢體語言表現，完成人物的性格。

同樣的，石坪居士評論王百壽演《金雀記・對雀》中，於人物細微的情緒也不放過：

> 此爲《喬醋》引子耳。在潘岳惟恐露出私交，夫人固知有私交，急索從前金雀。一時妝捏不來，抵賴不得，只好假作支吾。及見金雀復出夫人之手，又莫解私情何從敗露。能不曲意奉承，以望容忍？是皆當日必有情理，百壽體會獨深，故既左右張惶，又忽赧顏強笑。摹寫入微，得未曾有。
>
> 已無金雀對原憑，初作支離後奉承。卻笑情癡甘屈膝，借言未暇歷階升。（用原曲上階錯步韻）（頁 52）

〈喬醋〉演潘岳當發現私情敗露卻又不得索解那種尷尬赧然的難堪，卻因又望夫人成全，只好百般奉承耍賴。這種不知何處著力的難以分析的情緒，百壽演來傳神，確實有相當的功力。同時，王百壽也擅長表現一些較生活化、自然的人物表現。鐵橋山人王百壽《西樓記・錯夢》云：

> 余最愛其朦朧答應，確肖夢中欲醒未醒時也。
>
> 漫道精神足感通，詎知色相本皆空。醒來帳內昏迷語，口角猶然在夢中。（頁 52）

人物之朦朧未醒，與醉態可掬的模樣，最難演得眞與像。肢體的運用既要靈活，又要遲滯，拖泥帶水又不可膠著生硬。眼皮似睜又閉，眼神之醉態與未醒之分際亦自不同，前者渙散，後者朦昧混沌，這一切若不是經過長時間的練習揣摹與觀察，難以呈現於觀眾面前。范二、王百壽均能掌握住身體表情與神態，甚是難能。

而旦腳方面，除了演得「眞」與「像」之外，還要有美感。石坪居士題徐才《玉簪記・探病》云：

> 演劇雖小道，亦必原情寫意，方不落俗套。即如《探病》一出，妙常伴觀主同來，無限熱心腸，因避嫌疑，不便遽達，只得傍椅而立。此時，猛見可憎模樣。神傾意注，似呆似癡。忽然移椅，卒不及覺。方有驚撲情狀，但只折腰俯首，略作欹斜乃妙。邇來常演是劇，玉齡太過，雙慶不及，惟才官出之自然，是又純以態勝者。（頁 54）

〈探病〉即今〈問病〉，爲小生戲。雖然旦腳在該折中彷彿無甚表現，實際上卻有無限焦急和關心的情愫。她因避嫌疑，不能被觀主發覺，又得傳達給潘必正，又得留心小廝的取笑，且這一切都要透過肢體表達，不能過於顯露，卻又要傳達予觀眾！這其間的拿捏，著實不易。尤當她心中憂煎交集，不覺倚座而立，不料觀主移椅，妙常忽地失去重心。這個動作準確傳達了妙常心事！至今在舞臺上，這個動作設計依然保留。徐才演此劇最是妥當，不僅做到上述這些要件，且又合乎人物身份與形象。

徐才官又演《占花魁・種情》，即今尚在舞臺演出之〈受吐〉，同樣是難以表現的醉態。徐才表現自然，又嬌態動人，將花魁形象演活：

> 「非宿酲未醒，直海棠睡未足」，明皇評貴妃語也。才官演花魁醉歸一出，嬌姿婀娜，倦眼朦朧，風神端不減著露海棠。（頁 55）

還有鐵橋山人題李玉齡《釵釧記・相罵》：

> 芸香之來，心歡理得，不意夫人怒容相待。玉齡於初見時，陡然退後，似嚇非嚇，最爲妙人。
>
> 心懷一路挾功能，何計登門答未曾。睹面陡驚情意外，應宜手足若無憑。（頁 58）

從其對藝人演劇著眼點的分析，可發現作者觀劇十分細膩，特著意於藝人所設計的小動作，特足以準確呈現人物性格之處。而藝人抓準了人物性格，方足以設計這些肢體語言與神情表現。其經典之處甚至傳承至今日的舞臺。

### （三）聲色形貌貼合人物形象

另外，如毛二官本來天生形貌聲色不如其他旦腳，然而當他以其外形特質選對了戲，反而表現較其他藝人出色。問津漁者評毛二官演《牡丹亭・離魂》云：

> 毛二官，聲音本小，面色微黃。扮作病人，不假雕飾，而自合度也。且當連聲呼苦，唇索口張，確是不治之症。無怪福壽扮春香，一望而卻步者數次。（頁 61）

除生旦外，難得的提及一位丑腳。石坪居士云：

> 余有友人愛京腔者，邀予往觀。詢何部？則曰：「新出廣成。」詢何足觀？則曰：「部中有禿丑，極善詼諧。」……當開場後，搬《磨房演戲》一劇。所謂「禿丑」者，頭圓頸短，狀若傀儡。乍見即令人笑，不獨巧弄舌頭也。（頁 81）

這位丑腳藝人外形即已具喜感，「頭圓頸短，狀若傀儡」，一見即引人發笑。且「極善詼諧」。這些藝人之聲色形貌自貼合人物，因而於表演有加分作用。

而至於外形不佳的藝人，欲在戲班求存，不免要自尋生路。前曾述及萬部小旦徐雙慶，「面目未見嬌媚，體態亦少風流」，而該部還有擅演〈離魂〉的毛二，風流俊美的小生王百壽，恐怕不易出頭。然而徐雙慶擅找適合其戲路之折子，如〈喬醋〉、〈跪池〉，「眉頰悉帶酸容，舉動俱形悍態，本地風光，便能活現。」而「較之留心刻畫，轉覺自在游行也。」因此鐵橋山人云：

> 人有雅俗之辨，物分媸妍之殊。美惡並列，自然相形見絀。然位置得宜，則天地間並無棄材也。（頁 73）

可見藝人自身條件之佳與否，端看是否運用得宜。再如三慶徽旦金雙鳳，已是「身高面長，殊失美人之體」了，天生條件亦不好，且又「年踰三十，頗存花殘春去之憾」。但藝人卻能善用儀態之美彌補其自身形體的缺陷，且於演劇亦頗求工，鐵橋山人云：「善哭善悲，可云傳寫逼眞。求之若部中，鮮有其匹。」（頁 76）演技佳，善體人物，自然能出色。

最後談及人物形象的分際。這在《消寒新詠》的表演評論中十分講究。如慶寧部貼旦陳五福，石坪居士評云：

> 五福甚秀敏，效閨閫妝亦秀頗肖。但賣弄過當，每於不應笑處，忽復嫣然。未習淑女之規，竟染村妓之態，殊爲可惜。然亦有好處，世所共見。故余題鴿詩內，而勉其改轍也。（頁 42）

若是扮閨門淑女，笑亦要得體，並根據劇情需要而笑。若時刻微笑，只求博觀眾之注目，賣弄過當，便「染村妓之態」了。人物身份分際之拿捏，就在於一舉一動之間，絲毫大意不得。再如鐵橋山人評李福齡《牡丹亭・學堂》一劇時：

> 此出演者幾等家常茶飯，然俱未見出色處。近有一伶，聲色頗爲清秀。而且弱質輕盈，扮春香似乎得宜。乃當最良之面，肆無忌憚，居然指斥頻仍。拷打時，回環輾轉，腳舞裙翻；後於收場，竟將最良一推，幾乎仆跌。殊爲不近情理，令人發笑。（頁 64）

從上述評論，可見〈學堂〉一折在乾隆時期已有如此之表現方式。事實上現今舞臺尙演之〈學堂〉正走的這個路子：拷打時「腳舞裙翻」，收場時將陳最良一推仆跌，甚至有於最良背上貼烏龜者，不一而足。這多半是爲了舞臺效果。然而在乾隆時期鐵橋山人眼中，這是「不近情理」的。試想春香身爲太守府丫鬟，雖地位不高，卻仍有其身份教養。否則與小姐終日相處，如此粗魯莽撞，恐怕不妥。這也是就人物身份舉止的拿捏得宜而言。

值得一提的是，石坪居士在題李玉齡《南西廂記・佳期》一劇時，談到人物身份的重要性：

> 是劇傳神，固需從曲中逐句指點。然只狀其大意，方不失相國丫環體段。玉齡官點染太過，在「一個嬌羞滿面」，及「咬定羅衫耐」等處，其餘俱足動人。
>
> 雨意雲情想像眞，巫山隔斷不勝春。堪憐曲曲傳嬌態，故作癡迷恐誤人。（頁 57）

〈佳期〉一劇紅娘的大段唱詞【十二紅】中，有經典的露骨性愛場面描寫。〔註3〕然而即使劇本本身文詞露骨，且設計由紅娘之口中唱出，然因紅娘這個人物的身份乃相國丫鬟，按理不應有此種言語，這與她的身份是不相稱的。故而在理解上，我們只能說這是「藉紅娘之口」來點染張生與鶯鶯房內春色無邊的想像，這是劇作家運用「旁白」的技法（類似說書者）來作敘述；但在表演場上，不必眞有一個旁白者，正好便藉用紅娘來完成旁白的任務。因此紅娘在表演時，口中所唱是旁白者的敘述，然而在肢體語言等舉止行爲仍要符合紅娘的形象才是，即使暗喻春色，也不能表現過頭，忽然眞正變成一個思春的女子。故而石坪云「只狀其大意，方不失相國丫環體段」。但顯然以李玉齡「妖嬈」的表演風格，是不會輕易放過這個可以表現他特色的地方。事實上，綜觀今日崑劇演員的演出，於〈佳期〉一折【十二紅】莫不盡力表演春情繚繞、情慾纏綿的情狀，尤以石坪所云「無端春興遣誰排，咬定羅衫耐」處，更以手撫腰臀、口咬巾帕以呈現情慾難禁的模樣。〔註4〕當然現代社會所能容許的情慾界線已與乾隆時期大不相同，當時李玉齡是如何表演這一段

〔註 3〕《南西廂記・佳期》【十二紅】：「小姐小姐多丰采，君瑞君瑞濟川才。一雙才貌世無賽。堪愛。愛他兩意和諧。一個半推半就，一個又驚又愛。一個嬌羞滿面，一個春意滿懷。好似襄王神女會陽臺。花心摘，柳腰擺。似露滴牡丹開。香恣遊蜂採。一個斜欹雲鬢，也不管墮折寶釵。一個掀翻錦被，也不管凍卻瘦骸。今宵勾卻相思債，竟不管紅娘在門兒外。等教我無端春興倩誰排。只得齩、齩定羅衫耐。猶恐夫人睡覺來，將好事翻成害。將門叩、叫秀才。（噯秀才。）你忙披衣袂把門開。低低叫、叫小姐。（小姐吓。）你莫貪餘樂惹飛災。（啊呀不好了）看看月上粉牆來。莫怪我再三催。」《粟廬曲譜》（臺北：臺灣中華民俗藝術基金會重印，1991 年）上冊，頁 206。

〔註 4〕今日崑劇舞臺上演出〈佳期〉最負盛名者爲上海崑劇團梁谷音。錄像可參見《崑劇選輯》（臺北：行政院文化建設委員會出版，錄製於 1996 年）二。

的？石坪居士雖未詳細說明，但與今日的表現手法比較，或許相去不遠。

以石坪三人文人的審美標準，不一定能綜括當時文人普遍的審美風氣。卷三〈集詠〉中浯上居士對李玉齡於〈佳期〉中的表現題詩道：

> 多情畢竟是紅娘，握雨攜雲任主張。自有靈犀通一點，教人錯怪太猖狂。

自註云：

> 玉齡於《佳期》一劇，如醉如癡，忽歌忽笑。至春興勃發，莫可排遣，最爲體貼入微。（頁 88）

「體貼入微」之評，與石坪大異其趣。這不僅說明浯上居士的尺度較石坪爲寬，且對於劇作的體認，也與石坪不同。石坪居士堅持合乎人物身份之必要，寧可忽略唱詞中與人物身份不相稱的詞意。而浯上居士則著重在演員風情的展現。

而人物形象的塑造，演員本身的特質也很重要。如徐才本擅長閨門秀女，若要他扮飾如潘金蓮等風騷人物，則過於勉強，彷彿「逼良爲娼」。石坪居士論徐才《金瓶梅・雪夜》云：

> 賣弄風騷，惟此等劇盡可出色。乃才官天然嫵媚，總只見其溫柔，不露半點醜俗態。或有訾其不工調戲者，職是故耳。然是劇未見多演，度所欲擅長，端不在此。（頁 55）

因此藝人演劇，豈可不多加用心選擇！惟有適合自己天生氣質的劇目，才能將自身的長處發揮得淋漓盡致。

藝人要有成就，畢竟須選擇適合自己的行當。如毛二官，「其聲音本小，面色微黃」，因此「演病人不假雕飾」，演〈離魂〉較別人更像。問津漁者在其演《風箏誤・後親》中云：

> 毛二官態度嬌娆，有目共賞。惜聲音不亮，人多訾之。此出說白清爽，聒人耳者更覺快人心。然以貼旦領正旦妝，終非雅部正矩。爲師者欲顯其長，故未暇計及耶？（頁 61）

既云「雅部正矩」，可見崑班畢竟還是行當分際嚴謹，因毛二之「說白清爽」，而「以貼旦領正旦妝」，不合規矩。再如長生官，擅演苦劇見長者，本習貼旦，卻不出色，直至改行當爲正旦，才發揮他的長處。鐵橋山人評云：

> 休臞面小。入都時，爲慶雲部貼旦，技藝平平，無甚動人之處。後闌入慶寧，改爲正旦，坐作語默，簡練揣摩，窮工極態，怒笑俱宜。蓋與范二官可稱對偶，俱非以豔色媚容取悅於世者。……至長生官

者，於千古勞人思婦，聚散離合，即境傳情。當夫登場度曲，苦心傾寫，幾至於口不流血不止。(頁 35)

長生官以「苦劇見長」，足見這位藝人的特質，既「非以豔色媚容取悅於世」，更適合演出這類劇目。藝人唯有找到適合自身行當，進而能在劇目上揣摩得更深刻。

### (四)於空處傳神，傳言外之意

司空圖的《詩品》論詩曰:「梅止於酸，鹽止於鹹，飲食不可無鹽梅，而其美常在鹹酸之外。」此即「味外之旨」。同津漁者於《消寒新詠・弁言》中云:「究竟酸鹹之外，不繫鹽梅。」亦即重視具有「言外之意」、「不著一字、盡得風流」的含蓄而餘韻繚繞的情意。

在劇中，某些情緒欲傳達之時，不一定藉由唱詞或念白等「語言」傳達，高明的演員在話說盡之後，餘意不盡，情緒藉由整個人的精神意氣傳達得更深更遠。鐵橋山人評王百壽《長生殿・埋玉》:

> 百壽官演戲，每於空處傳神。即如《長生殿・埋玉》一出，事窮勢迫，裝出莫可如何之態，或人所能學步。獨其垂頭喪氣，不言不語，又怨恨，又悲哀，種種難顯之情，則此中難索解人也。
>
> 檀板笙歌日日開，摹情繪影孰全才。技誇百壽形神合，劇演明皇色相該。閉目無言虛縹緲，垂頭多思鬱徘徊。心慵意懶旌旗處，確是當年別馬嵬。(頁 51)

而石坪居士評其《玉簪記・秋江》:

> 人生傷情之事，最是年少別離。況屬私效鸞鳳，忽爾強爲拆散!心中無限愁腸，未便明言剖訴。所以，對面含意難伸，只好眉頭暗傳痛楚。百壽演此劇，於別離後。強作乘舟狀——意難捨，舉步行遲;心多酸，低頭氣喪。將當日別緒離情，從無詞曲處體會出來，眞能傳不傳之神者。(頁 52)

這兩齣戲均用「低頭喪氣」之行爲語言來表達，但一者是莫可奈何、無力解決，一者爲別離後悵然若失之情，大不相同。因此王百壽在表演時，唐明皇的垂頭喪氣是不言不語，又怨又哀;而潘必正之低頭氣喪(是低頭，而非垂頭，二者頭的力度不同，「垂」更沈重一點)，還再加上「舉步行遲」，捨不得離去之狀。形體雖部分離去，神情不一。這些都是在語言之外，藉由肢體和神情所表現的。

而石坪居士題徐才演《紫釵記・灞橋》則寫出以「眼神」傳達出語言難以訴說之情：

> 傷離泣別，傳奇借爲抒寫者屢矣，梨園以此見長者亦多矣。惟才官演《紫釵記・灞橋》一出，其傳杯贈柳，固亦猶人，乃當登橋遙望，心與目俱，將無限別緒離情，於聲希韻歇時傳出。以窈窕之姿，寫幽深之致，見者那得不魂銷？況予客京師多年，尤覺淚透。
>
> 宮妝結束別征鑣，飲餞花亭贈柳條。送上灞橋遙一望，魚沉雁落客魂銷！（頁 53）

在才官演霍小玉於灞陵橋上望著已遠去的李益時，那種心神俱隨之遠去的難捨之情，均藉眼神傳達。作者云：「無限別緒離情，於聲希韻歇時傳出」，正是出於語言之外的意境傳達。

還有一種方式，是藉唱腔（或念白）以技巧性的方式來表現情緒。如問津漁者題李玉齡《南西廂記・拷紅》：

> 此出各部皆演，依樣葫蘆，無甚動人之處。惟玉齡唱到「小姐權時落後」句，體會入微，確是小孩兒被人纏繞，又怨又怒之意。
>
> 嬌聲欲訴又懷刑，言到「權時」著意停。夫人夏楚體重撻，留與春風唱後庭。

老夫人拷問紅娘之時，問到底何時小姐與張生結下事來？紅娘只得胡言解釋，道與小姐同去探病，不料張生著紅娘先回。老夫人聞此急問：小姐呢？此時紅娘始言：「小姐權……權時落後」。這「著意停」之處，一方面賣關子，一方面被老夫人逼得緊了，只得豁出一切說出「權時落後」。李玉齡本擅長演出活脫脫的小旦腳色，尤在這種語言之外的情緒表現，亦其擅長。

## 二、嗓音唱功

戲曲的表演，「曲」占了一個關鍵性的地位。歷代的戲曲理論與批評中，曲學研究與唱曲法則亦成爲研究重點之一。但在《消寒新詠》中，作爲欣賞者的作者，並不特別在意聲調格律、腔格唱法等細部描述，或許作爲雅部崑腔的愛好者而言，崑腔的格律聲調口法，已是最基本的需求。作者主要從藝人聲音的質感、音色，及是否能將聲音的「情感」傳達予觀眾？這才是這部書在「唱論」方面所關注的重點。

明代魏良輔《曲律》中曾云：「擇具最難，聲色豈能兼備？但得沙喉響潤，發於丹田者，自能耐久。若發口拗劣，尖㘆沈鬱，自非質料，勿枉費力。」〔註5〕這一定程度說明了「天生」所造成的局限性。資質較差的藝人，若要在舞臺上爭得一席之地，勢必費盡心力，還不一定能受觀眾喜愛。在歷代評論演員的論著中，最常把音色與聲音的風格作一番描述，而演唱的藝術與方法等理論，便非這類著作的著眼點了。如早在元代夏庭芝《青樓集》在記錄眾女伶的小傳時，即多稱頌某伶歌聲清韻嘹亮、纍如貫珠等。如聶檀香「歌韻清圓」、賽簾秀「聲遏行雲」、朱錦秀「歌聲墜梁塵」、趙眞眞「繞梁之聲」、丹墀秀「驪珠宛轉」〔註6〕……等。或讚其音色之好，或揚其聲量之響，或稱其行腔之婉。

然而雅部崑腔的度曲，所講究的則不止是藝人的音色而已。魏良輔曾云：

> 聽曲不可喧嘩，聽其吐字、板眼、過腔得宜，方可辨其工拙。不可以喉音清亮，便爲擊節稱賞。大抵矩度既正，巧由熟生，非假師傳，實關天授。〔註7〕

從明代水磨腔成型時，就有了這樣的講究。熟悉崑腔的鐵橋等三人，雖不至於只在意音色的美聽與否，但從其批評看來，這還是基本條件。畢竟「音色」是給予聽者最單純直接的衝擊。

首先，論及聲之質感者，鐵橋山人評王喜齡云：

> 既弱質以蹁躚，復清音之嘹亮。（頁18）

古虞散人則云：

> 崑音瀏亮，如聞花外嬌鶯。（頁88）

鐵橋山人評金雙鳳：

> 其歌喉宛轉，雖不能如鸚鵡之潤，徐才官黃鶯之嬌，王喜齡而音清韻亮，足冠部內群伶。（頁76）

多以「嘹亮」、「瀏亮」、「清亮」、「宛轉」等詞形容其音質之美。可見在觀聽者耳中，好的嗓音本身即須具備一種水潤的質感，即今所謂「水音」，且要「亮」，即有共鳴，能傳遠。潘之恆〈敘曲〉曾論云：

> 吳音之微而婉，易以移情而動魄也。音尚清而忌重，尚亮而忌澀，

---

〔註5〕收於傅惜華編：《古典戲曲聲樂論著叢編》（北京：人民音樂出版社，1983年），頁27。

〔註6〕〔元〕夏庭芝：《青樓集》，《中國古典戲曲論著集成》（北京：中國戲劇出版社，1982年）二。

〔註7〕傅惜華編：《古典戲曲聲樂論著叢編》，頁29。

尚潤而忌纇。〔註8〕

這是對於美的音質的要求。

其次於技巧上的掌握。在《消寒新詠》中並未詳細討論歌唱技巧，唯籠統地說「聲技工穩」。如石坪居士評胡祥齡云：

爾日觀五慶徽部，見祥齡聲技工穩，眉目清研，心甚愜。

因題詩云：「度到繡簾聲細細，似憐春永奈如何。」（頁29）所謂「工穩」，爲崑腔特質，既要對腔格口法嫻熟凝練（工），又要氣息控制得宜，不慍不火（穩）。

其三，亦有論及藝人聲音不佳或失聲者。如問津漁者評毛二云：

惜聲無妙韻，僅如秋水塘邊相呼相喚，雖著雪衣，終不若金衣公子能叫醒春夢也。（頁25）

因題詩云：「只見生花能解語，卻看含笑不成音。」（頁 25）問津漁者於卷三〈紀實〉即云其「聲音本小」，可見這位藝人天生不具一付好嗓。再如石坪居士評劉大保云：

原慶寧部小生劉大保者，當其獨出冠時，儼若仙肌帶露。孰意喪聲失巧，竟等緘口銜蘆！（頁33）

壬子春，大保官才十三歲。丰神秀雅，聲韻清圓。凡演一劇，雖梨園老手，有其聲音，無其風度；效其科白，遜其靈通。洵小生中表表者。又得才官爲配合，其劇愈覺神奇。何意未及兩載，頓失其音，以致有長莫顯，抱技難鳴。（頁65）

劉大保本來嗓音頗佳，當年十三歲時「聲韻清圓」。但「未及兩載，頓失其音」，從時間上判斷劉大保應是過了青春期的「倒嗓」，這於戲曲藝人是一大考驗。或因此而失去舞臺。

而如石坪居士評張三寶：「喚作『薰籠』，別名『啞瑞』，聲色之不齊，當必有辨之者。」（頁39）張三寶爲武旦，一般而言武生、武旦難求有好嗓者，主要因武打需翻滾跳躍，氣息不易控制，而練武所花費的大量時間，藝人也難在曲藝上精進。

另外乃就唱曲的技巧評論其唱功。如石坪居士評蓮生：

惜聲韻不長，當繁弦緊拍時，微有慳澀。（頁73）

問津漁者評李秀齡：

〔註8〕原載《亙史》雜篇卷之四「文部」，亦載《鸞嘯小品》卷之二。〔明〕潘之恆著，汪效倚輯注：《潘之恆曲話》，頁8。

> 秀齡官，李氏，安徽人，爲集秀揚部武旦。……體肅而嬌，聲圓而正。惜丹田不足，不能信口悠揚。盡力成音，微有仰面婦人之誚。（頁 75）

這兩位都是因氣力不足而導致唱曲艱澀，一方面抓不穩節奏，一方面影響身段體態之美。其他還有於藝人的身體狀況擔憂者，如石坪居士評李玉齡云：「余嘗見玉齡演劇，間爲擊節。次日或聲韻忽減。抑又何故？當亦少調護耳。」（頁 22）藝人的聲帶因常使用，若不加以保養或用嗓方式失當則容易疲勞受傷。李玉齡顯然演出的狀況並不穩定，或以色相取勝，並非以唱功取勝者。

其四，論及聲音及其質感所引出之神韻。大部分談及聲音的文字，除了以鳥鳴聲之宛轉輕謳來比擬藝人聲音之美，也盡量描繪出一種聲情與意境、神韻。這還是「由形入神」、「象外之意」的概念，務求達到聲音之外的一種感悟能力。這也主要與其意象化的批評方式有關，意象，能夠更進一步傳達抽象的聲音與情感意境和神韻。如夢花樓主人評徐才云：

> 一曲歌聲聽風簫，箇中幽意向誰調。塵氛到此皆吹盡，皓月清風近碧霄。（頁 86）

不直接描述形容其音聲如何之美，而繪出一幅畫面，藉「景」以傳聽者之感受。再如鐵橋山人評范二「白鶴」詩云：「雙翮健凌千仞舉，一聲清唳九霄聞。」自註云：「寫照范二，一言已足。」石坪居士云：「白鶴之比，取其異眾而善鳴也。」詩云：「嘯天兼有韻，矯矯一群中。」（頁 13）白鶴形象之清癯不群與其聲之清徹響亮，寫照范二官音色清舉的特質。

從以上舉例，可見《消寒新詠》中關於品評藝人之「聲」，還是重其聲之「神」，亦即描摹其聲如何美聽，可達到如何之效果。而較少單獨就其聲音之特質入手，大部分均以如「花外嬌鶯」等「宛轉」、「清潤」等描述，並不脫前人範疇。

同時，大部分對聲音聲情的評論與描述，多集中在崑伶身上，一方面因作者酷嗜崑曲，二方面，崑曲唱腔一唱三歎，迴旋反複、宛轉纏綿，其中的格律、聲調，腔格與唱法已積澱了三百年，當時花部諸腔也只有京腔在康熙年間才有了第一本曲譜（王正祥《新訂十二律京腔譜》），其他聲腔則剛於京師崛起，且花部藝人多以侑酒陪觴等見盛於當時劇場。這在李綠園《歧路燈》中特別鮮明地描寫了這類花雅現象。

## 三、其他技藝

作者另提出藝人除了在詮釋劇作、詮釋人物的表演藝術上的造詣外，還另有特別精湛的表演技藝者，這是屬於「技術」的部分。如問津漁者寫王百壽：

> 百壽，通才也。每出臺時，丰神閒逸，動輒得宜。我輩揄揚，原無過當語。雖優伶小技，而此中翹楚，究竟筆不能罄。無論冠帶妝、風流妝、別離妝、愁苦妝、疾病妝、夢寐妝、婦女妝，無不色色動人。北平老人阮君，以「寶貝」呼之，宜矣。（頁 49）

小生王百壽，雖扮飾的是小生，卻也能扮飾各式各樣的人物形象。所謂「冠帶妝」、「風流妝」、「別離妝」、「愁苦妝」、「疾病妝」等，有可能既是一種化妝技巧，也同時是強調人物形象時特殊的扮相。如「冠帶妝」可能是生行扮相，「婦女妝」則應是旦行的形象了。而「別離妝」、「愁苦妝」則屬於特別表現情緒的扮相，「疾病妝」則表現病容，「夢寐妝」表現夢中情態，應該在面部化妝有特別的手法。王百壽在表現人物時，藉由這種特殊技藝，無論扮飾什麼形象都「色色動人」，老觀眾呼之以「寶貝」，足見其受歡迎。

問津漁者寫三慶徽掌班者高朗亭：

> 高月官，安慶人，或云三慶徽掌班者。在同行中齒稍長，而一舉一動，酷肖婦人。第豐厚有餘，而輕柔不足也。華服豔妝，見之者無紅顏女子之憐，有青蚨主母之號。善南北曲，兼工小調。嘗與雙鳳、霞齡等扮勾欄院妝，青樓無出其上者。若【寄生草】、【剪靛花】………淫靡之音，依腔合拍。（頁 83）

高朗亭雖已在同行中「齒稍長」，〔註 9〕但其技藝高超，一舉一動酷肖婦人。雖非如閨中幼女，卻另有一番韻致。且唱曲技藝精湛，青樓無出其右。

另外，亦有藝人雖聲音不亮，卻說白清爽。問津漁者評毛二《風箏誤・後親》云：

> 毛二官態度嬌嬈，有目共賞。惜聲音不亮，人多訾之。此出說白清爽，聒人耳者更覺快人心。（頁 61）

這也是藝人在自身的缺陷中，找到另一條出路。毛二雖聲音本質不夠渾厚明亮，卻能在念白上用心。找對戲路使得優點得以突顯，缺點得以隱藏。

再如評藝人有武藝精湛者。如問津漁者評徐四：

> 是日，演《孟良花園比武》清幽可喜也。至掄棍之妙，甲於諸伶。宛轉歌喉聲細，未及飽聞。然亦循環，無懈可擊，技絕如此，爰著

〔註 9〕嘉慶八年（1803）《日下看花記》記高月三十歲，嘉慶十一年（1806）《眾香國》則云其年逾四十。

諸篇。（頁 78）

石坪居士評張三寶：

僕適於金升部中，見小旦張三寶者，齒僅十二三，聲第上之下，惟是豔質柔姿，嫣然嫵媚。……及其陣演孫吳，搴旗戰舞，靡不精彩炫人，又何異「鷸翎翻草去，紅嘴啄花歸」也。（頁 39）

還有問津漁者評李秀齡：

秀齡官，李氏，安徽人，爲集秀揚部武旦。畫戟長拖，梨花落袖；彩旗斜掛，蓉匣藏鋒。矯若猿奔，疾同鳥落。眞所謂「簫管聲中聞戰伐，綺羅筵上遍旌旗」者也。丰韻亦秀，媚無糾糾之容。修眉稚齒，肉膩神閑。漸近上流，而不隨俗波靡。若以執戈揚盾，謂秀齡無女子柔順態，則又免未唐突矣。（頁 75）

這幾位都是作者特別點名出來武藝精湛的藝人。張三寶是在〈正編〉十八位藝人中的一位，爲雅部藝人，被喻爲「山雞」，其「空中紛格鬥，彩羽落如花」（頁 39），正是恰到好處的比喻。徐四與李秀齡都是花部藝人，武藝高超，舞蹈翻飛，甚爲美觀。同時李秀齡還能兼跨行當，以武旦兼演閨門旦：

秀齡官……亦間演閨門戲，體肅而嬌，聲圓而正。惜丹田不足，不能信口悠揚。盡力成音，微有仰面婦人之誚。（問津漁者，頁 75）

再如小生胡祥齡，亦曾兼演小旦。鐵橋山人「梨花」詩：「春風剪刻梢頭玉，盡日園林看不足。忽逢微雨洗嬌姿，絕似楊妃罷新浴。」自註云：

祥齡嘗改妝小旦，故云。（頁 29）

胡祥齡之兼演小旦，作者實著眼於其色相。胡祥齡在書中擬爲「梨花」、「春燕」，顯然姿色頗佳，因之改妝小旦，亦有引人之處。

兼跨行當之舉顯然並不多見，但亦時有之。《消寒新詠》中提及兼跨行當者，除此二處之外，還有毛二。毛二爲貼旦，卻演《風箏誤・後親》之柳夫人（正旦），問津漁者評云：

以貼旦領正旦妝，終非雅部正矩。（頁 61）

這說明雅部的行當分際還是清楚的，貼旦與正旦的表演技術雖頗有差異，但參照今日崑曲演員，以「貼旦領正旦妝」者大有人在。〔註 10〕此乃因貼旦劇目並不太多，而演員年齡漸長之後，均欲拓寬戲路。而貼旦與正旦雖於人物

〔註 10〕如上海崑劇團梁谷音即是。以貼旦爲本行，但後亦演《爛柯山》之崔氏、《琵琶記》之趙五娘等，均爲正旦。江蘇省崑劇院陶紅珍亦如是。

年齡上頗有差距，但因表演風格都是傾向於較外放，與閨門旦所須的含蓄特質不同，因此貼旦兼正旦反而是常見現象。然而在《消寒新詠》作者眼中，雅部正矩似乎十分嚴格。但這種「兼跨行當」之事在全書中亦僅此三處，顯然作者更重視的還是「人物」。對於「行當」的分際並不特別在意，頂多只是附語而已。

而藝人得以在舞臺上受人矚目，非得刻苦求工不可。問津漁者評李玉齡《孽海記・思凡》云：

> 《思凡》之戲，一人出臺，若不能刻苦求工，未免太寂。玉齡得之。

並題詩云：

> 歌臺誰不演優尼？麈尾袈裟鮮中規。（京班，崑班無不演此一出，非失之態度，即失之聲音。）領取玉齡情熱處，人間無藥治相思。（頁57）

俗云：「男怕夜奔，女怕思凡」，因二劇均為獨腳戲，且歌且舞，無一刻稍停。又兼之人物內心情感複雜，配合身段唱腔，特別難以表演圓滿。問津漁者等一向對李玉齡之表演風格頗有微詞，均覺太過於媚俗妖嬈，唯獨讚其〈思凡〉，可見李玉齡於此劇用功之深，足以掩其微疵。

彼時大部分演員均擅花雅。如王百壽亦演〈假妝〉，為《三笑姻緣》之一折。（頁50）如集秀揚部，原為崑亂皆演之劇團，問津漁者題集秀揚部王喜齡「黃鶯」詩中註云：

> 僕嘗見其演崑戲，規模殊欠靜細，不脫亂彈習氣，特音韻尚佳，為可取耳。（頁19）

而同是集秀揚部的李秀齡，即武旦兼擅閨門，且為問津漁者謔為「仰面婦人」者。九峰山人的「贈李秀齡」詩中註云：

> 秀齡亦演崑曲，《跳墻著棋》一劇，丰韻宜人。……秀齡原是武旦，……邇來學習崑曲，頗覺追蹤喜齡。

可見集秀揚部崑亂皆演的情況頗為普遍。五慶徽部的董如意、童雙喜等，雖為花部班社，卻也演〈佳期〉、〈掃花〉等崑曲。石坪居士評邱玉官：

> 余到京數載，雅愛崑曲，不喜亂彈腔，謳啞咿唔，大約與京腔等。惟搬雜劇，亦或間以崑戲。時，同座哂曰：「強為效顰，終不免東施誚耳！」然有一旦，名邱玉官，蓋具兼長，而聲色並茂者。余初視其演戲，每一出，調情賣笑，諢語淫行，幾致流於狂蕩，不能高人

一籌。後數往觀，亦復雅韻輕清，高下中節，此何異奇芳埋草徑也！惜齒稍長，貌不甚雋。殆眞善用其能，而以技悅人者耶！亟錄之，以紀萍逢之別賞云。（頁 79）

亂彈班子雖亦兼演崑曲，但畢竟還不如崑班所唱之崑腔。難得有藝人兼擅二者，便易得掌聲。從這現象也可見雖乾隆時期亂彈已盛，但崑曲在當時仍有一定地位。

作者還談到了演員互相襯托的問題。一齣折子是否出色，不能單靠一位演員，除非是獨腳戲。因此藝人之間的配合襯托，對演出有加分效果。問津漁者寫王琪：

花仙不肯任春殘，爲遣荼蘼倚畫欄。滿架濃陰香已逗，一枝新蒂並應難。

自註云：

是班無小生配合，殊令人悵悵。（頁 43）

有佳旦而無好的小生配合，觀眾自不免惆悵。如倪元齡、李福齡二位藝人，年歲不相上下，天資甚佳，技藝亦高，二人配合更是相得益彰。鐵橋山人題李福齡云：

元齡、福齡，年歲相若，身材頡頏，即技藝亦相上下。第元齡宜笑，福齡善哭。論怡情，福齡少遜元齡之風致；論感懷，元齡不如福齡之逼眞。各有好處，不容沒也。余最愛其同歌合演，如《水漫》、《斷橋》、《思春》、《撲蝶》、《連廂》以及《忠義傳》之扮童男幼女。彼此爭奇，令觀者猶如挑珠選寶，兩兩皆愛於心，莫能釋手。斯誠一對麗人，可稱合璧者也。（頁 64）

題《雷峰塔・水漫》詩云：

白姐（元齡）青兒（福齡）不勝嬌，輕舟泛泛鼓蘭橈。花容玉貌齊相埒，恍惚吳宮大小喬。（頁 64）

再如劉大保、徐才，生旦配合更添其美。鐵橋山人云：

蓋大保、才官，先時同在慶寧部，一生一旦，由必與偕。正所謂才子佳人，當場再現風流也。今才官改入慶升部，無其對偶，頓減風神，與殊落寞，余曾以再醮婦人目之。至大保官，今在文武集亨部，形聲改變，尤爲可惜。亦明知逢場作戲，何必認眞，而必沾沾計較，未免癡情太甚。第就戲論戲，吾正不妨戲言耳。（頁 34）

雖云戲言，其實正認眞。石坪居士於題《占花魁・獨占》

> 是劇演者屢矣，獨才官配合大保，足稱兩美。其間傳杯寫意，絮語傾心，睆睆歌喉，表纏綿情致，得未曾有。自二人拆散後，別部再無愜意者。殊屬恨事。
>
> 假姻緣扮宿姻緣，著意鍾情款夜筵。若得花魁能爾爾，應將好色易賢賢。（頁 55）

一劇之成功，惟有好的演員互相配合，才得激發藝人間彼此的能量。

演員之間，亦有高下之分。有的風度佳，如王琪，「雖不美于徐才官、李玉齡，王喜齡、毛二官、金福壽等，而一種雅韻，見則生憐。」（問津漁者，頁 44）有的演技好，如同一劇，王百壽較之劉大保更佳。「今之演《長生殿・驚變》一劇者多矣，惟百壽則處處傳神。即較之大保，且更爲酷肖。」（鐵橋，頁 51）有的嗓音唱功佳，如同是松壽部旦腳，貼旦李增就較小旦蓮生「滴溜調簧，餘音繞梁」。（頁 73）而花部的金雙鳳（三慶徽部），嗓音亦「歌喉宛轉，雖不能如鸝鵡之潤（徐才官）、黃鶯之嬌（王喜齡），而音清韻亮，足冠部內群伶。」（頁 76），將之與集秀揚部的王喜齡與慶升部的徐才相比併，雖花雅不同，但作者只評藝人，不論班部。

有因戲路不同，而得不埋沒於人才濟濟的班社。如徐雙慶，「面目未見嬌媚，體態亦少風流。演劇場中，無甚出色，誰見其憐！況毛二官之柔情秀冶，百壽官之慧性玲瓏，又日奪于同行共隊之中，斯益覺自慚形穢矣。然余嘗觀其演《喬醋》與《跪池》一劇，眉頰悉帶酸容，舉動俱形悍態，本地風光，便能活現。」（頁 73）

《消寒新詠》中偶亦談及藝人常犯之藝病。唯零星片語，聊備一格。如石坪居士云潘巧齡病「搖頭弄舌」：

> 初見巧齡演劇，有搖頭弄舌之病，余原詩曾有「每惜冰姿香寂寞，此卿空負假風流」之句，今則盡改，便覺香多，故改贈之。（頁 37）

再如問津漁者評李秀齡之盡力成聲，而形象不佳：

> 秀齡官，李氏，安徽人，爲集秀揚部武旦。……惜丹田不足，不能信口悠揚。盡力成音，微有仰面婦人之誚。（頁 75）

徐才則面目少有表情，過於端莊：

> 才官名噪都下，聲色俱佳。惜面目少風情，究亦小疵，不足掩其瑜也。（問津漁者，頁 17）

這些大都是面部、身形上的毛病，有的是藝人本身不注意，有的是氣力不足，有的則是個性使然，不一而足。

# 第三節　表演的美學特質

## 一、表演境界——從逼眞到傳神

從前述《消寒新詠》分析藝人在表演時對人物的體認與傳達之手段，可見作者自有其對表演的美學標準，以此標準對藝人的演出進行衡量，可歸納出幾種作者認爲的表演境界與表演風格。

### （一）逼　眞

從第一節談及《消寒新詠》中對於人物詮釋的要求，可以發現作者對於演劇最重視的便是「逼眞」。摹似逼眞，不能算得演藝的最高境界，只能算得低層次的摹倣，卻是演劇的必要條件。這與詠物詩一般，「形似」是「傳神」的基礎，要得傳神，先得形似，體物須正，狀物必切。尤其在《消寒新詠》中作者一再提出何位藝人傳演逼眞，透過什麼表演技巧而更接近人物的形象。可見雖然「逼眞」彷彿是演員需做到的基本功，事實上眞要達到「逼眞」，竟須在許多人未注意的細節上多下工夫、盡力揣摩，才能達到「逼眞」、「酷肖」的效果。因而《消寒新詠》中強調的「逼眞」，並非只是單純摹倣，而要演藝人員花心費力在既定的程式之中思索、創造新的、更能體現人物的肢體語彙與豐富表情。「按部就班、葫蘆依樣」（頁 11）絕無法成爲一個眞正的好的藝人。因此，如九峰山人贊譽李福齡即云：「福齡登場，悲歡離合，最爲逼眞。」（頁 94）鐵橋山人云范二「摹形繪影，聲情逼眞，鬚眉活現，觀者莫不快心醒目，嘖嘖稱羡焉。」（頁 11）鐵橋山人題王百壽《千忠戮・打車》則云：「（建文君）車前告語，悲咽淒惻，聲口情神，靡不逼眞。乃知妙伶，固自不同也。」（頁 51）石坪居士評徐才演《金雀記・喬醋》:「一顰一笑，無不逼眞。是誠得此中三昧者。」（頁 53）及其演《翠屏山・反誑》云:「《反誑》一出，眞眞假假，諸旦中無有形似者。惟才官裝嗔作笑，酷肖當年，一時無兩。」（頁 55）這些藝人都能善加揣摹，務求將人物形象演繹眞實活現，具有「人」味。

但舞臺上的「逼眞」要如何達成？藝人所扮飾的「人物」雖然是客觀存在的，但並非眞實地存在於現實生活著，誰也沒見過他。因此，藝人所根據的材料，無非得從故事背景、歷史軼事中取材其彷彿的聲形樣貌，而最重要的，便是他的神態。因爲不同性格、背景、環境，與面對事物的反應的不同，造就出不同的「人物」，演員能區分出這種「不同」，才能達到「眞似人物」的效果。所以「虛構」成爲必須，想要傳「眞」，便得由演員自行「想像」、「虛構」所扮飾的人物的動作、聲口、神情。而這些外在的形象，其實一切均從「情」而來。演員惟一能確定地掌握的，也只有人物的情感。能演到讓觀眾覺得「鬚眉活現」，還是得由「情」來出發。因爲「情」的逼眞，使得「形」也能逼眞。戲曲史中最精彩的例子，即明代侯方域所著〈馬伶傳〉中的馬錦。據傳所載，馬錦所在之興化部與華林部於某次堂會中各於東西肆演出《鳴鳳記》，迨演至〈河套〉一折，觀眾紛紛從東肆移至西肆，因馬伶所扮飾的嚴嵩遠不如華林部李伶。馬伶深以爲恥，消聲匿跡三年後復出，找回當年觀眾再與華林部李伶拚臺。當再度演至〈河套〉一折，李伶竟失聲匍匐至馬伶前自稱弟子。當時李伶演嚴嵩已是最有名氣的藝人，而馬伶竟更勝一籌。原來馬伶習技的方式，是至當時的相國顧秉謙家中做差役，顧相傳爲嚴嵩一類人物，馬伶每日觀察顧之言行舉止，如是三年。因以「眞人」爲師，在細節上有所依循，而能「彷彿眞人」。然而顧秉謙並非嚴嵩，「逼眞」之處，在於同是「奸臣」。因爲人物的「性情」彷若，故行爲舉止可資參考。

顯然，演劇的「逼眞」雖建立在聲口神情的揣摩技術上，但探究原始的出發點，仍是得先掌握人物的「情」，才能眞正「逼眞」。《消寒新詠》對於人物詮釋的評論，同樣以此爲基準。「逼眞」的目的，最終指向的是「傳神」！所傳者，爲人物的「性」與「情」，其「眞」實爲人物之「神」。

### （二）傳　神

「逼眞」實即意謂著「傳神」，「形似」也須以「神似」爲內涵。上章曾提到，「以形寫神」既是詠物詩歌與繪畫藝術的最高法則，更是演劇塑造人物的最高境界。石坪居士題徐才官時有一段話：

> 然而寄懷托物。摹寫蛾眉，古調已舊；借影生情，品題優孟，幻想尤新。第必取其神肖，不徒泛以形求，庶匪濫譽矣。（頁 16）

藉花鳥品題的形式，更是鐵橋等三人表達品題優孟原則的最佳表現——藉由花鳥「意象」以傳藝人之「全神」，不獨描繪某伶如何俊美、如何可親、如何令人憐愛、如何妝扮，而只藉一花一鳥，傳達某伶之意態。以此「以簡馭繁」的手法，架構全書的寫作策略；也藉此寫作策略，架構出鐵橋等三人的審美型態。石坪居士題張三寶云：

> 夫古人抒懷詠物，托景寫情，未嘗沾沾摹似。而即境傳神，每流露於字句外，令讀者玩其詞如睹是物。抑或即是物，見所況之人。因而擷其緒餘，緣爲注腳。雖屬架空翻新，不嫌旁引借證；則亦義取諸比，物維其肖也。（頁 39）

此即以詠物詩的方式「傳神」。冀求在這樣的審美情趣中，作者與讀者得以從同一個意象引發同樣的審美情態，但不同的讀者，卻又得以基於同樣的審美引發不同的想像。當讀者捧著這部筆記印證品題筆記中的藝人時，既可想見作者之用心，亦可借題發揮，觸類旁通，甚至回饋作者。

這也是《消寒新詠》以「詩」的美學特質植入表演藝術之中（主要是崑曲）。也因此，在表演上也要追求「含蓄」，要求表演的效果「藏鋒不露」、「意在筆先」、「神餘言外」，能夠「不著一字，盡得風流」，得到「味在鹹酸之外」的餘韻。這種對於「味外之旨」的表演美學的要求，便建立在「傳形得神」的理念上，這一「神」字，更表達了文人心中的表演美學的核心。上一節所談之「以空處傳神，傳言外之意」，實爲作者認爲的表演最高境界——這正是「不著一字，盡得風流」的「含蓄」的表演體現！石坪居士題范二官之〈吃茶〉便云：「若非會悟忠臣梗概，焉能繪出全神！」（頁 47）范二將楊繼盛之怒，以忽然間「目赤腮紅」的神態表現出來。鐵橋山人題王百壽《長生殿・驚變》則云：

> 樂天詩「漁陽鼙鼓動地來，驚破霓裳羽衣曲。」「驚破」二字，使當日情事，靡不畢現。今之演《長生殿・驚變》一劇者多矣，惟百壽則處處傳神。即較之大保，且更爲酷肖。甚矣！神似之難也。（頁 51）

這段話中雖然未詳盡分析王百壽演劇如何傳「驚破霓裳羽衣」之神，且如何較大保更爲酷肖？也未盡詳說。但卻將〈驚變〉一劇之「務頭」：「驚破」道出。〈驚變〉之前半段演明皇貴妃於御苑小宴，倍極歡樂。然而在貴妃醉飲回宮之後，忽傳安祿山攻破潼關！這是由溫柔旖旎的平穩安樂落入倉惶驚嚇的高潮所在。此刻唐明皇的反應，實在此劇有極重要的關鍵。因此鐵橋云「神似之難」，實道出一位藝人在處理人物情感時須下多少工夫。而前述亦提及王百壽演〈秋江〉時，能「將當日別緒離情，從無詞曲處體會出來，真能傳不傳之神者。」（頁 52）也是這位藝人善體人意之處。

唯有在這種「無言」的時刻，才更能夠傳達出「情」，而這種複雜的情感、情緒，往往是說不清、道不明的。若「落得言詮」，反而見不著眞意，而情意總在言詮之外。傳統戲曲的表演美學中，每一個元素，都意圖傳達「形象」之外的無法言說的意涵；然而每個元素，也都必須「形似」，而「形似」的目的是在於「傳神」。「形似」，是「精神本質的形象化」，而「傳神」則是「省略一切而集中突出人物的精神本質」。〔註 11〕表演所欲傳達的，終就是「人」的精神存在。因此，時間和空間可以被「濃縮、擴延、剪裁、跳躍，以至重疊、隱現、流動」，〔註 12〕身段可以虛擬、服飾可以象徵。

## 二、表演風格——審美情趣的體現

### （一）淡　味

《消寒新詠》三位主要作者的評論中，時可見以「淡」來衡量表演藝術的審美，尤其針對雅部藝人李玉齡的演劇。石坪居士題毛二演《南西廂記・佳期》詩：「握雨攜雲作蹇修，紅娘當日果牽頭？無情門外相拋撇，淡淡摹來處處優。」自註云：

> 此出玉齡官摹擬太過，幾失本來面目，然人多愛之，而淡描者反不入時尚。甚矣！人之喜新也。（頁 62）

〈佳期〉一劇在唱詞上頗爲露骨，一段【十二紅】尤然。在前文曾說明，這段折子的表演風格，理應以「人物性格」作爲前提去理解，若從唱詞理解，反而會失了人物。〔註 13〕石坪居士云：「是劇傳神，固需從曲中逐句指點。然只狀其大意，方不失相國丫環體段。玉齡官點染太過，在『一個嬌羞滿面』，及『咬定羅衫耐』等處，其餘俱足動人。」（頁 57）在表演上，不過分地渲染它的「情色」部分是較爲合適的。鐵橋山人亦贊同云：

> 《佳期》一曲太風騷，人自揚稱我不褒。須識爭奇成節外，何如淡淡反爲高。（頁 58）

---

〔註 11〕韓幼德：《戲曲表演美學探索》之〈戲曲舞臺藝術美學觀挹流・寓浪漫主義抒情美於複雜技巧的族特色——體系的完成〉一節中云：「在戲曲表演體系裏，泛美描寫並不是生活的自然再現，而是調動各種藝術力量對人物造型與抒情的特寫和突現。寫意描寫的審美力量，在於省略一切而集中突出人物的精神本質；而剖象描寫則是這種精神本質的形象化，它們都表現了形象的本身。」（頁 343）。這段文字頗能說明何以戲曲表演既要求「形似」，卻在表演技巧上脫離「形似」的原因。

〔註 12〕同前註，頁 342。

〔註 13〕見上節「人物詮釋」條。

因此，毛二偏清淡的表演方式，較符合作者的文人身份的審美觀。也因此，對於李玉齡的一貫表演手段，三位作者都持否定態度。石坪居士並於題「虞美人」詩中註云：

玉齡色技俱佳，惜裝點過於妖冶，美中不足。然非如此，識者諒之，焉得娛人？（頁 22）

鐵橋山人又云：

玉齡妖嬈，本屬太過，然人之初見者，靡不欣賞。（頁 23）

周育德先生於〈消寒新詠札記〉一文中云：「這種求淡的主張，在當時是有針對性的。乾隆年間，北京舞臺上『粉戲』風行。有閑階級看戲，醉心於色情表演。有的演員爲趨時好，博取彩聲，也往往於表現男女『雲情雨態』之處過分地描摹。」〔註 14〕指的就是李玉齡的表演風格。然而因當時粉戲的盛行，尤其是花部劇目在京師大量崛起，自魏三以「野狐教主」之稱引領了情色風騷的風潮之後，繼之者眾，顯然不止花部，連雅部藝人也學上這一套。然而文人觀劇，本就不在於感官的刺激，喜雅淡更盛於濃味羶腥。石坪居士題李增官詩序云：

化工賦物，濃淡相成。聲聲娛人，雋雅尤永。以其妍媚殊俗，感人情趣，別有超於冶豔淫聲外者。且俗尚雖易溺繁華，本性亦自分涇渭。往往紅堆紫簇，瞥見質雋香清；鵲噪鴉喧，忽聽音和韻雅。人即不知其雋，而必飫其芬；抑或未解其音，而共喜其雅。殆猶味飽濃鮮，樂得青子含酸以解穢也。（頁 38）

這番說明了文人觀劇之審美標準，與俗尚大異其趣。反對「粉戲」的風行固然是原因之一，喜雅淡不喜濃鮮，卻本來是文人式的審美態度。「淡」，或言「沖淡」，是一種詩學概念。此概念最早出於《老子》：「道出言，淡無味，視不足見，聽不足聞，用不可既。」（三十五章）以「淡」爲超越世俗感官的精神狀態。而《莊子》發展《老子》之說，以「虛靜恬淡」推至人的自然素樸的本性。至魏晉時期，在清談風氣下，「沖淡」的美感成爲士人崇尚的理想人格與行爲。如曹丕《與吳質書》稱徐幹「懷文抱質，恬淡寡欲，有箕山之志。」而後司空圖《詩品》特有一章「沖淡」，以詩學的觀點擴展這個概念：

素處以默，妙機其微。飲之太和，獨鶴與飛。猶之惠風，荏苒在衣。

〔註 14〕本文收於鐵橋山人等著，周育德校刊：《消寒新詠》，頁 144。

閱音修篁，美曰載歸。遇之匪深，即之愈希。脫有形似，握手已違。

宋胡仔《苕溪漁隱叢話》集卷三引《龜山語錄》云：「淵明詩所不可及者，沖淡深粹，出於自然。」蘇軾《與黃子思詩集後》並論詩云：「李杜之後，詩人繼作，雖間有遠韻，而才不逮意。獨韋應物、柳宗元，發纖穠於簡古，寄至味於淡泊，非餘子所及也。」「寄至味於淡泊」，正是「淡」的眞意。在詩學中所謂以「平淡」爲難，更表現出「淡」的概念，實際上是一種看似簡約寡味的樣態卻蘊含豐富深刻的情愫，並呈現韻味悠長的本質素樸之美。即如蘇軾所云「外枯而中膏，似淡而實美」(〈評韓柳詩〉)的審美概念。

可見「淡」的概念，自始至終都是文人在思想、藝術、文學、美學等課題的產物。對於「淡味」的欣賞是一種文人式的美學，但同時也是文化積澱後的養成。這與對食物的品味相同，濃油赤醬固然使人有快感，然而懂得由淡味引出食物的原味，才能品得食物最眞最純的內在精萃。對藝術的品賞與味覺一樣，最高的層次都是「淡」。而「淡」，也才能得到「眞」，回歸素樸的本性與精神狀態。「外枯而中膏」實質上便是去除了外在眩人耳目、惑人心性的累贅後，直趨本原最美好的特質。這也是回到老莊思想中對「淡」的體悟。

何以這樣的審美觀卻是屬於「文人」式的？普羅大眾難道就不能理解「淡」的美學？因爲一方面，對「淡」的品味是經過思想性、文化性的洗鍊之後的產物，文人接觸文學思想日久，較能體悟這番曲折的思維；另一方面，以淡味方能引出原味，卻需要精緻的、敏銳的舌頭才能夠品賞得出，而大部分的人感官受到大量的刺激後，要回歸素樸原始，滌去濃鮮，非得經過一番洗鍊不可。這又回到了第一個理由：唯有精緻化的文化才得體會「淡」的特質。而演劇，本就是通俗娛樂，在舞臺上愈是精彩鮮豔、濃麗華美，愈是引人注目。這也是當花部劇種興起後得到全勝的原因。崑劇在乾隆時期，卻早已經過了全本戲愈趨富麗的階段，走到折子戲滌去繁華、質粹精鍊的精緻化藝術的方向。當到了這個階段，折子戲著重的是細節的完美，不論在唱腔、身段（舞蹈）、表情、技術、舞美等各層次的表演，都要做到精準與細膩。當「質」提鍊到最高之時，就已不需要過分訴求於人的感官刺激的花招了。然而能夠品賞這樣的表演的觀眾，畢竟只有少數。雖然石坪亦云「化工賦物，濃淡相成」，世間有淡味也有濃味，而濃味的極致、刺激感官的極限也是另一種美學。但中國自老莊以來講求的便不是這一味。這也是當乾隆花雅並峙而崑曲漸趨沒落的時期，鐵橋等三人仍執著於崑曲，並執著於「淡」的表演風格的原因。

### （二）自　然

鐵橋等三人盛讚的表演風格之一，即爲「自然」。實即在歷代曲論中，自然、不造作本來就是創作重點之一。王驥德《曲律・套數第二十四》在談及「套數」的創作時，曾提出「風神」一說，其云當鋪排首尾完善的一套曲子之後，可以達到什麼效果：

> 而其妙處，政不在聲調之中，而在句字之外。又須煙波渺漫，姿態橫逸，攬之不得，挹之不盡。摹歡則令人神蕩，寫怨則令人斷腸。不在快人，而在動人。此所謂「風神」，所謂「標韻」，所謂「動吾天機」。不知所以然而然，方是神品，方是絕技。即求之古人，亦不易得。〔註15〕

所談雖爲創作理論，但正是典型的文人思維。其在「句字之外」的「天機」，實正是筆者前面所提到的「象外之意」，但求在創作的機趣中，希望能夠達到一種泛出於字意之外的、具有想像空間的興意，使讀者／觀者／聽者可有含蓄而雋永、餘味不盡的效果。但要達成這樣的效果，還要「不知所以然而然」，方是神品、絕技。顯然王驥德認爲的創作最高明理想的境界是「彷彿」自然生發的，反對雕繢造作的作品。這裏說「彷彿」，因爲這種「自然」實即爲精心經營之後冀求達到的效果，並非眞的是毫無修飾的純任自然。雖然，創作者所希望的，就是能達到純粹的自然。王驥德於卷三〈雜論第三十九上〉云：「北人尙餘天巧，今所流傳【打棗竿】諸小曲，有妙入神品者，南人苦學之，決不能入。」〔註16〕小曲簡單直接、純樸自然的風格最易打動人心。天生而成，也是王氏認爲最高的境界。

王氏之《曲律》還提到一點：創作者的天分，往往也左右著作品本身：「天之生一曲才，與生一曲喉，一也。天苟不賦，即畢世拈弄，終日咿呀，拙者仍拙；求一語之似，不可幾而及也。」〔註17〕就一個表演者而言，即所謂：「老天爺賞飯吃」，一位藝人若得有此，尤以形貌聲色等外在、天生的條件，就比別人易得好評。這就表演者雖然殘酷，但卻也是無可奈何的現實。因此，「天生」與「自然」或有密不可分的關係。

---

〔註15〕〔明〕王驥德著，陳多、葉長海注釋：《曲律・論套數第二十四》（長沙：湖南人民出版社，1983年），頁138。

〔註16〕同前註，頁184。

〔註17〕卷四〈雜論第三十九下〉，同前註，頁262。

同樣的，在表演的課題中，觀賞者希望看到的也是演員「彷彿」眞實的劇中人物一般在觀眾面前活著。但演員，尤其是戲曲藝人，不可能以「眞實」的方式呈現在觀者面前，他一方面要唱、一方面要舞，從今日觀點來看一切行爲都是經過藝術化的程式再現。從這個角度來看，藝人還要達到「自然」？那就如「著手銹腳鐐跳舞」，須經過不斷地磨練才得達到一種視覺上的自然。因此鐵橋山人題倪元齡〈背娃娃〉云：

> 元齡官，旦中最少者，十二歲，而或歌或笑，妙極自然。豈此事亦由天定，雖小道必存乎其人耶？其演《背娃娃》一出。丰姿秀發，嬉笑逼眞。觀者如摩挲異寶，愛不忍釋。（頁 62）

而石坪居士題徐才官戲《玉簪記・探病》云：

> 邇來常演是劇，玉齡太過，雙慶不及，惟才官出之自然，是又純以態勝者。（頁 54）

「純以態勝」，似乎或多或少說明了藝人本身的天份。但事實上，藝人要達到「純以態勝」卻不知要花上多少工夫。石坪居士題范二官戲〈妝瘋〉云：

> 此劇演者屢矣，然或故意顯假，又或故意裝眞。俱未得宜。惟范二官有意無意之間，最爲入妙。（頁 49）

這種「有意無意間」的自然表現，藝人須花過於常人的力氣才得以達到。從作者的評論中，我們可見這些雅部藝人的專業態度。

## 三、關於表演的思索

若對照現代對於傳統戲曲的表演研究來看，顯然古今的觀點與思維方式頗不相同。就現代的觀點，演劇的成功當不止於演員。但姑置其它因素於一旁，若單論及演員的表演藝術，古今思維也頗不相同。今日對於戲曲表演藝術的研究，主要分成幾大區塊：一爲表演技法的研究；二爲表演美學的探索，前者最後亦歸結於後者的美學論述；三爲表演結合劇作與人物的探析。在表演技法的研究中，一爲集中於戲曲的「程式性」、「四功五法」等身段問題並延伸至舞蹈領域及戲曲的「虛擬性」的問題；二是唱腔、念白、流派藝術等「曲學」的研究，在此「劇種」的分野反而不特別具有意義，唯京崑因歷史因素得到較多的關注；另外「行當特色」的論述，亦爲表演技法研究延伸而出的重要主題。於表演美學的領域中，除了借鏡西方的表演美學來衡量戲曲表演的方向之外，大部分還是從表演程式的「虛擬性」、「寫意性」等等特色談起。〔註 18〕第三個部分從劇本與人物性格的角度探究其表演方式的討論，除了學者專家對劇目的分析探討之外，則多見於演員的表演心得。雖然藝人總結其表演心得的論述多爲零星感想散記，但爬梳其中，亦多有對於表演的體會與對劇目的深刻感受。〔註 19〕

從近代的研究中可看出，由於西風的影響，研究者得以「退一步」，以一種較客觀的角度（甚至是藉「旁觀者」角度）來觀照傳統戲曲表演的特質。因此，在西方戲劇的對照下，戲曲的「程式化」、「虛擬性」、「腳色行當」等特質因而被凸顯。

然而在乾隆時期的觀眾眼中，很顯然地，所謂「程式」、「腳色」、「虛擬」等表演方式並不是個特殊的行爲。暫不論花部劇種，崑劇在明代開始發展至乾隆時期已趨成熟階段，而當時的「折子戲」也正在成熟，表演程式也正在完善，有許多流傳至今日的崑劇折子戲，在乾隆時期即已定型了。〔註 20〕也就是說，

〔註 18〕如張庚、蓋叫天等：《戲曲美學論文集》（臺北：丹青圖書公司，1986 年），有張庚：〈漫談戲曲的表演體系問題〉，即談到戲曲表演的音樂性、舞蹈性，及程式、四功五法等。郭亮：〈戲曲演員的舞臺自我感覺——體驗與表現的一致性〉則從西方戲劇的斯氏「體驗派」、布氏「表現派」理論切入，思考戲曲的「程式化」表演特色。韓幼德：《戲曲表演美學探索》（臺北：丹青圖書公司，1987 年）則從「現實主義的泛美創作表演體系」一節談及戲曲的語言美、詩美、音樂美、舞蹈美、雕塑美、繪畫美與工藝美、整體美，意即戲曲爲一綜合性的藝術展現；再談及斯氏、歌格蘭、布氏的「體驗派」、「表現派」戲劇理論，以印證戲曲爲二者的綜合體現；及戲曲舞臺藝術的「寫意性」（包括時間、空間），以繪畫的「工筆」與「寫意」比擬戲曲表演的嚴謹處與自由處等等。阿甲：《戲曲表演規律再探》（北京：中國戲劇出版社，1990 年），除了以西方「體驗派」、「表現派」與戲曲表演藝術作一比較外，關於表演規律的特點，也從「程式」、「行當」、「虛擬的時空」等等切入對於戲曲表演的思考。

〔註 19〕如徐凌雲演述，管際安、陸兼之記錄整理：《崑劇表演一得》（蘇州：蘇州大學出版社，1993 年），即將其擅演折子戲二十六齣，一面說明情節重點、分析人物性情，同時細述其表演身段、技巧、走位、穿戴、舞臺等等，十分詳盡。大部分演員述寫其表演心得者，多不脫此法。簡要者如「身段譜」的記錄，詳盡者便於情節結構與人物心理與身段配合分析解說之。這一方面的著作頗多，可參見洪惟助主編：《崑曲研究資料索引》（臺北：國家出版社，2002 年），「中文部分：十、表演藝術」。

〔註 20〕陸萼庭：《崑劇演出史稿・折子戲的光芒》中云：「我們目前看到的崑劇，實應歸屬於近代崑劇的範疇。早期的崑劇藝術面貌並不完全是這種樣式。近代崑劇的藝術特色，絕大部分是繼承乾嘉時期的。」頁 263。汪詩珮：《乾嘉時期崑劇藝人在表演藝術上因應之探討》，第四章〈崑劇身段表演藝術之定型〉中，從無名氏輯《崑曲身段譜甲乙集》中推論乾嘉時期許多崑曲的表演身段多已定型。《身段譜》所錄折子（甲集十冊三十二個折子、乙集五冊二十五個折子）大部分爲

在表演的型態上，今日尚存活於舞臺上的表演程式，是從乾隆時期即傳承下來的。然而，今日視爲戲曲表演「特色」的「虛擬性」、「程式性」，在《消寒新詠》中卻無一語提及。可見當時這些表演特色，是自然發展，並內化於表演者與觀賞者之間共同創造的一種默契。若觀賞者不能以想像力補足表演者所虛擬的舞臺程式語言，便無法與表演者引起共鳴，表演也就無法完成。唯有觀眾的「想像」與「參與」，才能完成演員的表演。如〈三岔口〉、〈武松打店〉之類的劇目，在明亮的舞臺上表現黑夜中的短兵相接；或在舞臺上緩走一圈，即改變了場景：舞臺的節奏實際上是「快」的，但不熟悉戲曲程式的觀眾，只見其形體的「慢」。足見，觀眾的主動想像參與，豈非左右了一切！這也就是現代未曾接觸戲曲表演的觀眾的困擾——與表演者沒有「共通語言」了。

在《消寒新詠》中，卻未見這類關於戲曲的程式性與虛擬性的辯證，然而從作者對劇目的評析中，多從「劇情」、「人物」入手，也可見在作者體認的表演美學中，唯有「傳神」爲最主要的表演核心，其他一切都爲了這個目的而存在。且反對誇張造作的表演方式，嘩眾取寵的藝人更非好演員。但傳統戲曲的表演，到底是應該強調具有一種因爲虛擬性的程式表演而造成的與觀眾的距離感，還是該如《消寒新詠》中所云之「逼眞傳神」？在阿甲先生的研究中，曾提出「戲曲程式的間離性和傳神的幻覺感」二者的對立與統一的課題。他以斯坦尼斯拉夫斯基「體驗派」表演營造出的舞臺的幻覺感，與布萊希特「表現派」所追求的打破舞臺的幻覺，使得表演成爲一個具有「間離性」敘述，來比擬與詮釋中國的傳統戲曲，認爲傳統戲曲兼有間離感與幻覺感。其云：「所謂傳神的幻覺感，就是把深入微紗的心理體驗和具有高度技術的形體表現熔鑄一體，通過歌舞程式的間離獲得創作的自由，這種強烈的感染力使觀者既欣賞而又激動人心。中國戲曲程式的間離是天成的，即它是戲曲的歌舞規律造成的，這必然和生活有間離。」〔註21〕事實上這種「間離」，

清代乾嘉時期的崑曲藝人手抄本的表演身段譜。其云：「在乾嘉時期，崑劇的表演藝術已達到『定型』的階段，因此依據身段譜的載示，可以將表演的實質形式與內涵保存下來，代代相傳，或供作範例。若表演尚未達至一定規範的程度，換言之，即還在發展中，則詳盡的『身段譜』必難以書寫，也無必要謹守師承。」頁213。及陳芳：《花部與雅部．從《搜山、打車》身段譜探抉崑劇表演的「乾、嘉傳統」》一文從《崑劇身段譜》至今日崑劇藝人之表演與記錄，來探討今日的崑劇舞臺演出的基型架構乃由乾嘉時期所奠定，但非一成不變，代代相傳之藝人都有自身的體會與創新的詮釋。（臺北：國家出版社，2007年）。

〔註21〕阿甲：《戲曲表演規律再探》，頁172。

在現代的觀眾眼中或許眞正已是一種「間離」，然而在《消寒新詠》著作的時代，它卻是與觀眾有著默契的，虛擬與程式從來就不會造成觀眾與「戲」和戲中「人物」產生疏離感。在布萊希特的理解中，他也認爲中國的戲劇「與它的觀眾之間有著許多約定俗成的東西」，而如果「觀眾沒有一點兒知識，沒有分辨事物的能力，不懂得這種藝術規律，那末，他從這種藝術中就很少得到完全的享受。」〔註 22〕當時布氏的角度，亦與今日對戲曲不熟悉的觀眾一般，已少了「渾然天成」的對於傳統戲曲的表演方式的理解了。

這種「間離」，〔註 23〕對於乾隆時期的觀眾，「陌生化」的效果雖然仍可能有，卻並不一定是全面的。如前所述，虛擬與程式已內化成一種規律和默契了，是表演者與觀賞者之間的共通語言了，因此它的陌生化效果相對地也減弱。在傳統戲曲的觀眾眼中，反而表演的「技術」部分較可能引發的是一種美感的感受。如對《消寒新詠》中對於武旦張三寶武鬥時「搴旗戰舞，靡不精彩炫人」（頁 39），是一種對於表演身段技術的美的讚歎，而已與劇情中爲何而戰等內容不相干了，也不會引起以特殊武打身段來造成陌生化效果的對於人物與劇情的思考。可見，所謂「間離」是針對不熟悉傳統戲曲表演語彙的觀眾所提出的觀賞態度，當然我們不否認戲曲的表演方式確實存在強烈的陌生化效果，以特殊的身段、強烈的眼神、放大的面部表情、誇張的臉譜、抒情的詩歌、渲染的鑼鼓點……無一不在大聲地昭示觀眾：「人物」正在做什麼。然而對於太熟悉戲曲語彙的觀眾而言，這一些「大聲」都是自然的，他們更關注的，是在於：特殊的身段做得好不好？強烈的眼神、表情傳達得準確嗎？歌唱得好嗎？……這些「技術」的部分，已經成爲欣賞戲曲的審美核心了。

但這並不表示熟悉戲曲的觀眾就不看「戲」、不關心「人物」了。《消寒新詠》作者所要求的「傳神逼眞」，正是建立在技術的純熟上，達成人物的逼

〔註 22〕布萊希特：《布萊希特論戲劇・論中國人的傳統戲劇》（北京：中國戲劇出版社，1990 年），頁 207。

〔註 23〕在布氏的戲劇理論中，「間離」亦稱「陌生化效果」。其云：「創造陌生化效果的前提條件是，演員賦予他要表演的東西以明了的動作。」同前註，頁 208。並解釋云：「一切感情的東西都必須表露於外，這就是說，把它變成動作。演員必須爲他的人物的感情尋找一種感觀的、外部的表達方式，這種表達方式要盡可能是一個能夠洩露他的內心活動的行動。相應的感情必須解放出來，以便受到注意。動作的特殊優雅、力量和嫵媚能夠產生陌生化效果。」頁 212。陌生化的目的，是在於藉由這種表演方式強化被表演的對象（人物）的思想和行爲，而觀眾也因而訴諸理性的思考，企圖在一場表演中，達到一種理性的思考與批判的效果。

眞傳神。但若技術不純熟，或不合觀眾的理想，作者首先便提出批評。《消寒新詠》中時常可見作者這一方面的評論。如潘巧齡有「搖頭弄舌」之病、李秀齡因「丹田不足，不能信口悠揚」，導致唱時仰面。這些藝病，不斷地干擾觀眾欣賞演出。於是當「技」的純熟度達到一個高度了，觀眾才能夠放心觀「戲」，而「技」的純熟又達成「美」的感受。足見，惟有以「技」的成熟爲基礎，表演者才有餘裕演出人物，觀眾也才有餘裕欣賞人物。

而《消寒新詠》甚至注重表演的「自然」。在戲曲程式誇張的（在現代人眼中是誇張的）表演方式中，觀眾卻仍在乎表演者是否動作過於誇張、不自然！可見這其間尺度的拿捏，自有內在的基準。在程式（技術）的基礎上，表演仍要出自「自然」的行爲，這也就是阿甲先生所說的「程式的間離性和傳神的幻覺感的對立與統一」吧。回歸乾隆時期觀眾對戲曲的感受，我們可以發現「技藝」與「人物」在某個程度上是可以二分的，暫時撇開對技藝的美感欣賞那一塊不談，人物的傳神逼眞與現代的要求並無二致；然而戲曲的元素實際上是無法眞正撇開對技藝的美感欣賞的。也只有同時欣賞技藝的美，才更能感受人物的「傳神」。這才是傳統戲曲的表演美學。

# 第四章　《消寒新詠》反映的劇場現象

## 第一節　藝人生態與花雅班社

### 一、藝人的生態

《消寒新詠》的創作時間爲乾隆五十九至六十年，更前期的《燕蘭小譜》約作於乾隆五十年左右，而在《消》後十年的《日下看花記》，著作時間約於嘉慶八年，此時距《消寒新詠》之作只差八年。然而從《消寒新詠》中見不到《燕蘭小譜》所載藝人，而《日下看花記》中除了高月一人外，也見不到《消寒新詠》所提及的藝人！藝人汰換速度之快，可見一斑。蕊珠舊史於丁酉中秋（道光十七年，1837）《長安看花記》中言：

> 丙申（道光十六，1836）夏五，適遇韻琴新來保定，皇州春色尚能言之。然所識已大半道光十六年內所生人矣。嗟夫！此中人不過五年爲一世耳。僕北來曾幾何時，已不勝風景不殊之感。

同是楊掌生定稿於道光二十二年的《丁年玉筍志》中云：

> 昔謂此中人不過五年爲一世，吾居京師裁七八年，已及見其三世矣。

藝人之演出壽限何其短暫！尤其如花部藝人以色取勝者，不到三至五年「色衰愛弛」，一旦有「新出小旦」，觀眾立刻轉移目光。

值得探究的是，在乾隆五十年的《燕蘭小譜》中所記載如魏長生這樣負有盛名的藝人，《消寒新詠》未有一筆提及。是該書定位在青春年少的藝人嗎？魏長生自乾隆四十四年（1779）入都在雙慶部以《滾樓》成名之後，於四十七年

（1782）「奉禁入班」唱了幾年崑弋腔，而其傳演之「淫戲」樹大招風，乾隆五十年朝廷更禁演秦腔。魏長生因此離開了京師，至揚州、蘇州謀生路，直至嘉慶四、五年（1799～1800）始再度入都。此時魏長生已五十六、七歲，所演又是以「掃除脂粉」的「貞烈之劇」爲主。〔註 1〕《消寒新詠》之著作年代在乾隆五十九至六十年（1794～1795），此時距魏長生離都已過將近十年。或許因爲如此，在三五年一世的梨園劇壇，世人早已把魏長生遺忘？這雖然是極有可能之事，但《消寒新詠》作者在京師亦已寄寓有十年之久，不可能未聞魏長生之名號。因此可以判斷的是，《消寒新詠》之作，自有一套取捨。他不僅僅如後期品花筆記只記錄當時紅極一時的伶旦或「新出小旦」，更重視的，是在於藝人的表演風格與表演特色；且其關注點多在於雅部藝人，花部藝人的記錄僅著眼於作者所認同的表演風格（較偏向含蓄不作態者）；且是書之作實爲遊戲之筆，並不特別在意以「史觀」的概念來看待戲曲及梨園劇壇。

後期小旦，多以色著稱，而品花已在色不在藝，目的不同，藝人之舞臺生命也就如曇花一現了。

因緣際會，《消寒新詠》還記載了當時已有名氣之三慶徽掌班者高月，正巧參與了一個時代人物的見證。問津漁者云：

> 高月官，安慶人，或云三慶徽掌班者。在同行中齒稍長，而一舉一動，酷肖婦人。第豐厚有餘，而輕柔不足也。華服豔妝，見之者無紅顏女子之憐，有青蚨主母之號。善南北曲，兼工小調。嘗與雙鳳、霞齡等扮勾欄院妝，青樓無出其上者。若【寄生草】、【剪靛花】……淫靡之音，依腔合拍。所謂入煙花之隊，過客魂銷，噴脂粉之香，遊人心醉者矣。（頁 83）

〔註 1〕事實上，在魏長生離都以前，已開始演此類劇目，並傳下徒弟張錫齡（張錫齡事見《燕蘭小譜》卷四，《清代燕都梨園史料》，頁 36）。《燕蘭小譜》記云：「魏三……年居房老，近見其演貞烈之劇，聲容眞切，令人欲淚，則掃除脂粉，固猶是梨園佳子弟也。」張次溪：《清代燕都梨園史料》，頁 32。《燕蘭小譜》著作時間爲乾隆四十八至五十年（1783～1785），故所記應在魏長生離都之前。《日下看花記》所記則爲魏晚年再度入都之事，於卷四「附梨園已故者一人」條云：「長生于乾隆甲午後始至都，習見其《滾樓》，舉國若狂。予獨不樂觀之。迨乙未（應爲己未之誤，嘉慶四年，1799）至都，見其《鐵蓮花》始心折焉。庚申（嘉慶五年，1800）冬復至，頻見其《香聯串》，小技也，而進乎道矣。其志愈高，其心愈苦；其自律愈嚴，其愛名之念愈篤。故聲容如舊，風韻彌佳。演武技氣力十倍。」《清代燕都梨園史料》，頁 104。

其後的《日下看花記》（嘉慶八年，1803）卷四提及高朗亭：

> 姓高，字朗亭，年三十歲，安徽人，本寶應籍。現在三慶部掌班，二簧之耆宿也。體幹豐厚，顏色老蒼，一上氍毹，宛然巾幗，無分毫矯強，不必徵歌，一顰、一笑、一起、一坐，描摹雌軟神情，幾乎化境；即凝思不語，或詬誶嘩然，在在聳人觀聽，忘乎其爲假婦人。豈屬天生，未始不由體貼精微，而至後學，循聲應節，按部就班，何從覓此絕技？《燕蘭小譜》目婉卿爲一世之雌，此語兼可持贈朗亭。〔註2〕

其小註云：

> 憶自辛卯（乾隆三十六年，1771）以前諸伶，及經寓目，有《燕蘭小譜》中未載者。魏三已屬後來，安識朗亭？昔春友人指高謂余曰：「此人近已屬前輩矣！」不勝今昔之感。又云：高幼在杭州，予從未相遇也。〔註3〕

如魏三與高朗亭，在演藝圈內已屬極富盛名者，並多部品花筆記錄其生死。《消寒新詠》未記錄已過氣的魏三，卻記載了赫赫有名的三慶掌班者高月。可見《消寒新詠》所記載者，必是當時最負盛名的當紅人物。

以下將《消寒新詠》所錄藝人中，有記錄其年齡者，著爲一表，從作者所選藝人之年齡見其選花條件。

**表四：《消寒新詠》所錄花雅藝人之年齡**

| 雅部藝人 | | | 花部藝人 | | |
|---|---|---|---|---|---|
| 藝名 | 腳色 | 年齡 | 藝名 | 腳色 | 年齡 |
| 劉大保 | 小生 | 13～15 | 倪元齡 | 小旦 | 12 |
| 李玉齡 | 小旦 | 20餘 | 李福齡 | 貼旦 | 13 |
| 蓮生 | 小旦 | 14～15 | 李桂齡 | 小生 | 年少 |
| 張三寶 | 小旦 | 12～13 | 胡祥齡 | 小生 | 年少 |
| 王琪 | 貼旦 | 15 | 徐四 | 旦 | 20 |
| 宋瑞麟〔註4〕 | | 28 | 雙桂 | 小旦 | 15～16 |

〔註2〕小鐵笛道人：《日下看花記》，同前註，頁103。

〔註3〕同前註，頁104。

〔註4〕宋瑞麟，「己亥冬入京，年甫十三歲。」（頁89）己亥爲乾隆四十四年（1779）。故至《消寒新詠》之作（乾隆五十九年）應爲二十八歲上下。

| | | | | | |
|---|---|---|---|---|---|
| | | | 高　月 | 旦 | 齒長 |
| | | | 金雙鳳 | 旦 | 逾 30 |
| | | | 沈　霞 | 小旦 | 26 |
| | | | 蘇小三 | 貼旦 | 16 |
| | | | 沈翠林 | 旦 | 22 |
| | | | 邱　玉 | 旦 | 齒稍長 |
| | | | 程春齡 | 小旦 | 15 |
| | | | 薛萬齡 | 貼旦 | 14 |

上表之藝人僅爲《消寒新詠》所錄藝人的一部分，大部分的雅部藝人，作者並未特別說明其年齡，但估計約莫十六至二十歲上下。從作者之行文習慣觀察，年過二十之李玉齡，作者特別提出其「老之將至」；而年甚幼質佳者如李福齡、倪元齡等，作者亦特別點出其年齡。如王琪、薛萬齡、程春齡等約十四、五之齡者，亦屬年幼者。可見其餘大部分藝人的平均年齡以逾十六不足二十佔多數。而作者所錄雅部藝人，除了特別點出年齡者，大約在十五左右；倒是花部藝人，有較多超過二十歲者。但這並不表示花部藝人年齡偏高，只因作者酷嗜雅部，當其評選花部藝人時，並不以一般習慣以「色」取人，而特評其藝與態。而以雅部表演藝術標準衡量花部藝人時，便不特別著意於年齡了，以藝取人，此時年齡較長者反而得以入選。然可注意的是，這些年齡較長者多列於〈雜載〉的部分，所評〈正編〉十八人中，凡提及年齡者均爲青春年少者。由此可見，作者事實上在評選藝人時，無論花雅，還是以年少童伶爲主，亦即「色」還是優先的基本條件；再從作者於〈雜詠〉中補錄花部藝人之年齡分布，可見「藝」爲作者選花之重要條件。「色藝」二者並不偏廢。

也從此角度可見，當時劇壇於童伶年齡需求仍是愈低愈好，童伶一旦老大，「色衰愛弛」，即無人眷顧。如《消寒新詠》作者，雖重藝，重表演，但當時的整個時代風氣如此，三五年汰舊換新，還是流行的意義。

## 二、班部與劇目

### （一）花雅班部概況

在《消寒新詠》中，談及多個班部。雖因作者喜雅不喜花，因此雅部班社似較興盛；但也因作者酷嗜雅部，卻仍有諸多花部班社入記，亦足見當時花部班社之盛了。石坪居士云：

> 邇來歌館，盛興武部。崑部如萬和、樂善等，屢入館而不開場，殊深向隅之憾。適松壽部自江蘇來，優伶固皆幼稚，擺演且甚都麗。其部聲技，求如原慶寧部生旦固難。（頁 38）

這段說明正可證當時崑班已漸漸衰歇的局面。李斗《揚州畫舫錄》提到了當時在京師的花部諸班，有京腔班子與徽腔班，並由魏長生引領的風潮使京腔班亦唱秦腔，而後由高朗亭徽班再融合了京、秦、徽諸腔的經過。〔註 5〕《消寒新詠》則見證了三慶徽在京的局面。問津漁者於卷四〈雜載〉：

> 陳喜官，三慶徽部旦也。余因偏好雅部，未嘗留意其間，故不知姓氏里居者多。且今之人，又稱若部為京都第一。（頁 81）

除了徽班外，又有揚班。石坪居士又云：

> 癸丑夏，集秀揚部到都。聞其當行各色，富麗齊楚，諸優盡屬雋齡。（頁 19）

癸丑為乾隆五十八年（1793），集秀揚部為多聲腔的複合式劇團，此時京師已頗盛行這類崑亂不擋的劇團。足見當時京師除崑班外，又有秦腔班子、徽班、集秀揚班，而徽班之盛，自三慶徽以來，又有四慶徽、五慶徽等班社，可見徽班在乾隆末年之大行其道。以下將《消寒新詠》中提及之藝人所隸屬班社，及其入都時間及概況以表示之。

**表五：《消寒新詠》藝人班部一覽表**〔註 6〕

<table>
<tr><th>花雅</th><th>藝　名</th><th>行當</th><th>籍貫</th><th>劇種</th><th>班部</th><th>其他班部</th><th>班　部　狀　況</th></tr>
<tr><td rowspan="5">雅部藝人</td><td>范　二</td><td>生</td><td></td><td rowspan="5">崑曲</td><td>慶寧部</td><td>文武集亨部</td><td rowspan="5">憶壬子（乾隆五十七年 1792）春，友人邀赴采鷁。時慶寧部正當極盛，諸伶技藝莫不精工。（頁 56）</td></tr>
<tr><td>劉大保</td><td>小生</td><td></td><td>慶寧部</td><td>文武集亨部</td></tr>
<tr><td>徐　才</td><td>小旦</td><td></td><td>慶寧部</td><td>慶升部</td></tr>
<tr><td>長　生</td><td>旦</td><td>江蘇</td><td>慶寧部</td><td>慶雲部</td></tr>
<tr><td>陳五福</td><td>貼旦</td><td></td><td>慶寧部</td><td></td></tr>
</table>

〔註 5〕〔清〕李斗：《揚州畫舫錄》：「京腔本以宜慶、萃慶、集慶為上，自魏長生以秦腔入京師，色藝蓋於宜慶、萃慶、集慶之上，於是京腔效之，京秦不分。迨長生還四川，高朗亭入京師，以安慶花部合京秦兩腔，名其班曰三慶，而曩之宜慶、萃慶、集慶，遂湮沒不彰。」頁 131。

〔註 6〕班部之「劇種」欄由藝人所擅長之劇目判斷。事實上除崑班外，花部亂彈班部大多為複合的聲腔劇種，在花部競爭的時代，有的更是一個班唱多個劇種。如原為京班的宜慶部，後也唱秦腔。因此表中班部劇種只略作參考，並參酌周育德：〈消寒新詠劇目述略〉，《消寒新詠》頁 106～136；及陳芳：《乾隆時期北京劇壇研究》，頁 295 表。

| | 王百壽 | 小生 | 蘇州 | 崑曲 | 萬和部 | | 演《玉簪記·探病》之老旦乃部中最劣者。（頁50） |
|---|---|---|---|---|---|---|---|
| | 毛　二 | 貼旦 | | | | | |
| | 金福壽 | 小旦 | | | | | |
| | 徐雙慶 | 小旦 | | | | | |
| | 玉　奇 | 旦 | | | | | |
| | 李玉齡 | 小旦 | 蘇州 | 崑曲 | 樂善部 | 金玉、慶寧慶和、慶升 | 邇來歌館，盛興武部。崑部如萬和、樂善等，屢入館而不開場，殊深向隅之憾。（頁38） |
| | 王　琪 | 貼旦 | 蘇州 | | 樂善部 | | 曾於同樂軒開場（頁42） |
| | 蓮　生 | 小旦 | | 崑曲 | 松壽部 | | 松壽部自江蘇來，優伶固皆幼稚，擺演且甚都麗。其部聲技，求如原慶寧部生旦固難，惟貼旦李增兒……未嘗賣弄妖嬈，體態生香……一時座上客滿，都下名傳。（頁38） |
| | 李　增 | 貼旦 | | | | | |
| | 張三寶 | 小旦 | | 崑曲 | 金升部 | | 乾隆五十七年壬子 1792 張大寶初到京師，五十九年甲寅金升部適天津。（頁90） |
| | 張大寶 | | 江蘇 | | | | |
| | 沈四喜 | 貼旦 | | 崑曲 | 慶升部 | | 沈四喜乾隆五十七年壬子 1792 初到京師（頁75） |
| | 宋瑞麟 | | 江蘇 | 崑曲 | 翠秀部 | | 乾隆四十四年己亥 1779 宋瑞麟入京時十三歲（頁89） |
| 花部藝人 | 徐　四 | 旦 | 四川 | 京腔 | 宜慶部 | | 廿年前，京中有「六大班」之名，「宜慶」其一。……後往觀其劇，規模科白，俱不從梨園舊部中得來，一味喧呶而已。且人多面目黧黑，醜惡可怖，猶以花粉飾其妝而不知愧。……宜慶大班新添旦色，四川人，徐四官，年才弱冠耳。（頁78） |
| | 王　德 | 小旦 | | | | | |
| | 雙　桂 | 小旦 | 四川 | 京腔 | 餘慶部 | | 餘慶部，聞於十年前名著一時者也。待僕入都時，已漸稍衰矣。（頁83） |
| | 陳　敬 | 小旦 | 四川 | | | | |
| | 芳　官 | 花旦 | 北方 | 京腔 | 廣慶部 | 九慶部 | |
| | 禿　丑 | 丑 | | | 廣慶部 | | |

| | 王喜齡 | 貼旦 | 金陵 | 崑亂徽秦 | 集秀揚部 | | 集秀揚部於乾隆五十八年癸丑（1793）到都（頁19） |
|---|---|---|---|---|---|---|---|
| | 倪元齡 | 小旦 | | | | | |
| | 李福齡 | 貼旦 | 安慶 | | | | |
| | 李桂齡 | 小生 | 揚州 | | | | |
| | 李秀齡 | 武旦 | 安徽 | | | | |
| | 高　月 | 旦 | 安慶 | 徽崑亂 | 三慶徽部 | | 高月爲爲掌班者 |
| | 陳　喜 | 旦 | | | | | |
| | 金雙鳳 | 旦 | 安慶 | | | | |
| | 沈　霞 | 小旦 | 安慶 | | | | |
| | 蘇小三 | 貼旦 | 安徽 | | | | |
| | 沈翠林 | 旦 | 安慶 | | | | |
| | 邱　玉 | 旦 | | | | | |
| | 董如意 | 旦 | 廬江 | 徽崑亂 | 四慶徽部 | | 辛亥（乾隆五十六年1791）秋，閱四慶徽部劇，頗爲愜懷。就中以董如意爲第一，其餘亦復卓爾不群。（頁91） |
| | 童雙喜 | 旦 | 懷寧 | | | | |
| | 曹　印 | 旦 | 望江 | | | | |
| | 陳　桂 | 旦 | 懷寧 | | | | |
| | 彭　籛 | 小生 | 望江 | | | | |
| | 胡祥齡 | 小生 | | 徽崑秦亂 | 五慶徽部 | | |
| | 潘巧齡 | 貼旦 | | | | | |
| | 程春齡 | 小旦 | 安徽 | | | | |
| | 薛萬齡 | 貼旦 | 揚州 | | | | |
| | 安　崇 | 小旦 | 陝西 | 秦腔 | 雙和部 | | |

由上表可見當時京師有名的雅部班社，略有：慶寧部、萬和部、樂善部、松壽部、金升部、慶升部、翠秀部、慶雲部、金玉部、慶和部〔註7〕、以及花雅合班的文武集亨部。其中可注意者有以下數點：

第一，乾隆末年時尚有慶寧部爲雅部之極盛者。

第二，如萬和部、樂善部「屢入館而不開場」，這兩個班部似乎已很難支撐，顯示雅部已漸沒落的傾向。

第三，雖然如此，仍有由江南來京師謀生的班部。如松壽部。

〔註7〕慶和部不一定爲雅部班社。問津漁者於評宜慶部王德官云：「慶和部小旦，余亦不必道其名，演《狐狸偷情》一出，場上預設紗幕，至其中以錦衾覆半體，假出玉筍，雙峰矗然特立。而台下好聲，接連不迭。」（頁80）

第四，亦有離京謀生路的班部，如金升部於乾隆五十九年離京至天津。

第五，仍有班主或師傅至江蘇一帶買伶人入京，如慶升部沈四喜、金升部張大寶，都是乾隆五十七年才到京師。《品花寶鑑》之寫杜琴言等童伶由京師班子請教師至蘇州買來乘客船進京，水路上天天學戲，即是新買進的藝人（第二回）。可見雅部雖漸沒落，但在京師仍有一席之地，並新買童伶以求鞏固客源。

至於花部班社，京腔班有宜慶部、餘慶部、廣慶部、九慶部。揚班有集秀揚部。徽班有三慶、四慶、五慶徽部。另記有秦腔班雙和部。

此時之京腔班，歷經乾隆中期的魏長生熱潮後，大多已京秦合流。由《消寒新詠》所提及之藝人多出於四川來看，確實有魏派之遺韻。且所演劇目（見表六）如〈孟良花園比武〉、〈巧配〉、〈賣胭脂〉、〈磨房演戲〉、〈戲鳳〉、〈醉酒〉等，其中〈賣胭脂〉爲魏派名劇，而其他劇目包括之聲腔有亂彈、有高腔、梆子腔等，可見京秦合流之跡。〔註 8〕這些班中，宜慶、餘慶在《燕蘭小譜》記載時代爲有名的六大班之一，但至乾隆時期已經沒落，但雖沒落，亦仍「新添旦色」在苦苦支撐。

《消寒新詠》另記載的雙和部陝籍藝人所唱秦腔，是否爲陝西秦腔？是否與四川魏長生引進的四川秦腔所有區別？不得而知。但根據文中對於秦腔表演風格的描述云：「秦腔日日演京畿，不喜嗚嗚聽本希。記得隔窗驚瓦落，頓教樓鴿忽回飛。」並自註：「憶某日在同樂軒，正當遊心彼息慮，靜聽百壽度曲，時忽隔墻鴉噪喧騰，猶如山崩屋倒。詢之，乃知雙和部在彼處演劇，此蓋喝彩之聲也。噫，抑何喧嘩至此耶？」（頁 82）及評三慶徽部旦色邱玉云：「余到京數載，雅愛崑曲，不喜亂彈腔，謳啞咿唔，大約與京腔等。」並題詩云：「何堪咿唔雜嗚梆，急拍繁弦又一腔。」（頁 79～80）所云亂彈腔即魏長生引進之四川秦腔。陝西秦腔與四川秦腔雖均稱爲秦腔，據學者考證則頗有差異，魏氏所唱之秦腔是很低柔的。〔註 9〕但在作者的文字描述上，無甚區別，只能確定三慶

---

〔註 8〕據周育德先生考，〈賣胭脂〉「爲亂彈喜劇，唱梆子腔與吹腔」（頁 120），〈巧配〉「徽戲吹腔（安慶梆子）有〈巧姻緣〉當爲此劇。」（頁 123）〈孟良花園比武〉「即〈打孟良〉……弋腔有〈打馬〉，秦腔名〈紅火棍〉」（頁 134）。〈磨房演戲〉「《綴白裘》十一集卷四有〈磨房〉〈串戲〉二出，稱『梆子腔』：〈磨房〉唱『亂彈腔』，〈串戲〉唱『高腔』。」（頁 135）

〔註 9〕潘仲甫：〈清乾嘉時期京師秦腔初探〉，《戲曲研究》第十輯（北京：文化藝術出版社，1983 年）一文主張魏長生在北京所唱秦腔實即「吹腔式的秦腔」。又有周傳家：〈魏長生論〉，《戲曲研究》第二十一輯（北京：文化藝術出版社，

徽部小旦所唱者爲梆子伴奏的亂彈腔（即魏派）；即若雙和部所唱者眞爲陝西秦腔，在慣聽雅部崑腔的作者耳中，四川秦腔與山陝秦腔恐怕也頗接近，與崑腔比起來，只有「喧呶」二字可以形容。但由作者特指出雙和部之小旦安崇官爲「陝西人」，並因不常看其表演，在品評時「第詢之西人」，特意詢問之，且又「一日，偶于友人寓所，有客某，西人也，余即舉崇官爲問。」（頁 82）經再三向「西人」確認，才將安崇官列入花譜。而當作者品題其他班部唱川派秦腔之藝人時，並未見有如此再三提及「西人」詢問之事。從此間我們可合理懷疑雙和部之秦腔不一定是京腔班、徽班所唱的魏派秦腔。

乾隆五十五年（1790）進京的三慶徽部，無疑是戲曲史上的一件大事。關於徽班進京之論述已眾，此不贅述。僅論《消寒新詠》所記載之三慶徽，及顯然是隨著三慶徽而來的四慶、五慶徽部。流沙先生認爲四慶、五慶可能由三慶分班臨時組成，以因應廣大觀眾需求。且至嘉慶十年（1805）已不見四慶、五慶，而三慶仍以一種分班演出的作法，「一班分唱數處，俗名分包戲」，班主高朗亭常需疲於奔命。〔註 10〕這是不無可能的。三部藝人籍貫俱隸屬安徽，然而所演劇目兼擅花雅。至嘉慶八年（1803）小鐵笛道人《日下看花記》所記載之徽班有三慶、四喜、春臺、和春，即被蕊珠舊史楊掌生《夢華瑣簿》稱之爲「四大徽班」者，其藝人來源則已不止於安徽一地，甚至和春、四喜爲江蘇，春臺爲湖北的戲班。〔註 11〕而所唱聲腔，則包含徽、亂、京、秦，成爲複合性的班部。〔註 12〕

乾隆五十八年（1793）才到京師的集秀揚部，在當時掀起了一股風潮，但似乎只風靡了這段時期，嘉慶八年的《日下看花記》及以後的品花筆記均

---

1986 年）基本上同意潘仲甫先生的論點。衛世誠：〈清代乾嘉時期京師的秦腔——兼與潘仲甫同志商榷〉，《戲曲研究》第二十一輯（北京：文化藝術出版社，1986 年）則否定當時流行於京師的秦腔爲「吹腔式秦腔」的看法。及流沙：〈魏長生的秦腔與吹腔考〉，《宜黃諸腔源流探——清代戲曲聲腔研究》（北京：人民音樂出版社，1993 年）。

〔註 10〕流沙：〈徽班進京及徽劇在南方的流變〉，《宜黃諸腔源流探——清代戲曲聲腔研究》，頁 3。

〔註 11〕《鞠部拾遺》云：「所謂四大徽班者，非四家盡屬徽人。如和春之爲揚州班，春臺之爲湖北班，四喜之爲蘇州班，三慶之爲徽班。其調各殊，其派各別。」

〔註 12〕《揚州畫舫錄》卷五：「郡城自江鶴亭徵本地亂彈，名春臺，爲外江班。不能自立門户，乃徵聘四方名旦如蘇州楊八官、安慶郝天秀之類，而楊、郝復採長生之秦腔，並京腔中之尤者如〈滾樓〉、〈抱孩子〉、〈賣餑餑〉、〈送枕頭〉之類，於是春臺合京秦二腔矣。」頁 131。

未見集秀揚部的任何記錄。揚州地區本是南方戲曲重鎮，不僅雅部崑班，花部亦甚盛。集秀揚部即仿乾隆四十九年（1784）爲迎乾隆南巡而組成之雅部集秀班而來。從上表伶人之籍貫可以顯示，不僅揚州本地，亦有來自安徽（安慶）、金陵之藝人；再由下表（表六）來看，所擅之劇目不止於花部，亦擅崑腔。這是一個以揚州本地亂彈和崑腔聯合組班，兼演花雅、崑亂不擋的班社，藝人年齡俱正青春，藝名亦甚統一（王喜齡、倪元齡、李福齡、李桂齡、李秀齡）。可見集秀揚部跟著三慶徽的腳步，是組織完整進京來演出的。

### （二）藝人及其擅演劇目

以下將《消寒新詠》所錄藝人之班部、行當及擅演之崑亂劇目製表：

**表六：《消寒新詠》所錄藝人及其擅演劇目概況**

| 花雅 | 班部 | 藝　名 | 行當 | 擅　演　劇　目 | |
|---|---|---|---|---|---|
| | | | | 崑 | 亂 |
| 雅部藝人 | 慶寧部 | 范　二 | 生 | 《彩毫記・吟詩》《千忠戮・打車》《爛柯山・逼休》《鳴鳳記・吃茶、楊本》《牧羊記・望鄉》《長生殿・彈詞》《雙官誥・誥圓》《金貂記・妝瘋（北詐瘋）》 | |
| | | 劉大保 | 小生 | 《占花魁・種情、獨占》《琵琶記・書館》《荊釵記・見娘、男祭》《翠屏山・交帳》《玉簪記・偷詞》《西廂記・寺警》 | |
| | | 徐　才 | 小旦 | 《療妒羹・題曲》《紫釵記・灞橋》《金雀記・喬醋》《玉簪記・探病、偷詞》《西廂記・寺警》《翠屏山・反誑、戲叔》《占花魁・種情、獨占》《金瓶梅・雪夜》《幽閨記・走雨、搶傘》 | 《青冢記・出塞》 |
| | | 長　生 | 旦 | 《爛柯山・逼休》《鐵冠圖・刺虎》《焚香記・陽告》《釵釧記・相約、相罵》 | |
| | | 陳五福 | 貼旦 | | |

| | | | | |
|---|---|---|---|---|
| | 萬和部 | 王百壽 | 小生 | 《牡丹亭・拾畫、叫畫》《風箏誤・驚醜》《長生殿・驚變、埋玉》《千忠戮・打車》《西樓記・錯夢、贈馬》《白羅衫・詳狀》《三笑姻緣・假妝》《金雀記・對雀》《玉簪記・茶敘、探病、秋江》《獅吼記・跪池》〈玩釵〉 | |
| | | 毛　二 | 貼旦 | 《牡丹亭・離魂》《衣珠記・園會、堂會》《風箏誤・後親》《南西廂・下棋、佳期》《義俠記・挑簾》 | 〈花鼓〉 |
| | | 金福壽 | 小旦 | 《一種情・丙靈公》《水滸記・殺惜》《西廂記・請宴、寄柬》《蝴蝶夢・定親》《翡翠園・盜令牌》 | |
| | | 徐雙慶 | 小旦 | 《金雀記・喬醋》《獅吼記・跪池》 | |
| | | 玉　奇 | 旦 | | 〈太平莊〉 |
| | 樂善部 | 李玉齡 | 小旦 | 《南西廂・拷紅、佳期》《長生殿・絮閣》《翠屏山・戲叔》《釵釧記・相罵》 | 《孽海記・思凡》 |
| | | 王　琪 | 貼旦 | 《紅梨記・亭會》《金鎖記・送女》《療妒羹・題曲》《漁家樂・藏舟》《浣紗記・水圍》 | |
| | 松壽部 | 蓮　生 | 小旦 | 《玉簪記・茶敘、探病》《雷峰塔・水漫、斷橋》 | |
| | | 李　增 | 貼旦 | | |
| | 金升部 | 張三寶 | 小旦 | 《雷峰塔・斷橋》《漁家樂・藏舟》 | |
| | | 張大寶 | | | |
| | 慶升部 | 沈四喜 | 貼旦 | 《天寶遺事》《水滸記・借茶》《義俠記・裁衣》 | |
| | 翠秀部 | 宋瑞麟 | | | |
| 花部藝人 | 宜慶部 | 徐　四 | 旦 | | 〈孟良花園比武〉 |
| | | 王　德 | 小旦 | | 〈巧配〉 |
| | 餘慶部 | 雙　桂 | 小旦 | | 〈賣胭脂〉 |
| | | 陳　敬 | 小旦 | | 〈賣胭脂〉 |

| | | | | | |
|---|---|---|---|---|---|
| | 廣慶部 | 芳　官 | 花旦 | | 〈磨房演戲〉〈戲鳳〉〈醉酒〉 |
| | 廣慶部 | 禿　丑 | 丑 | | 〈磨房演戲〉 |
| | 集秀揚部 | 王喜齡 | 貼旦 | 《玉簪記·偷詞》《萬香樓·寫眞、圍棋》《南西廂·下棋（即〈跳牆著棋〉）、長亭送別》《金雀記·喬醋》 | 《青冢記·出塞》《百花記·百花贈劍》〈賣胭脂〉〈下西洋〉 |
| | 集秀揚部 | 倪元齡 | 小旦 | | 〈背娃娃〉〈遇妻〉〈巧配〉〈罵灶〉〈賣解〉〈看會〉 |
| | 集秀揚部 | 李福齡 | 貼旦 | 《義俠記·調叔》〔註13〕《牡丹亭·學堂》《雷峰塔·水漫、斷橋》 | 〈少華山〉《春秋配·撿柴》〈打餅〉〈斷機〉〈陣產〉〔註14〕〈思春〉〈撲蝶〉〈連廂〉〈忠義傳〉〈烤火〉 |
| | 集秀揚部 | 李桂齡 | 小生 | 《義俠記·調叔》《南西廂·跳牆、著棋》 | 〈改妝〉〈靠火〉〈巧配〉 |
| | 集秀揚部 | 李秀齡 | 武旦 | 《南西廂·跳牆、著棋》 | |
| | 三慶徽部 | 高　月 | 旦 | | 南北曲、兼工小調 |
| | 三慶徽部 | 陳　喜 | 旦 | | |
| | 三慶徽部 | 金雙鳳 | 旦 | | 〈李桂枝查監〉 |
| | 三慶徽部 | 沈　霞 | 小旦 | | 〈賣胭脂〉 |
| | 三慶徽部 | 蘇小三 | 貼旦 | 〈殺奸〉〈殺嫂〉〔註15〕 | |
| | 三慶徽部 | 沈翠林 | 旦 | | |
| | 三慶徽部 | 邱　玉 | 旦 | | |
| | 四慶徽部 | 董如意 | 旦 | 《南西廂·佳期》 | 〈鐵籠山〉〈醉酒〉〈扯傘〉 |
| | 四慶徽部 | 童雙喜 | 旦 | 《邯鄲記·掃花》 | |
| | 四慶徽部 | 曹　印 | 旦 | | 〈補缸〉〈戲鳳〉〈劉金定〉 |
| | 四慶徽部 | 陳　桂 | 旦 | | 〈撿柴〉 |
| | 四慶徽部 | 彭　籛 | 小生 | | |
| | 五慶徽部 | 胡祥齡 | 小生 | 《鐵冠圖·比武》 | 〈九焰山改妝〉〈汴梁古井〉 |
| | 五慶徽部 | 潘巧齡 | 貼旦 | 《翡翠園·賣翠》 | 〈舟遇〉〈射雁〉 |
| | 五慶徽部 | 程春齡 | 小旦 | | 〈鬧書房〉 |
| | 五慶徽部 | 薛萬齡 | 貼旦 | | 〈打餅〉 |
| | 雙和部 | 安　崇 | 小旦 | | |

〔註13〕《義俠記》劇目崑亂俱演，據周育德考釋梆子戲《翠屛山》之〈戲叔〉、〈殺山〉皆甚有名。此處《消寒新詠》並未注明出處，但有可能爲梆子戲。

〔註14〕此劇亦崑亂皆有。〈天門產子〉一劇於梆子、皮黃、崑曲均有。

〔註15〕《消寒新詠》僅注折名，或爲《義俠記·殺嫂》，亦崑亂皆演。

從上表所列班部及藝人來看，雅部藝人仍以唱崑腔爲主，或有兼唱亂彈劇目，如《青冢記・出塞》、《孽海記・思凡》、〈花鼓〉、〈太平莊〉。其中，〈出塞〉與〈思凡〉於今日崑劇舞臺猶有上演，且於演唱時聲口已崑腔化，被列入崑曲劇目之中。

於乾隆三十五年（1770）金閶（蘇州）錢德蒼編刊之「選齣本」《綴白裘》六集卷三，有《青冢記・送昭、出塞》二折。於〈出塞〉中丑腳唱【西調】，老旦、貼唱【西調小曲】，旦唱【弋陽調】，足見此劇原爲亂彈，崑班所演應自弋陽腔而來。乾隆五十九年（甲寅 1794）鐫刻的《納書楹補遺曲譜》則有〈昭君〉一折，收於〈補遺〉卷四之「時劇」部分，〔註 16〕細繹其內容，正是將《綴白裘》所錄〈送昭〉、〈出塞〉二折融爲一折，曲牌以【和首】二段與【山坡羊】曲牌組成。從內容看來，《綴白裘》所錄昭君（旦）唱【弋陽調】「手執著琵琶撥調，音不清明，使人心下焦。」等二支加【尾聲】與《納書楹》所錄後半部「手挽著琵琶撥調，音不明、心內焦。」以後相同，惟字句略有出入而已。它顯然與《綴白裘》時期的演出幾乎相同。今崑劇所演〈昭君出塞〉，惟北方崑曲劇院馬祥麟所傳下之版本保留了乾隆年間《納書楹》原汁原味，曲調旋律骨幹基本相同。

而如〈思凡〉亦由亂彈腔移植。但《納書楹曲譜》外集卷二「時劇」所載，由【誦子】、【山坡羊】、【轉調第一段】、【二段】、【三段】組成，與今日舞臺上猶演之崑劇〈思凡〉唱腔旋律已無二致，惟將【一段】變爲【採茶歌】、【二段】變爲【哭皇天】、【香雪燈】，【三段】改爲【風吹荷葉煞】及【尾聲】之曲牌名。可見今日之〈思凡〉於乾隆末年已經定型。但在當時是唱亂彈的唱法呢？抑或是已運用崑曲的腔格？據徐扶明推論，認爲「崑劇中時劇《思凡》，雖從弦索調移植過來，但已將它逐漸崑曲化了」。〔註 17〕至於《百花記・百花贈劍》原亦爲亂彈腔，今日崑劇所唱亦是吹腔，惟唱法亦已崑腔化。從《消寒新詠》所載這幾個雅部崑班演出的亂彈劇目與今日比對，足見當時崑曲在花部亂彈「百花齊放」的興盛壓力之下，藝人不得不崑亂兼收，學演花部亂彈劇目。

《青冢記・出塞》、《孽海記・思凡》，都是今日各崑劇團尚於舞臺演出的劇目，惟〈花鼓〉雖於《納書楹曲譜》中著錄，但已不見於今日崑劇演出；〈太平莊〉則屬純粹亂彈戲，未被崑化，不見於今日崑劇。下表另列《消寒新詠》

---

〔註 16〕葉堂編訂：《納書楹曲譜》（臺北：臺灣學生書局，1987 年），頁 2261。

〔註 17〕見徐扶明：〈崑劇中時劇初探〉，《藝術百家》1990 年 1 月。

所錄之非崑腔劇目在崑曲選輯《綴白裘》與《納書楹》之中列爲「時劇」之折子，略有以下八齣：

表七：《消寒新詠》所錄亂彈劇目於《綴白裘》《納書楹曲譜》中可見者

| 《消寒新詠》 | 《綴白裘》 | 《納書楹曲譜》 |
|---|---|---|
| 〈賣胭脂〉 | 六集卷一「雜劇」〈買煙脂〉 | |
| 〈花鼓〉 | 六集卷一「雜劇」 | 補遺卷四「時劇」 |
| 《孽海記・思凡》 | 六集卷二 | 外集卷二「時劇」 |
| 《青冢記・出塞》 | 六集卷三《青冢記・送昭、出塞》 | 補遺卷四「時劇」作〈昭君〉<br>另有散曲〈小王昭君〉〈琵琶詞〉 |
| 〈連廂〉 | 十一集卷一「雜劇」 | |
| 〈戲鳳〉 | 十一集卷三「雜劇」 | |
| 〈磨房演戲〉 | 十一集卷四〈磨房〉〈串戲〉 | |
| 〈醉酒〉 | | 補遺卷四「時劇」作〈醉楊妃〉 |

崑班情況如此。而花部班社中，如宜慶、餘慶、廣慶三部以京腔班出身，並京秦合流後，似乎還是以花部劇目爲主。揚州組亂彈與崑班藝人之集秀揚部，其所演劇目則半崑半亂，並不偏廢。而三慶、四慶、五慶徽班亦崑亂不擋，但以花部劇目爲多。

最後，從《消寒新詠》所收錄的崑曲折子戲，來考察其自乾隆末年至今日舞臺的保存狀況。自乾隆五十七至六十年《納書楹曲譜》開始的曲譜包括《遏雲閣曲譜》（同治九年）、《六也曲譜初集》（光緒 34 年）、《崑曲粹存初集》（宣統元年）、《春雪閣曲譜》（1921）、《西廂記曲譜》、《琵琶全記曲譜》、《拜月亭全記曲譜》、《牡丹亭曲譜》（1921）、《增輯六也曲譜》（1922）、《道和曲譜》（1922）、《荊釵記曲譜》、《長生殿曲譜》（1924）、《崑曲大全》（1925）、《集成曲譜》（1925）、《與眾曲譜》（1940）、《崑曲集淨》（1943）、《粟廬曲譜》（1953）。〔註 18〕

〔註 18〕曲譜目錄參照〈崑曲折子戲樂譜索引〉，《中國崑曲網・宮商細語》http://www.kunqu.net/MusicBook.htm。該索引序云：「我編輯此索引時合參了桑毓喜先生的《崑劇劇目索引（甲、乙編）》（載於《崑劇藝術》1987 年 12 月第 2 期）和曹安和先生的《現存元明清南北曲全折（齣）樂譜目錄》（人民音樂出版社 1989 年出版）。以曹目錄爲底本，參照桑索引，進行修改補充。曹目錄和桑索引收錄曲譜都不全面。曹目錄中未收入《六也曲譜初集》、《牡

表八：《消寒新詠》所錄崑曲劇目於乾隆六十年後曲譜收錄一覽

| 劇　名 | 折名 | 收　錄　該　折　之　曲　譜 | 附　　註 |
|---|---|---|---|
| 一種情 | 丙靈公 | | |
| 千忠戮 | 打車 | 納、粹、集 | |
| 三笑姻緣 | 假妝 | | |
| 水滸記 | 借茶 | 納、遏、六 | |
| | 殺惜 | 初、六 | |
| 天寶遺事 | | | |
| 占花魁 | 種情 | 納、初、六、集、與 | 一作〈受吐〉 |
| | 獨占 | 納、初、六、集、與 | |
| 玉簪記 | 茶敘 | 納、六、集、與 | |
| | 探病 | 遏、六、與 | 一作〈問病〉 |
| | 偷詞 | 納、春、集、與 | 一作〈偷詩〉 |
| | 秋江 | 納、六 | |
| 白羅衫 | 詳狀 | 六、集、與 | 一作〈看狀〉 |
| 衣珠記 | 園會 | 六 | |
| | 堂會 | | |
| 西樓記 | 錯夢 | 納、六、集、與 | |
| | 贈馬 | 遏、大、集 | |
| 牡丹亭 | 學堂 | 遏、牡、大、集、與 | |
| | 離魂 | 牡、集 | |
| | 拾畫叫畫 | 遏、牡、集、與、粟 | |
| 牧羊記 | 望鄉 | 納、大、集、與、粟 | |
| 長生殿 | 絮閣 | 納、遏、六、長、大、集、與、粟 | |
| | 驚變 | 納、遏、長、大、集、與、粟 | |
| | 埋玉 | 遏、長、集、與 | |
| | 彈詞 | 納、遏、長、集、與 | |
| 金貂記 | 妝瘋 | | |
| 金雀記 | 對雀喬醋 | 大、集、與、粟 | |
| 金瓶梅 | 雪夜 | | |
| 金鎖記 | 送女 | | |
| 邯鄲記 | 掃花 | 遏、六、集、與、粟 | |

丹亭曲譜》、《崑曲集淨》、《粟廬曲譜》，桑目錄未收入《九宮大成》、《納書楹曲譜》。此次合參，予以補全。」該序作於 2001 年 9 月。

| | | | |
|---|---|---|---|
| 南西廂 | 寺警 | | |
| | 請宴 | 西、集 | |
| | 寄柬 | 納、西、集 | |
| | 跳牆著棋 | 納、初、西、集 | |
| | 佳期 | 納、遏、西、大、集、與、粟 | |
| | 拷紅 | 遏、西、大、集、與 | |
| | 長亭送別 | 納、西、集 | |
| 紅梨記 | 亭會 | 納、集、與、粟 | |
| 幽閨記 | 走雨 | 納、遏、拜、大、集 | |
| | 搶傘 | 納、拜、大、集 | 一作〈踏傘〉 |
| 風箏誤 | 驚醜 | 納、六、大、集 | |
| | 後親 | 納、六、集 | |
| 浣紗記 | 水圍 | 集、與、淨 | 一作〈打圍〉 |
| 荊釵記 | 見娘 | 納、初、六、道、荊、集、與 | |
| | 男祭 | 納、初、六、道、荊、集、與 | |
| 彩毫記 | 吟詩 | 集 | 一作《驚鴻記》 |
| 釵釧記 | 相約 | 六、集 | |
| | 相罵 | 六 | 一作〈討釵〉 |
| 琵琶記 | 書館 | 納、遏、琵、集、與 | |
| 紫釵記 | 灞橋 | 納、遏、集、與、粟 | 一作〈折柳、陽關〉 |
| 焚香記 | 陽告 | 納、六 | |
| 獅吼記 | 跪池 | 納、六、集、與 | |
| 義俠記 | 調叔 | 六 | 一作〈誘叔〉 |
| | 挑簾 | 集 | |
| | 裁衣 | 集 | |
| 雷峰塔 | 水漫 | 初、六、集 | 一作〈水鬥〉 |
| | 斷橋 | 初、六、集、粟 | |
| 萬香樓 | 寫眞 | | |
| | 圍棋 | | |
| 漁家樂 | 藏舟 | 納、集、與、粟 | |
| 鳴鳳記 | 吃茶 | 粹 | |
| | 楊本 | 粹、集 | 一作〈寫本〉 |
| 翡翠園 | 盜令牌 | 六 | 一作〈盜令〉 |
| | 賣翠 | | |

| 翠屏山 | 交帳 | 六 | |
|---|---|---|---|
| | 反誑 | 六 | |
| | 戲叔 | | |
| 蝴蝶夢 | 定親 | 六 | 或即爲〈說親〉〈回話〉 |
| 療妒羹 | 題曲 | 納、遏、六、集、粟 | |
| 雙官誥 | 誥圓 | 六 | |
| 爛柯山 | 逼休 | 納、大 | 一作《漁樵記》。另有《爛柯山》，作：〈前逼〉：納、六、大〈後逼〉：初 |
| 鐵冠圖 | 比武 | 粹 | 一作〈對刀〉 |
| | 刺虎 | 納、粹、集、與、淨 | |

從上表來看，幾乎大部分的崑腔劇目都至少保存至民國初年，於今惟少數不在舞臺上搬演。更說明了今日崑曲乾嘉傳統之一脈相承，香煙未斷。

《消寒新詠》記錄當時某些演劇狀況，與梨園舊習軼事，可作爲戲曲資料的參考。如問津漁者題徐四云：

> 須臾，日輪西墜，烏衣子弟下上于飛。人聲沸騰中，倏見服平等衣，匍匐子弟前，若問訊狀。大約梨園舊習，初至之人，與同隊相好之人，稱名執奴僕禮，亦未可知。（頁 78）

另提及演劇時間，當時夜戲亦頗盛行。鐵橋山人云：「憶壬子春，友人邀赴采觴。時，慶寧部正當極盛，諸伶技藝莫不精工，而范二、大保與才官尤爲出色。是晚，開演燈劇，蠟炬輝煌，瞥見才官手抱琵琶於馬上，揚鞭就道，輕盈歌臺內，比日間更覺可人。於是，細笛微笙，輕弦按拍，緩緩倚歌而和之。夫才官音調，眾所共嘉。當此宵深人靜，嬌音嚦嚦，想《霓裳羽衣》，不過如此。是誠一刻千金矣。」（頁 56）作者三人在京師日日觀劇，消閑遣興，也留下了許多珍貴的記錄。

## 第二節　文人與藝人之交遊

在《消寒新詠》的品題中，映照出文人與藝人除了看戲演劇外的「臺下」的世界。從第一章的敘述當時優伶已漸取代歌妓的社會功能，文人與藝人的交往愈發密切，互相間對待的態度也自不同；除了大部分均以「狎邪」態度待之外，文人亦有純粹「慕色」並重情重義者。事實上文人對於倚人的心態，早在元代，胡祇遹於〈優倚趙文益詩序〉中即云：

> 趙氏一門，……有字文益者，頗喜讀，知古今，趨承士君子。故於所業，恥蹤塵爛，以巧而易拙，出於眾人之不意，世之所未嘗見聞者，一時觀聽者皆多愛悅焉。遇名士則必求詩文字畫，似於所學有所自得。已精而求其益精，終不敢自足，驕其同輩。吁！如斯人者，伶人也，尚能進進而不已。〔註19〕

文人之於「倚人」這種「賤業」總是懷著複雜的心態，「倚人」一辭顯示了社會普遍視爲地位低下之賤業，藝人之人格也普遍卑污，但在「倚人」之中竟也出現「上進」、「有品格」之人，因之視爲希奇，並特表之。除了世俗心態外，從這段文字中也可見文人之關注點與世俗不同，雖有「獵奇」之心理，但也發掘了社會底層倚人因職業的關係，某些既卑下又自尊的特殊藝人。從胡氏這段文字對照《消寒新詠》看來，在戲曲剛發展成熟的元代即已如此，五六百年來未曾有什麼改變。潘光旦先生於此現象分析云：

> 伶人的社會地位和別種人才的社會地位有一種很顯著的不同；他一面受人「捧場」，一面卻也受人歧視，歧視的結果，便使他們在社會裏成爲一種特殊的階級，在心理和生理方面，都呈一種演化論者所稱隔離的現象（segregation）。〔註20〕

既自尊又自卑，這便是倚人普遍在傳統社會中不得不然的心態。因此，能在這樣的環境中，得以成爲一位既進取又具品德的藝人，是多麼難能可貴。

然清人紀昀評論胡氏之《紫山大全集》云：「多收應俗之作，頗爲冗雜，其至如〈黃氏詩卷序〉、〈優倚趙文益詩序〉、〈贈宋氏序〉諸篇，以闡明道學之人，作媟狎倡優之語，其爲白璧之瑕，有不止蕭統之譏陶潛者。」（《四庫全書總目提要》集部別集類十九）紀昀的這番提要，代表著文人的另一個系統，亦即所謂「道學家」的儒生系統。龔鵬程先生曾深入分析文人階層在中國傳統社會中的型態與演變，認爲唐代古文運動之後，文人便漸發展出兩種類型：一爲文人，二爲更爲優先重要的「傳經之儒」，第二類在宋代以後更發展爲所重在道不在文的「道學家」。這類道學家因特重德性，因此對於「文人無行」也「特具敵意」。

〔註19〕《紫山大全集》卷八，《四庫全書》珍本四集。

〔註20〕潘光旦（題爲潘光文）：《中國伶人血緣之研究》（臺北：臺灣商務印書館，1971年），頁5。

〔註 21〕但明代以後，如湯顯祖、楊升庵、李卓吾、袁宏道等或有瞧不起道學者、有本是道學之人卻也認爲應具備文人素養的，使得入清以後道學漸「不復再能成爲對抗或與文人階層競爭的力量」，〔註 22〕然而，從紀昀的這段提要中，卻也可看出積澱幾百年的道學思想仍在大部分文人血液中流竄，尤其是士大夫階層以上的書香傳家的縉紳。這在清代小說李綠園《歧路燈》中也可見一斑，書中主人公譚紹聞原生於書香門第，祖上曾出進士，其父譚孝移也是一介保舉賢良方正的學者，自幼爲兒延師勤讀經學，訓子甚嚴，約束不得隨意出門。甚至其友約會看戲，原也不願去，至友潛齋因見他心中鬱結，才極力勸請，看一回《西遊記》，心中才稍鬆動。作者李綠園解釋云：「譚、婁純正儒者，那得動意於下里巴人。」（第十回）看戲是作爲稍稍排遣鬱悶之情，否則是不輕易觀戲的。

與文人及道學家性質不同者，除了江湖豪客，某些官宦人家亦視伶人爲賤業，待之較奴僕還不如。最能展現這部分毋如《歧路燈》。惡少盛希僑乃士宦子弟，但因祖上均沒了，染得一身惡習，書中有一段描寫盛希僑請了戲班欲宴請其友譚紹聞等人觀戲，喚的瑞雲班已到盛府，拿了「手本」欲與盛希僑挑戲，不料日上三竿少爺未醒，此時家人便與戲班掌班道：

> 還早得多哩！伺候少爺的小廝，這時候未必伸懶腰哩！你們只管在對廳上，扎你們的頭盔架子，擺您的箱筒，等宅裏頭拿出飯來，你們都要快吃，旦角生角卻先要打扮停當。少爺出來說聲唱，就要唱。若是遲了，少爺性子不好，你們都服侍不下。前日霓裳班唱的遲了，惹下少爺，只要拿石頭砸爛他的箱。掌班的沈三春慌的磕頭搗碓一般，才饒了。（第十九回）

足見伶人地位之低賤！較之奴僕尚有不如，爲討口飯吃，遇上惡宦也只有自認倒霉了。

文人與其他階層之人，看待伶人的角度或有不同。但雖然大部分觀眾似乎是去戲園觀戲，但事實上衝著「色」去看戲的人還屬多數。即使是文人，仍是如此。《品花寶鑑》中之風流公子田春航，起先只是在戲園廝混，不喜崑腔之心平氣和，只喜聽花部亂彈之慷慨激昂，更云：「我是講究人，不講究戲，與其戲雅而人俗，不如人雅而戲俗。」〔註 23〕且因在戲園「串來串去」之崑班相公多

〔註 21〕龔鵬程：《中國文人階層史論》，頁 23。
〔註 22〕同前註，頁 24。
〔註 23〕〔清〕陳森：《品花寶鑑》第四回，頁 50。

是些「殘兵敗卒」，紅相公全只唱堂會，因此只和一些唱亂彈的黑相公猜拳喝酒吃飯。後來遇上崑班的美伶蘇蕙芳，才知崑班亦有「好相公」，兩人相交往後，蕙芳請田至其寓處盤桓，互憐身世引為知己。田道：「我是重色而輕藝，於戲文全不講究，腳色高低，也不懂得，惟取其有姿色者，視為至寶。」並云：「只要姿色好，情性好，我就為他死也情願。」〔註24〕小說描繪如田春航等名門公子，亦為曾進學、中過副舉的文人，與伶人相交的心態雖與江湖豪客、惡宦傲吏不同，但重色輕藝、只為性情相投而交往者，亦頗不少。

《消寒新詠》中雖較少見作者往伶人之寓處盤桓交往、打茶圍，亦少見文人與相公喝酒猜拳、出場吃飯等戲園習俗，但在品題藝人之字裏行間，亦可見文人與藝人之性情神交的片斷。這與一般重色輕藝的觀賞態度截然不同。

## 一、為伶而歌而哭

《消寒新詠》的三位作者，關注伶人的著眼點多在於演劇的表現，及惜其技藝、憐其身世等，較屬於純觀眾而非狎伶的態度客觀地看待伶人。可見並非所有至戲園的觀眾全為慕色而來，對於伶人的態度更傾向於視其為「藝人」而非「伶人」。因此他們對伶人歌舞場上的生活，往往抱著一種嗟歎的同理心。面對著青春短暫的伶人，見其春殘色褪而不免為之歎息。如問津漁者云：

> 玉齡官當歌舞之場，蹉跎歲月，不知老之將至（好景難長留，皆當作如是觀）。何異玉帳佳人，坐老軍中乎？（頁21）

因題詩云：「花開花落總關情，開易歡娛落易驚。豎子無謀應誤國，佳人有命豈傾城。香銷白骨歸何處。夢覺黃粱幸識名。須惜春殘顏色改，琵琶江上不成聲。」（頁22）對於優伶的舞臺生涯而言，年逾二十的李玉齡實已近尾聲，而他尚在賣弄風騷，東依西傍，無所定止。雖然妖媚入骨，受人歡迎，但這樣的日子豈能長久？不免引發文人花殘色褪之慨，及對於伶人舞臺生命之光華彷若曇花一現、青春何其短暫的無奈，雖似譏諷李玉齡之「情急了」的心情，實際上卻寄辛酸歎息之意。而鐵橋山人寫金雙鳳：

> 善哭善悲，可云傳寫逼真。求之若部中，鮮有其匹。特少年子弟，憐香惜玉，多在稚齒韶齡。如雙鳳之年踰三十，頗存花殘春去之憾。然而過矣，其聲技自不忍沒也。（頁76）

〔註24〕同前註，第十三回，頁154～155。

年踰三十，在伶人中已應是「蓄雛自立」的年紀，但金雙鳳卻仍在場上演劇。雖然技深藝高，在當時戲園文化中，卻顯然已格格不入。雖其時雅部藝人或有非以色相取勝者，作相公周旋於戲園老斗之中的，在乾隆時期以花部稚齡藝人爲多。但雖雅部以藝爲重，色相之優劣、年齡之高低還是左右大部分的觀眾。鐵橋山人爲金雙鳳歎息，只因其「花殘春去」而無人注意他的藝術表現。這感歎十分具有文人意識，時運不濟、錯過時機，便無人能賞識、失去知音。頗有未遇之感。

因此，凡是遇到技藝高然面目不美、或因年齡大而無人問的藝人，鐵橋等三人不免便爲之感歎不遇。如問津漁者寫長生官：

> 卿本飄蓬客，何堪斷梗飛！長忍都下無人問，怪道聲聲「不如歸」！（頁36）

長生「體臞面小」，外貌並不十分動人。然以苦劇見長，技藝精湛，但似乎無人欣賞。再如玉奇官，分明出色，卻少出臺，亦是未遇之意：

> 玉奇官，萬和部旦色。年最少，嫻雅無囂陵氣。目眉碧清，聲音雪亮。眞如新荷出水，嫩綠盈盈，不受一點塵氛染。余嘗見演《太平莊》一出，折腰送曲，舞袖迎風，流麗端莊，疾徐有法，洵他年旦中出色者。惜不甚出臺，未見多戲。或教者珍惜，不令學習乎？然南山豹隱，至此已窺見一斑矣。（頁74）

而如小生劉大保，色藝兼美，卻不幸於「喪聲失巧」！本來前途一片光明，卻如流行隕落，何其短暫。其藝之早衰，更使石坪居士大歎：

> 原慶寧部小生劉大保者，當其獨出冠時，儼若仙肌帶露。孰意喪聲失巧，竟等緘口銜蘆！以彼風流宛在，諒爲有目共知。而至笙管難調，實爲造物所忌。香殘豔歇，幽懷百結，孰復垂愛垂憐？勢失形孤，獨守三更，僕殊若憾若惜。（頁33）

又有蘇小三，凡吃重的刺殺戲都由「弱質纖腰」的小三演出，看在觀眾眼裏，頗憐其不被重視。問津漁者云：

> 三慶徽部每演《殺奸》、《殺嫂》諸戲，皆係蘇小三一人出臺。弱質纖腰，何堪耐此波折。秋風零落，恐不爲伊人任受耳，慨之。（頁78）

對於藝人生命的不由自主，更藉蘇小三而抒發慨歎吧！

除卻對生命與青春的感歎，對於本質聰明之人卻「誤入優部」，不免爲之可惜。石坪居士評范二云：

第如此雋才，誤入優部，殊爲可惜，余因作詩以慨之。

雖爲憑空傳色相憐才應爾爾，卻憐妙品困塵埃。……只憐粉飾爲梅笑，誤染東風玉有瑕。（頁 13）

同時，以作者三人對崑腔的愛好，認爲即使是作了伶人，有才者也應入雅部。然而因爲時代流行的變遷，花部諸腔日益興盛，職業崑班因應需求也漸成爲崑亂兼演的班社，甚至有一班分爲二的「文武班」，文即用以稱雅部、武即花部。如《燕蘭小譜》所記之保和部，後亦分爲保和文部、保和武部。如問津漁者寫范二：

余因其舊秋誤入文武集亨部，令人扼腕。（頁 12）

由職業崑班的慶寧部到兼演花雅的文武集亨部，對於將范二評比爲生中第一的作者而言，實是大歎！不止對藝人，也更是對整個戲曲流行趨勢改變的喟歎。因此，如問津漁者題胡祥齡「春燕」詩中的感歎，也就不難理解了：

梁間紫燕自呢喃，道是春風三月三。白鶴翔雲聲已愧，青鸞舞鏡影猶慚。（借鸞鶴襯，惜其誤入花部也。而范二百壽聲價愈高矣。）也知葉落催寒急，亦解桑陰帶酒酣。若使烏衣空歸壘，清明時節憶江南。（頁 29）

見如胡祥齡這種清氣逼人的藝人，卻在花部，喜愛雅部崑腔的作者更認爲其氣質應屬雅部。

事實上，爲伶人歌哭，也是爲投射於自身。石坪居士觀才官《紫釵記・灞橋》云：

傷離泣別，傳奇借爲抒寫者屢矣，梨園以此見長者亦多矣。惟才官演《紫釵記・灞橋》一出，其傳杯贈柳，固亦猶人，乃當登橋遙望，心與目俱，將無限別緒離情，於聲希韻歇時傳出。以窈窕之姿，寫幽深之致，見者那得不魂銷？況予客京師多年，尤覺淚透。（頁 53）

灞橋傷別之情，經由徐才細膩演繹，更是傷羈客之心。借劇抒情，將此情再投射於伶人之身，更覺深刻。

再如花部藝人王喜齡，青春早逝。鐵橋山人卷三〈紀實〉「題王喜齡官戲」：

王喜齡，一名雙喜官，余之所最心賞者。曾以「芍藥」、「黃鶯」爲擬，既序而賦以詩。蓋美其品之佳，羨其音之好也。至其演戲精妙，足爲集秀揚部出色傳名，尚未暇及。不意於二月五日，忽爾云亡。嗚呼！十六之芳姿濯濯，秀出江南；三千之客路漫漫，魂歸燕北。荒煙蔓草，鬼餒墳孤。歌館梨園，聲銷韻歇。憶杯談於月夜，猶聽清言；何物色於都門，翻成幻影！佳人難再，曷勝欷歔！之子長離，殊深歎惜。今者芍藥將開，黃鶯乍轉。對名花而彼美不見，孰與爭歌？聽歌鳥而稚子無音，誰其共和！闌干倚遍，難傾婪尾之杯；路曲遲回，慵載雙柑之酒。名「雙」而竟難得雙，子可稱獨；字「喜」而不能長喜，卿實足悲！因即其所演戲，成詩十首以吊之，亦聊以寄慨云。（頁 59）

古虞散人亦云：「集秀揚部諸伶……余心賞者惟喜齡爲最。……忽聞遽逝，花謝鳥飛，殊深歎息。豈尤物爲造物所忌耶？抑紅顏薄命，喜齡亦猶是也。」（頁 88）九峰山人同歎：「余癸丑入都，閒時寄情歌館。而所鍾愛者，集秀揚部其尤甚也。如崑旦王喜齡，妙質深情，得未曾有。兼之歌音清亮，色色怡人，不可多覯。次則倪元齡、李福齡與李秀齡，俱是場中出色者。至小生李桂齡風流蘊藉，顧盼嫣然，我輩賞識多矣。余各贈以詩，竊自笑癡情太甚也。惟喜齡今春遽逝，前詩概刪不錄，僅將亡後紀輓，略存數首，亦聊以志不忘云。」（頁 93）一位藝人得到諸多文人歎其早夭，亦足見文人之於伶人，有並非單純爲狎玩之心態。多寄深意焉。

因此，文人對於藝人之「人格性情」的要求，也就不難理解。藝人雖本爲社會底層的賤業之民，沾染卑下習氣者所在多有，然而藝人之職業使然，多扮飾有忠孝節義、深情堅貞之人物，二者之間不免矛盾。而觀眾見戲臺上之人物，往往想見其爲人，因而將「人物」性情投射於「藝人」之上，結果不免大失所望。因此，當文人在眾多藝人中忽見一二位「出污泥而不染」者，便如獲至寶；若是落魄文人，或旅邸客座，見墮入風塵之資質雋秀的藝人，則生出青馬青衫之淚。

## 二、文人式的交往

在第一章中論及童伶文化時，曾談到不涉狎邪的文人交往。作於乾隆五十年的《燕蘭小譜》中對這類事蹟詳加記錄：

王桂官（萃慶部），名桂山，即湘雲也，湖北沔陽州人。身材彷彿銀兒。横波流睇，柔媚動人，一時聲譽與之相埒。……爲少施氏所賞，贈書畫、玩好，千有餘金。故矯矯自愛，屢欲脱屣塵俗，知其契合

不在形骸矣！〔註25〕

從上段文字中可見其一，比之芍藥海棠，足見此習風行。其二，士大夫曾書畫、玩好，千有餘金。其與藝人交往，除了性關係外，亦有如士人相交云。尤其王桂官，即湘雲，《燕蘭小譜》卷一爲「題畫蘭詩」五十四首，詞三首，乃因湘雲曾畫蘭扇贈少施氏，其有情有感，其他文人因有題詩者、有和詩者，爲之盛讚稱頌，俱集於卷一之中，乃梨園與文人間傳誦不絕的一段佳話。《燕蘭小譜》卷一：「今夏居停移寓果子巷西，湘雲繼亦遷至，相與爲鄰。友人屢以扇屬余索湘雲畫蘭，戲題箑上。」詩云：「豈是燕蘭韻語工，王昌今又住牆東。先生自有春風筆，太極圈兒萬象融。」自註云：「友人見《燕蘭譜》，疑余爲鍾情湘雲者，詎知其未識也。」〔註26〕從這小段序、題詩與自註，可見當時「名伶」之爲名，已不一定在舞臺上，而在於與文人公子結識，並有這一段蘭扇佳話，文人間一傳十、十傳百，作《燕蘭小譜》的安樂山樵甚至與湘雲並無交往，卻以這段因緣而續成一書，可見乾隆末年文人與藝人間的關係已十分多元，既有那種「以眼色勾人」、「歌管未終，同車入酒樓」的伶人與豪客關係，〔註27〕卻也有詩畫相交的公子與伶人，還有重寒士輕豪客的伶人，與渴望與名伶攀上關係的文人。么書儀先生在談論「花譜」在嘉道以後成爲媒體廣告之類刊物的論題時云：「《燕蘭小譜》刊刻的時候，文人和伶人之間還沒有出現這種『利害』關係。譜中出現的『文人』、『名士』還是一副『仰望』名伶、『單戀』的倒楣相，伶人們，特別是名伶們根本不把『餓眼』、『酸丁』放在眼裏，也沒有覺得『名士』提贈有什麼用處，『錢郎』、『豪客』才是名優、美伶『投心擲眼』的對象。」〔註28〕這在《燕蘭小譜》卷五題保和武部的鄭三官即是。鄭三官已近三十，雖爲雅部花旦，卻「淫冶妖嬈如壯妓迎歡」，作者將之與魏長生相比，覺更勝一籌，魏還不如鄭之「雌亦蕩」。然「惜豪客難逢，徒供酸丁餓眼」，因而替他感歎云：「以身發財豈易言歟？」〔註29〕可見當時大部分藝人以色惑人主要是爲了纏頭，只要攀上一個肯花錢

---

〔註25〕張次溪：《清代燕都梨園史料》，頁18。

〔註26〕張次溪：《清代燕都梨園史料》，頁9。

〔註27〕《燕蘭小譜》卷五：「友人言：近時豪客觀劇，必坐于下場門，以便與所歡眼色相勾也。而諸旦在園見有相知者，或送菓點，或親至問安，以爲照應。少焉歌管未終，已同車入酒樓矣。鼓咽咽醉言歸，樊樓風景于斯復睹。」張次溪：《清代燕都梨園史料》，頁47。

〔註28〕么書儀：《晚清戲曲的變革》，頁335。

〔註29〕張次溪：《清代燕都梨園史料》，頁20。

的豪客，那才有機會成爲「捧紅」的名伶。因此，當文人發現彼美伶之中，竟有願意結交寒士，不將豪客放在眼中的，那眞是難得一見。《燕蘭小譜》記載的劉二官即是一例：

> 劉二官（萃慶部），名玉，字芸閣，雲南安寧州人。……性頗驕蹇，與豪客時有抵牾。近有太岳之裔，寒士也，以綺語結契，甚相愛重，豈少陵所云：文章神交有道乎？〔註30〕

這位劉二官，最爲文人所重。不願與豪客結交，卻寧結契寒士。另如劉桂林：

> 桂林官，端瑞部姓劉氏，江蘇元和人，崑旦中之韻勝者。玉貌翩躚，温文閒雅，絕不似樂部中人。喜書史，能舉業，亦善畫蘭，駸駸乎有文士之風。戊戌春，予過友人寓，與之同飲，不知其爲伶也。友人言及，頗以文士待之。繼聞浙東某縣佐延入幕中書啓。後回蘇，不數年而殞。〔註31〕

兼有文士之風的伶人，在當時恐頗爲少見，因此文人作記錄時均特地記上一筆，《燕蘭小譜》如此，《消寒新詠》亦如此。問津漁者寫〈李福齡墨蘭記〉云：

> 余客京師，幾近十載。往來歲月，大半銷磨於歌館中。雖快舉，而馬齒加長，究亦傷心。然幸過焉輒化，從未涉放蕩遊。故諸伶寓室，不唯無花酒之約，並未一謀面者。乙卯春，我輩戲詠諸伶，將災梨，福預知焉。要其師，踵門請謁，以覘實也。余亦喜，互問起居姓氏。福語言和藹，一洗孌童舊習。解《詩經》，居然有鄭婢泥中之對。語畢，出《燕蘭小譜》一冊，索當日命名之故。余曰：「是即爾曹當年擅名者。標以「燕蘭」，爲湘雲美其技。」福默而退，似有所思。怡然喜，若有所得。請曰：「福不敏，稍暇，即馳情筆墨，味蘭之癖久矣！不識高人致喙否？」出往日所作者，余展玩焉。筆機生動，亦解「臨風」、「懸崖」、「象眼」、「鼠尾」諸法。雖不甚工，以稚子得此，寧有限哉！湘雲可以把臂矣。然而我輩之賞識，又在彼，而不在此，奈何！因題二絕於畫後，福持而去。記之，乃二月二十一日九九期也。（頁70）

當藝人之與文人交契，除侑酒品觴外，亦有詩文書畫結交者。記中李福齡頗欣羨當時《燕蘭小譜》之王湘雲，也「馳情筆墨」。至於李福齡之畫蘭解詩，是本性喜好如此，還是爲了與文人攀附關係，得如王湘雲之於少施氏？於記

〔註30〕同前註，頁19。
〔註31〕同前註，頁38。

中並未曾透露。且若是後者，偏問津漁者亦是「未涉放蕩遊」之人，少赴「諸伶寓室」「花酒之約」，實未能滿足其要求。但我們寧願相信，作者特地記上一筆，是爲了文人與伶人間「書畫相交」的風雅行徑，不必事涉狎邪，沒有利益牽扯，文人所欣賞、所冀求的也是一段有情有義的知交罷。

## 三、階級身分的差異

雖《消寒新詠》中不乏記載如鐵橋山人寫李桂齡之有情有義、宋瑞麟之純孝天然等對於伶人性情品格之肯定，待之有如知己，以畫畫詩文相交，然從其字裏行間，卻不免仍可感受到伶人畢竟爲社會低層人物，作者往往以一種較高的姿態自視。在潘光旦《中國伶人血緣之研究》一書〈本論・階級的分布・社會態度與伶人的地位〉一文分析甚詳，其云：

> 捧角的人，無論他見了一個伶人，尤其是一個旦角，怎樣的歌功頌德，要他把自己的妹子或女兒嫁給他，面上一定立刻會有難色。由此可知上文所謂善意的態度，十分之八九還不過是一個玩弄的態度，說得最多些，也不過是等於英雄愛駿馬的態度，在這種態度之下，伶人是沒有獨立的人格的。無論捧角的人怎樣多，而伶人猶不免成一個特殊的階級，並且是一個特別的卑賤的階級。〔註 32〕

確實，在娼優並稱、甚至優不如娼的社會背景下，文人再如何與伶人交際應酬、紅相公如何地位尊榮，說破了他們也不過是相公而已，永遠也不會成爲文人、與文人平起平坐。《消寒新詠》的三位作者，恐怕已算是十分尊重伶人的了。因之文中，多是善意者期許嘉勉之，雖難得有些譏諷嘲弄、用以警世之語，但並不多見。鐵橋山人評小旦倪元齡：

> 昔人云：花可愛矣，不如花之蕊；竹可愛矣，不如竹之筍。少年人宜如何珍惜也。余於元齡，實深嘉賞。因復爲之贊，且系以詩。（頁 20）

而石坪居士寫蓮生：

> 置之紅粉場中，眞所謂「婷婷裊裊十三餘」者也。……惜聲韻不長，當繁弦緊拍時，微有慳澀。……然具此色技，不自摧殘，齒加長，韻當日進。亟爲贈之，並寓跂望意焉。（頁 73）

對於年幼而品佳的藝人，作者給予肯定與鼓勵，頗有黽勉之意。亦是希望這

〔註 32〕潘光旦（題爲潘光文）：《中國伶人血緣之研究》，頁 238。

些藝人能在技藝上有所精進，不可只是耽溺在「以色惑人」的層次上。因此，當看到欣賞的藝人，竟不求藝之精進，只得於文中勸喻之。如問漁津者云：

> 才官後入慶升部，稍涉京中旦色惡套，不甚出臺，嘗數往不遇，故嘲之以冀速改。

「京中旦色惡套」，大約便是從事相公陪酒侑觴、擺飯、打茶圍之事。可見《消寒新詠》作者對於來往相公下處之事不僅不熱衷，甚至有點反感。因此當評爲小旦之首的徐才竟亦染此惡習，亦不免「嘲之以冀速改」。再如陳五福，石坪居士云：

> 五福甚秀敏，效閨閫妝亦秀頗肖。但賣弄過當，每於不應笑處，忽復嫣然。未習淑女之規，竟染村妓之態，殊爲可惜。……故余題鴿詩內，而勉其改轍也。（頁 42）

陳五福爲雅部藝人，從前一章可知作者極重視人物的詮釋與表演的分寸，而這些標準多投射於雅部崑腔藝人身上。作者知道當《消寒新詠》一書付梓，應會有相當影響力，因此在書中「勉其改轍」，亦頗有惇惇教誨之意。

另外，於卷四〈雜載〉又有一篇藉伶人軼事用以警世者。問津漁者云：

> 世人最不可交者（當頭一棒），梨園子弟也。彼雖出身微賤，自少而壯，罔知稼穡艱難。衣極其華，食極其美，珠玉錦繡極其欲，其果力之所致歟？要不過以媚骨諂容竊人之物而不覺耳。墮其中者，見則生憐。傾囊而與，猶恐不得其歡心，是以悟之者鮮。憶余初至京師，見某旦與同鄉李君遊。出則輿，服且美，狡童雋僕，若士宦然。風月酸丁，每以不得把臂爲恨。夫李君，俠士也。挾不世才，往來士大夫之庭，待之皆恭且敬，胡不自高而下交梨園乎？友曰：「詐交也，將以悟世焉。」一日，忽言歸，車馬之贈，酒肴之奉，無寧晷。及期，某旦亦爲東道主，席布郊外，駭人聽聞。友欲瞰其誠僞，爲失意狀——則見蕭然行李，襤褸倉皇，策蹇驢就道，趨而赴席。某旦則顧而笑，若路人之不識者，而豈知友之詐耶？友反叩以故，且答且走，曰：「爲某當道祖餞耳，于爾何與？」友乃行，半途而返。越歲，復至某旦家。和鸞鳴玉，衣服鮮妍，袖金而贈曰：「曩者，逆旅窮途，厚顏相值，實貽吾子羞。令幸矣，囊有餘資，持與子分。藉釋曩日羞，皆子之賜也。」某旦於是改容拜其前，並非途中面目。友亦嘩然而散。翌日，某旦焚香煮茗，設宴開樽，報贈金之局，並集諸君子之相厚者。酒酣

夜半，友忽聲其罪而責之，諸君子亦憤恨，尋絕交。自是，門前車馬，不復昔年矣。友嘗爲余言：「有此舉，世之迷者頓悟。小旦聲勢，亦稍稍貶損。」斯眞迷香洞中閉門羹也。然非友人之俠，烏能若是哉？因傳其事，而佚其名，以爲世人勸。（頁 85）

這篇小文直寫出當時的劇場文化。如問津漁者，雖也欣賞優秀的藝人、讚其品格，卻仍云：「世人最不可交者，梨園子弟也」。伶人地位低賤，人格扭曲、唯利是視者，還是占了大多數。如《歧路燈》對伶人惡劣行徑之描寫許是一般人的觀感。因此如問津漁者寫爲「勸世」之文，不僅是他個人的喜好（其〈李福齡墨蘭記〉中亦云其不曾赴「花酒之約」），也反映出當時普遍對藝人的觀感。

同是問津漁者的另一篇小序，還提及伶有狎妓之事：

沈霞官，年二十六歲，三慶徽部小旦，大約安慶之某縣人。聲技工穩，態度多標，有確乎難惹之概。聞曾與同事偎紅倚翠，酣花柳於彼姝；剪燭呼拇，徹風聲於當事。同事被遣回籍，彼以末減見釋。歛跡改容者數月，而後性情亦因之以和平。嗟乎！才不可矜，容不可誨，類如是也。矧若輩哉！霞齡眉目軒爽，骨肉停匀。假扮飾以登場，亦儼然行村落中見好花三兩枝耳。而必效井裏蛙，自驕其才之美，以爲可以超群也。其不見哂於士大夫也，得乎？（頁 77）

彼時伶旦亦有狎妓者。當時在伶人之中，這種行爲是一種「醜聞」。如《清稗類鈔・京伶狎妓》條曾記云：「宣統時，京伶日事冶遊，如姚佩秋、佩蘭兄弟之於泉湘班喜鳳、松鳳班雙喜，日夕狎媟，醜聲四播。」〔註 33〕雖寫清末之事，卻也可見整個清代伶妓低賤的觀念並不稍減。伶之狎妓之行爲，在清代人眼目中，是更無法接受的。狎娼之事，似乎也是一種特權，社會階級愈低，這種行爲愈不能被容許。

雖作者鄙視該伶的作爲，但亦評云：「余嘗喜其演《郭華買胭脂》，風情雋美，不涉淫邪，此亦片長足錄之意耳。」（頁 77）文人溫柔敦厚的一面，也因此而存在這部品花筆記之中。

從《消寒新詠》中，可見文人與藝人之間既有相知惜之情，也有以高姿態教喻伶人者；但從一則短文，也可見到另一種文人對於伶人的仰慕之情。式南居士之〈紀夢〉云：

〔註 33〕〔清〕徐珂編撰：《清稗類鈔》第十一冊，頁 5097。

> 金升部張大寶，吳人也。壬子秋，來京師。余與友人一見即賞，以爲宋瑞麟而外大寶當在第一。從此以心相醉，以目相遇者久之，未遑接談也。甲寅春，數遇大寶于友寓所，丰致閑雅，舉止安詳，彬彬如也。秋月念五，余挈大寶與同部諸子弟，在裕興園閱集秀部劇。隅坐隨行，通部皆目爲名門佳子弟，無瞰視者。不意八月四日，金升部適天津，大寶亦偕之而去。夫天津天下之衝，四方賓客所叢集。大寶此行，吾知其必有合也。邇日數夢大寶，丰致每各不同，其即工部「故人入我夢，明我長相憶」之意乎？因不揣固陋，鮑昭累句，學步邯鄲，戲成五古以紀之。時乙卯二月望日也。（頁 90）

這是十分有趣的現象。文人性格之不同，面對戲臺上的藝人，也就有不同的思考模式罷。如問津漁者，恐怕是自律較嚴者，且見多了伶人之詐騙與墮入此道的荒唐頹靡文人；而這位式南居士，則對於社會構築出的伶人溫柔鄉有一種期待與嚮往。此時清代戲曲之極盛，亦可見一端。

## 第三節　文人的花雅審美觀

《消寒新詠》作者因酷嗜雅部崑腔，因此在記載時難免有些偏重。然而從書中可見，所記花部藝人仍著實不少，足見當時花雅並峙，劇壇十分熱鬧。從這部以「嗜好雅部」的「文人觀點」的書寫角度中，我們可窺見當時「文人」面對這一波花雅爭勝時期的觀劇現象和審美心態。

而在花部勃興的這時期，一般人對於花、雅的審美概念已漸漸改變。鐵橋山人於評雅部藝人樂善部小旦李玉齡云：

> 玉齡於數年前頗爲莊雅，後則盡情調戲，想亦急欲傳名以爭時好耳。（頁 23）

問津漁者評李玉齡云：

> 李玉齡，姑蘇人。初到京師，爲金玉部小旦。後在慶寧部，復在慶和部，又後在慶升部，才歸樂善部。紛紛遷改，無從確指，而東依西傍，性情可識矣。然豪華貴客，莫不知都下有玉齡焉，想亦冶容媚骨之所招致耳。（頁 21）

李玉齡在作者所欣賞的雅部藝人中是比較特殊的，也因爲他的名氣大，作者雖不滿他的表演風格，但還是一定要記上一筆。但顯然當時的演劇風氣，花部已有代表著「時尚流行的趨勢」的意味，李玉齡的「冶容媚骨」正是彼時自魏長生以來所影響的風潮。這也反映了文人觀點與花雅風格的差異性。

## 一、文人認知的花雅之別

康熙至乾隆中葉的張堅（1681～1771 之前）《夢中緣》中，徐孝常於乾隆九年（1744）有序云：

> 長安梨園稱盛，管絃相應，遠近不絕。……而所好惟秦聲囉弋，厭聽吳騷，聞歌崑曲，輒鬨然散去。故漱石嘗謂：「吾雅奏不見賞時也。」或有人購去，將以弋腔演出之。漱石則大恐，急索其原本歸，曰：「吾寧糊瓿。」〔註 34〕

張堅號漱石，金陵人。「嫻於音律詞調，陰陽悉叶，去上必諧。乾隆初，設樂開音樂館，募海內知音，或有勸之應召者，辭之。」〔註 35〕據王魯川跋云《夢中緣》編成最早，但因「優伶絕少佳者」，因此不肯輕售，乾隆十六年（1751）才由唐英資助得以刊刻。

可見乾隆初期多數文人於演劇的審美觀感，尚以雅部爲好，聞花部則大恐。這個情形一直到乾隆末的《消寒新詠》尚未改變。石坪居士云：

> 友人式南自歌館回，豔稱是部足冠一時，而心所傾慕尤津津於小旦名元齡者。余初不屬意，以武部聲技，無當風雅。縱選得善才，度不免施嬌作態，效女兒脂粉妝耳。豈似崑部，繪景傳神，令人玩味不厭耶？（頁 19）

石坪居士心目中的雅部，是以表演爲重的，且在劇本與人物上都富有內涵，更且聲腔一唱三歎，餘音繞樑，玩味不盡；而花部，則只賣弄色相，在文人的心中膚淺之極。

問津漁者則寫出一種文人的審美情趣：

> 陳喜官，三慶徽部旦也。余因偏好雅部，未嘗留意其間。……當演戲時，肩摩膝促，笑語沸騰。革鼓金鐃，雷轟谷應，絕無雅人幽趣。……客秋，陳喜官出臺。五陵豪少，豔稱其美。……余久耳聞，究未目

〔註 34〕蔡毅：《中國古典戲曲序跋彙編》（濟南：齊魯書社，1989 年 10 月）三，頁 1692。

〔註 35〕莊一拂：《古典戲曲存目彙考》（上海：上海古籍出版社，1982 年 12 月）中，頁 1306。

擊。令瞥見於香雪小齋，碧紗畫舫，丰情嫻雅，洗盡輕狂。人言雖過譽，亦十中六七，洵雋才也。至其嗜好由人，本不可強。而有美在中，余即偏好，也覺關情。（頁 81）

雖然對於徽班表演風格十分不喜，認爲「絕無雅人幽趣」，然而花部藝人中難得有「丰情嫻雅」者。但從問津漁者的這篇說法，顯然他對於花部的概念，也還是在於「色」，於「戲」、「技藝」均絕口不提。同時也指出文人與「豪客」的審美情趣大不相同。

《燕蘭小譜例言》曾云：「雅旦非北人所喜。」〔註 36〕同書一篇「題鄭三官小序」亦云：「崑曲非北人所喜。故無豪客，但爲鄉人作酒糾而已。」〔註 37〕雅部崑腔流行於統治者與權貴及文士階層，而顯然民間之喜好並非如此。所謂「花雅並峙」其實並未衝突，只是客層不同而已。豪客多喜花不喜雅，如《燕蘭小譜・雅部》記云：

錫齡官，（永慶部）姓張氏，江蘇長州人，景山梨園子也。雅豔不浮，小身玉質，其技宜于苦戲。余謂長生昔事妖冶，襯以銀兒；今事眞切，輔以錫齡。銀兒似春深芍藥，錫齡如秋晚芙蓉，可稱二美。然豪客喜春華而不喜秋實，故錫齡聲譽無聞焉，爲之興歎！〔註 38〕

繼承魏長生之技藝者有二人，一爲繼其妖冶媚人之陳銀官，二爲承其晚年走「掃除脂粉」的「貞烈之劇」的路子。〔註 39〕然而喜花部之豪客多衝著伶旦之色相而來，重藝之錫齡便無人捧場了。再如保和武部之周四官，年紀雖幼，卻因不甚貌美，仍不爲豪客所重：「小周四官，元和人，年僅成童，伶俐活潑，無非天趣，惜面方不媚，豪客未之賞焉。」〔註 40〕

花部藝人也因爲這種需求，必須擅長傳其媚態，以邀豪客。魏長生最是此道始祖。《燕蘭小譜》記其事略，兩個月內將一個沒沒無名的雙慶部以一齣〈滾樓〉轟動京城，至「六大班爲之減色」。並收前述之陳銀兒爲徒「傳其媚態，以邀豪客。」〔註 41〕而豪客亦多坐於下場門以便與看中眼的伶旦「眼色

〔註 36〕張次溪：《清代燕都梨園史料》，頁 6。

〔註 37〕同前註，頁 20。

〔註 38〕同前註，頁 36。

〔註 39〕《燕蘭小譜》：「魏三……年居房老，近見其演貞烈之劇，聲容眞切，令人欲淚，則掃除脂粉，固猶是梨園佳子弟也。」同前註，頁 32。

〔註 40〕《燕蘭小譜・雅部》，同前註，頁 38。

〔註 41〕《燕蘭小譜・雜詠》：「友人張君示余《魏長生小傳》，不知何人作也。敘其幼習伶倫，困阨備至。已亥歲隨人入都。時雙慶部不爲眾賞，歌樓莫之齒及。

相勾」，並於其後享受伶旦問安、陪酒、擺飯、打茶圍……等服務。豪客一撒千金，爲的是此等相公服務，而不是眞爲了看戲。在《消寒新詠》作者眼中，這等「豪客行徑」雖已不少見多怪，但仍然無法等閒視之，往往爲不擅「以眼色相勾」的藝人抱不平：

> 獨怪人情多豔稱春齡。於萬齡鮮有道之者，豈春齡果勝萬齡耶？大抵豪華貴客，觀劇場中偶得伶人之一盼，則不禁意惹情牽。春齡特善於應酬人情耳。若萬齡，……演劇時，兢兢惟恐失誤，何暇顧盼乎人！故人亦淡泊視之，……其實，秀骨芳姿，春齡何能比及！（鐵橋山人，頁 84）

作者所讚賞者，仍爲藝人本身之品質情態，春齡忒擅於賣弄技巧以博時好，機心過重，不如萬齡之天眞可人。這便是文人雅愛的人格特質，以此人格特質而衡量其藝術表現，並影響了自身的審美要求。春齡與萬齡都是花部（五慶徽）藝人，花部觀眾是賞人不賞戲，但文人即使看花部劇目，顯然並未改變一貫的審美標準。且往往寧願生澀不要熟爛，如萬齡官之「似畏人又似不畏人」、「宛如閨中幼女」的「含羞帶怯」之姿，更有一種「天眞發露」的自然之美。更因此題詩云：「平生雅愛露天眞，故意妝嬌惡效顰。須識妍姿在風骨，半形羞澀更宜人。」（頁 84）。亦如小鐵笛道人《日下看花記》卷二「九林」條云：「看新腳色登場，正如三朝新婦，帶幾分羞澀態，彌見其佳。太滑溜轉味同嚼蠟矣！」〔註 42〕這也是文人觀劇的另一種審美情趣。

〈雜載〉曾記一段問津漁者藉評沈四喜之序來說明其於崑曲審美特質的論析：

> 沈四喜，慶升部貼旦。余亦未暇詢其爲何許人，並若干歲。第五陵豪少豔稱之，謂其秀媚在目。顧盼時，必雙睫交覷，何等有情，而不覺其近視也。且演劇，能傳神外之神，戲外之戲，觀者莫不爲之目炫神馳，余竊以爲不然。夫崑戲，乃文人風雅之遺。藉端生意，寓勸懲於笑罵中，科白規模無不合拍。雖屬子虛，斷非不近情理者。稍涉於邪，即亂乎正。倚門賣笑妝，余未見其可也。憶壬子夏間，

---

長生告其部人日：『使我入班，兩月而不爲諸君增價者，甘受罰無悔。』既而以《滾樓》一劇名動京城，觀者日至千餘，六大班頓爲之減色。又以齒長，物色陳銀兒爲徒，傳其媚態，以邀豪客。庚辛之際，徵歌舞者無不以雙慶部爲第一也。」同前註，頁 45。

〔註 42〕同前註，頁 69。

四喜初到京師，在慶樂園演《天寶遺事》，馬嵬驛貴妃楊氏伏誅，悲啼眷戀，宛轉生情，猶不失本來面目。即演《水滸記・借茶》、《義俠記・裁衣》，男女歡情，都是本文所有，從未節外生枝。余當擊節稱快，謂可以化旦之徒工妖冶，以求時尚者。不意後亦效顰，並至當場演劇時，以一足踢後裙。試問婦人女子閨門中有此舉動乎？崑旦之淫野，始於彼一人，五福特背師而學者耳。四喜非無女人態——兩眉橫翠，秀若遠山。惟細審其聲技，今與昔判若兩人，幾至不堪回首。惜哉！（頁74）

問津漁者以爲，雅部崑劇斷不能稍涉淫邪，若「倚門賣笑」更是萬萬不可。若沈四喜官這種以眼色勾人的煙視媚行，乃有違風雅之道。問津漁者又云沈初至京師時，頗中規中矩，即演《水滸記・借茶》、《義俠記・裁衣》，也是「本文所有，從未節外生枝。」作者爲之喝采，認爲他頗合於崑曲之莊雅。然而不久後，沈四喜便於演出上做出「以一足踢後裙」的「不雅」姿態。作者因之大加責伐，認爲「崑旦之淫野，始於彼一人」，深爲之歎息。其實崑旦「以一足踢後裙」之身段於今日已頗爲常見，即是閨門行當，也偶有見之，觀眾也不以爲意。是否崑旦之「淫野」，蓋始於彼時？實際上，即在上世紀早期至中期，花部出身的京劇也要求旦行於行走圓場時，不可見足，只能稍見裙擺「微微飄動」。那不僅是對於圓場的功底的考驗，也是想像中女性應有的端莊形象。然而時代變遷，審美觀已大不相同，戲曲演員足舞裙翻已習以爲常態，問津漁者當年想像的崑之「風雅」已不復可求。

而文中也常常出現對同一藝人不同之觀感者。如前面提及的程春齡，鐵橋山人云：

春齡官，何可以海棠、黃鶯比？色粗而不豔，豈云翠袖佳人；聲響而不嬌，難言黃衣公子！謂其情意纏綿，吾不得而知。至謂其丰致閑雅，則未也。獨其演劇時，頗能著意求工，不肯輕心以掉。而且流連顧盼，務爲揣摩。是旦色之善迎人意者。（頁76）

但何白華卻云：

程春齡者，年甫十五，團輔圓頤，明眸皓齒，紅顏素質，妍同傾國之花；雪澤冰肌，朗若玉山之月。眞牡丹之富貴，完璞之精純，兼而有也。至於風花景內，流利也端莊；劍戰場中，鷹揚兮裊娜。天眞灑落，節奏自成。尤非營心工致，巧笑逢迎者，所可同日語也。（頁92）

鐵橋山人與何白華同是文人，何以評論大相懸絕？當然每個人都有其自成的審美觀，也不一定所有的文人都具同樣的審美情趣。何白華在《消寒新詠・集詠》中的評論就雖只一則（另並題有〈玉堂富貴圖並序〉），透露其個人資料、喜好及審美情趣不多，但只此一則，即可見何白華之重色輕藝。因其言：「所閱梨園，不下數百。既冠者不足論，蘇徽小部中佳子弟，亦復蜂集。」（頁 92）既然「既冠者不足論」，可見何白華所好者爲童伶。且於其品論程春齡的文字中，多論其形貌意態，少論表演技藝。如《品花寶鑑》亦寫風流公子何春航云：「我是講究人，不講究戲，與其戲雅而人俗，不如人雅而戲俗。」〔註 43〕因可知文人除了對花雅的審美與其他階層不同之外，在當時社會風氣中，品評「旦色」之色相恐怕才是一種「全民運動」，如《消寒新詠》作者之重藝者，實爲少數。

## 二、對於花部的評論

因此，就看慣雅部表演的作者而言，當時所流行的花部演出風格著實讓他們吃不消。而在花部成爲「時尚」的情況下，似乎雅部的表演風格亦被影響了。如前曾提及之李玉齡以其妖冶作態被批評爲媚俗求時好，這種審美觀，文人作者頗不以爲然。問津漁者評王喜齡云：「僕嘗見其演崑戲，規模殊欠靜細，不脫亂彈習氣。」（頁 19）石坪居士亦云：「武部聲技，無當風雅。縱選得善才，度不免施嬌作態，效女兒脂粉妝耳。」（頁 19）這說明作者所認爲一般的花部藝人，徒知「效女兒脂粉妝」，裝模作樣，卻無雅正氣質。文人之所以持此偏見，一方面因爲當時花部正流行於舞臺下爭取豪客權貴公子的青睞，如此，於舞臺上的演出，勢必得讓觀眾留下深刻的印象，甚至讓有意染指者得以想像其舞臺下的風情。這也是文人最爲詬病的一點——流於色情。

乾隆三十九年魏長生入都，至四十四年在京師闖出名號，即帶領了一股「粉戲」的流行風潮。魏長生之爲「始作俑者」，《燕蘭小譜》所記最詳：

> 魏三，（永慶部）名長生，字婉卿，四川金堂人。伶中子都也。昔在雙慶部，以《滾樓》一齣奔走，豪兒士大夫亦爲心醉。其他雜劇子胄無非科諢、誨淫之狀，使京腔舊本置之高閣。一時歌樓，觀者如堵。而六大班幾無人過問，或至散去。白香山云：「三千寵愛在一身，

〔註 43〕〔清〕陳森：《品花寶鑑》第四回，頁 50。

六宮粉黛無顏色」，眞可爲長歎息者。壬寅秋，奉禁入班，其風始息。今雖復演，與銀官分部，改名永慶，然較前則殺矣。而王、劉諸人，承風繼起，亦沿習醜狀，以超時好。余謂魏三作俑，可稱野狐教主。傷哉！幸年屆房老，近見其演貞烈之劇，聲容眞切，令人欲淚，則掃除脂粉，固猶是梨園佳子弟也。效顰者，當先有其眞色，而後可免東家之誚耳。〔註44〕

自魏長生引領了這股風騷之後，對京師劇壇影響甚鉅，後繼亦眾。《燕蘭小譜》又記云：「友人言：近日歌樓老劇冶豔成風，凡報條有《大鬧銷金帳》者（以紅紙書所演之戲貼于門牌，名曰『報條』）是日坐客必滿。魏三《滾樓》之後，銀兒、玉官皆效之。又劉有《桂花亭》，王有《葫蘆架》，究未若銀兒之《雙麒麟》，裸裎揭帳令人如觀大體雙也。未演之前，場上先設帷榻花亭，如結青廬以待新婦者，使年少神馳目瞤，罔念作狂，淫靡之習，伊胡底歟？」〔註45〕可見當時粉戲帶給觀眾（尤其以有錢「豪客」及下層階級之市井小民爲主）多大的刺激。但事實上魏長生除了以淫戲鞏固地位外，在表演藝術上也大有創新，如梳水頭〔註46〕、踩蹻，〔註47〕而所引進的四川秦腔也因風格豪放激越，引起廣大的迴響。然而在文人知識分子的眼中，這些藝術上的革新也是爲了增加粉戲的媚人程度。

粉戲之受豪客與市井歡迎，至花部演劇一旦出現「不粉」者，輒被冷落。如《燕蘭小譜》又記：「薛四兒，（太和部）名良官，山西蒲州人。西旦中之秀穎者，丰姿婉孌，面似芙蕖，于兒女傳情之處，頗事醞藉，而臺下「好」聲寂然。吁！可怪哉。余謂好花看在半開時，閨情之動人，在意不在象，若觀『大體雙』（南漢劉鋹，令宮女與人裸合，自擁波斯女觀之，號『大體雙』。）味如嚼蠟矣。」〔註48〕在花部的演劇風格中，這種現象確實是有可能出現的。

---

〔註44〕張次溪：《清代燕都梨園史料》，頁32。

〔註45〕同前註，頁47。

〔註46〕《夢華瑣簿》云：「俗呼旦腳曰『包頭』。蓋昔年俱戴網子，故曰『包頭』。今則俱梳水頭，與婦人無異，乃猶襲『包頭』之名，觚不觚矣。聞老輩言：歌樓梳水頭、踹高蹻二事，皆魏三作俑，前此無之。故一登場，觀者歎爲得未曾有，傾倒一時。今日習爲故常。」同前註，頁356。

〔註47〕《燕蘭小譜》云：「友人云：京旦之裝小腳者，昔時不過數齣，舉止每多瑟縮。自魏三擅名之後，無不以小腳登場，足挑目動，在在關情。且聞其媚人之狀，若晉侯之夢與楚子搏焉。」同前註，頁46。

〔註48〕同前註，頁27。

問津漁者偶而觀賞花部演劇，不免見此情色劇，即加批評：

> 王德官，宜慶部小旦。貌與羅榮官相埒。面圓如杏，饒有丰韻。絲弦咿唔中，聲音亦復嘹亮。若以裊娜羞澀之度求之，殊非所肖。北風剛勁，少柔弱，習俗使然，亦無足怪。見德官演《巧配》一出，不與集秀部同，串家之誤，與渠無涉。第當斂衽香閨，含情繡閣，芙蓉帳裏，鴛鴦枕邊，兩情相透亦已足矣。何必袒裼裸裎，露瑞雪於胸中，蹴金蓮於帳外，始爲逼眞？與慶和部小旦，余亦不必道其名，演《狐狸偷情》一出，場上預設紗幕，至其中以錦衾覆半體，假出玉筍，雙峰矗然特立。而臺下「好」聲，接連不迭。嗚呼！好尚竟至此哉！夫戲，本爲勸善而戒淫，誰其作俑，爲此骯髒？使子衿佻達音，興酣花柳，而不知愧。人心風俗之繫，可不愼歟？（頁 80）

當時的表演露骨至此。問津漁者評《玉簪記・茶敘》又云：「余乍見京腔演戲，生旦譁譃摟抱親嘴，以博時好。更可恨者，每以小丑配小旦，混鬧一場，而觀者好聲接連不斷。嗚呼！好尚至此，宜崑班之不入時俗矣。」（頁 50）對這種以色情爲主導、或胡鬧混演的劇場現象頗有一番感歎。

作者對戲曲的審美認知，是以沖淡含蓄爲高。石坪居士評《玉簪記・偷詞》云：

> 才官同大保演此劇，儼然半幅花箋，湊合百年好事。而若羞若怯間，確是深閨情致，無半毫野俗態。才官固媚而貞者，於此等處，尤足動人。若必效時派，故意賣弄，則盡失其本色矣。（頁 54）

正如前述吳長元云：「好花看在半開時，閨情之動人，在意不在象」，情之曖昧未明時最是動人，而「時派」則著重感官的刺激。

但並非花部所有藝人都如此。《燕蘭小譜》中便有記載一位京腔藝人雖不爲時人所好，卻自有其特質：「陳美官（宜慶部），銀兒之族弟，白面俏麻，風致楚楚。二人夙有名譽，今半學易之年，不爲時賞，然聲容態度尙有典型，視新進浮梁子弟，藉塗飾以爲嬌、濫淫以爲媚者，其丰範翛翛乎遠矣。」〔註 49〕石坪居士則舉出京腔小旦芳官：

> 廣慶部小旦芳官，今改入九慶部。余有友人愛京腔者，邀予往觀。……則見細步纖腰，含顰半笑，丰致直在小鸞、樊素之間。乃其使嬌弄巧，恰似癡頑女孩，絕殊故作妖冶者。……後疊觀其演《戲鳳》，演

〔註 49〕同前註，頁 28。

《醉酒》，不涉風騷，獨饒嫵媚。洵京腔花旦中翹楚也。余初擬爲南人，及叩茶博士，則固北地人，名芳官。余特表之，以藥效閨秀而肆輕狂者。」（頁 81）

雖爲京腔小旦，卻不故作妖冶以求豪客之賞。作者以爲芳官爲南方人，可見大多數文人以南方氣質較佳，北人較粗鄙。

除了認爲花部表演風格多傾向色情之外，作者提出第二種花部風格：「京旦惡套」。這便是相公的服務。往往在戲後，甚至完全不上臺，專營相公生意。即潘光旦所云之「七分相公三分曲子的伶」。〔註 50〕問津漁者云：

才官後入慶升部，稍涉京中旦色惡套，不甚出臺，嘗數往不遇，故嘲之以冀速改。」（頁 17）

這「京旦惡套」，多半便是侑酒擺飯、打茶圍之服務。這在上一節已提及，此不贅述。

另外，成者亦提出第三個對於花部的評論：喧囂。在《燕蘭小譜》中已云：「北人觀劇，凡愜意處高聲叫好，此非我輩所能。」〔註 51〕這是京師的習慣。鐵橋山人亦記錄秦腔演劇時的盛況：

秦腔日日演京畿，不喜嗚嗚聽本希。記得隔窗驚瓦落，頓教樓鴿忽回飛。（頁 82）

自註云：「憶某日在同樂軒，正當遊心彼息慮，靜聽百壽度曲，時忽隔墻鴉噪喧騰，猶如山崩屋倒。詢之，乃知雙和部在彼處演劇，此蓋喝彩之聲也。噫，抑何喧嘩至此耶？」（頁 82）不僅觀眾喧鬧吵雜，甚至其音樂風格，在作者耳中亦吵鬧無比。問津漁者卷四〈雜載〉亦明白說出：

陳喜官，三慶徽部旦也。余因偏好雅部，未嘗留意其間，故不知姓氏里居者多。且今之人，又稱若部爲京都第一。當演戲時，肩摩膝促，笑語沸騰。革鼓金鐃，雷轟谷應，絕無雅人幽趣。余雖嫌寥寂，又畏喧呶。非憨也，性實不近耳。（頁 81）

每個人都有自己的審美角度，若不論花部諸腔的情色演劇取向，對其音樂風格，作者也只得云「性不近耳」。石坪居士也明白表示他對亂彈的不喜：

余到京數載，雅愛崑曲，不喜亂彈腔，謳啞咿唔，大約與京腔等。

---

〔註 50〕潘光旦：《中國伶人血緣之研究》中語，指「如楊掌生四種《京塵雜錄》所載的許多。」頁 44。

〔註 51〕《燕蘭小譜・題陳銀官詩》，同前註，頁 18。

> 惟搬雜劇，亦或間以崑戲。時，同座哂曰：「強爲效顰，終不免東施誚耳！」（頁 79）

因此提及當年京中「六大班」的印象，問津漁者於卷四〈雜載〉題及乾隆中期的京腔「六大班」在乾隆末年的情況：

> 廿年前，京中有「六大班」之名，「宜慶」其一。余初至京，同鄉爲余語，第詫焉，而不敢置喙。後往觀其劇，規模科白，俱不從梨園舊部中得來，一味喧呶而已。且人多面目黧黑，醜惡可怖，猶以花粉飾其妝而不知愧。以是故，余嘗過而不問焉。（頁 78）

對於京腔的印象與秦腔同，亦是「喧呶」。生於乾隆四十一年（1776）的禮親王昭槤之《嘯亭雜錄》亦云：「弋腔不知起於何時，其鐃鈸喧闐，唱口囂雜，實難供雅人之耳目。近日有秦腔、宜黃腔、亂彈諸曲名，其詞淫褻猥鄙，皆街談巷議之語，易入市人之耳。又其音靡靡可聽，有時可以節憂，故趨附日眾。雖屢經明旨禁之，而其調終不能止，亦一時之習尚然也。」〔註 52〕顯然對於喜愛雅部的文人觀眾而言，要適應花部諸腔的唱腔音樂，是有點難度的罷。

《消寒新詠》作者雖然對花部有諸多偏見，但卻不流於無理的批評。這從其評選諸伶，於花部藝人之佳者亦不吝讚賞可看出。而其最高的讚譽，即是評花部藝人有如雅部了。古虞散人題王喜齡詩序云：

> 蓋其性格溫柔，姿容皎潔。雖列揚班，無殊雅旦。（頁 88）

雖然是一種讚賞，卻也不難看出文人觀眾對於仍花部存在的偏見。

但事實上，雅部的表演風格在時代風氣的推移下，也在漸漸改變。石坪居士《南西廂記・佳期》：「握雨攜雲作蹇修，紅娘當日果牽頭？無情門外相拋撇，淡淡摹來處處優。此出玉齡官摹擬太過，幾失本來面目，然人多愛之，而淡描者反不入時尚。甚矣！人之喜新也。」（頁 61）可見雅部也爲花部風格所染。時代在改變，文人的「尚雅」、「求淡」漸成爲過去的審美觀。

---

〔註 52〕〔清〕昭槤：《嘯亭雜錄》，頁 238。

# 結　論

潘光旦云：「七分相公三分曲子」的伶人，在乾隆時期，似已蔚然成風。然而，在《消寒新詠》中，只有片言隻語提起這點——他更多關注於藝人的表演、藝人的品格情性。由於《消寒新詠》是一部文人對所經眼、所欣賞的戲曲藝人給予品題並唱和的作品，在創作型態上，即非條分縷析、邏輯嚴密貫串的寫作方式。它更趨向於一種「觀後心得」式的觀劇筆記，因此在寫作型態上，大不同於「曲論」。其性質定位在「品花」、「題贈」等古代優伶文化傳統，是屬於「演藝」的方向。但其寫作並不自限於「品花與題贈」，其於「觀劇心得」中蘊含大量的劇評與表演分析，是其特殊之處。然而其中所蘊含的戲曲資料，包括其時之戲曲文學、戲曲表演藝術、表演理論、戲曲美學、戲曲社會現象、戲曲活動、戲曲觀眾、劇場文化，以至於文人之生活型態，審美思想，文學修養……各種豐富的訊息，卻都藉由這樣一部「遊戲之作」呈現。整個清代這類的作品不少，《消寒新詠》在這類作品流行的前期出現，保有了文人較原始純粹的創作動機，與更寫實豐富的內容。本論文對《消寒新詠》的研究，也因應了該書的多元化角度，總結爲文學、戲曲、社會三方面爲切入點。以文學的角度來看《消寒新詠》，主要是因爲它作者的身份。作者的「文人」身份、生活習慣與思維方式影響他採取觀察的視角，因此在評選藝人與演劇時，便有所偏向；在作品的創作上，也就採取了文人最習用的詩文體裁從事意象化的評論方式。而從戲曲的研究角度，則專注於《消寒新詠》所呈現的有關表演的所有部分，及演劇的所有相關議題；而因爲作者的關注點與敘述角度，所認知的表演藝術也不同於其他的社會階層。若從社會的角度，文人筆下所呈現的劇壇風貌雖只有一隅，卻亦能映照出一個寫實的社會風情。本文研究方向即定位在以「文人」的觀點來探討這部品花筆記，以凸顯它與其他品花筆記的不同。作者不止一人，又都是文人階層，很能代表當時文化階層的審美喜好，也同時映照出其他階層不同的審美態度。

因此可見，這三個方面無法完全分割獨立而研究，事實上三者交叉渾融，互爲影響。而主要從頭貫串至尾的一個關鍵點，還是作者的文人身份。因爲這樣的寫作角度，使得全書在看似鬆散的結構中，有了自形式至內容均不偏離的主旨——由形入神。

## 一、形神論貫串《消寒新詠》之論述

何以用「由形入神」來總括《消寒新詠》的論述？總的說來，該書論述的主體，在於「品評藝人」與「表演評論」二者，也就是戲曲研究史中的「色藝」論述。「色」與「藝」爲其評論的兩大主題，其餘的關於戲曲社會諸色、花雅聲腔論爭之時代背景等，都是作者於主題外的附加論述。將焦點集中於此二大主題，可見其不論於品題藝人還是評論表演，均以形神論作爲其論點的核心。

首先，從其品題形式而言，作者於〈正編〉中，「以花比色，以鳥比聲，托物賦形，分題合詠」，將十八位花雅藝人以詠物詩意象批評的方式來題詠，運用意象來涵括藝人的外在形象、姿容體態、音色聲情、神情意趣、性情格調。可以說，對於該藝人的整體風格都含蘊在「意象」中。藉由外貌的「形」來寫其內涵的「神」，這也正是貫串中國藝術精神的一個傳統。這種「以形寫神」的品題方式，更提出一種寓花鳥於藝人的審美情趣。題花題鳥，實即寫的是人。這種形神論的傳統，最早可溯源至東漢的人倫鑒識之風，藉由人物的形貌來探求其精神意態，以達到「相人」的目的。轉化在戲曲的人物品鑒上，品藻藝人的外在色相以達到鑒賞戲曲藝術的多重效果。這種「即境傳神」的特性，藉以摹擬所指涉的對象予以複雜豐富而具有聯想性的、言外之意的特質，以意象自身來駕馭、訴說，而不必作者言明。也明確地傳達出這種品評方式，完全是文人習以爲常、「識者自能辨之」的文學性格。使得形神美學更具有意象性與象徵性，可說是形神美學運用的極至。

而品題藝人之聲形樣貌，也同樣奉行著這一最高宗旨——「神似」。因此所比擬的花鳥，有的兼顧形似與神似，有的則完全以意趣爲主。原則上，聲色形貌是品評的基礎，由形入神、忘形見神則是品評的境界。作比喻之時，多從「花」「鳥」的特性入手。花之特性以「色」、「香」爲主，鳥之特性以「聲」、「形」

爲主。當作者描物之形，取物之神，主要從三個方式著眼：一、純取花鳥之形，二、取花鳥之形神兼備，三、取花鳥之神。形，即涵括色（形貌）、香（姿態）、聲（聲音與聲情）三者；神，則包含神（神態）與性（性情）。而「神」——意象所引發出的意涵、本質占了品題意涵的極大部分，其方式又可分析爲以下數種：其一，直取花鳥內蘊之文學意涵；其二，以賞花聽鳥時的情境氣氛來聯想、感染；其三，以對花鳥的主觀排序作爲藝人名次的排序；其四，以花鳥品名作爲聯想的依據。從這幾點可見作者在採用「以花比色，以鳥比聲」的品題方式時，其自由度極大，主要在於聯想——即詩的表現手法：興。

第二，在對藝人的實際品評中，首先最重要也最直接的標準，便是藝人的外在、以至先天的條件。但文人品題與其他觀眾不同的地方在於，除了表相的描述，還著眼於藝人帶給觀眾的整體觀感、風格與意態。事實上，除非該藝人外在相貌實在有特出於人的長處（或短處），否則當作者在品評其聲色形貌時，仍著重在整體風格的描述。這也就是「以形寫神」批評法則的體現。

對外貌的品評，有品其面容及體態者，有品其膚色者，其他如品其眼神，亦有藉品賞藝人之衣飾妝扮來品評其人者。而這些品評有個現象：作者將身本男性的旦腳藝人均作女性觀，並強調其女性特徵。事實上，這些男性藝人化身爲女性形象已出神入化，不止於舉止儀態，連形貌身材都能自我塑造成女性的模樣。形貌體態之外，眼神與裝束等「非天生」、可以後天幫助（或彌補）成爲女性形象的方法，藝人更是精益求精，在技術上加以進化。其中，甚至連扮飾「小生」的藝人，即使所演的人物是風流的年輕男性，但在這整個品賞「旦色」的大環境下，小生藝人亦被「女」性化。同時，在男童伶盛行風氣的情況下，男性藝人的青春代表著他們的演藝生命。愈是年輕，愈能扮得像女性。

雖然作者亦承認外相足以影響一位藝人的舞臺魅力，但以其文人角度欣賞，也擅長挖掘藝人「出於表象之外」的藝術表現。如「體膀而短」的金福壽，問津漁者認爲他「姍然舉止，丰韻天成」，「身高面長，殊失美人體」的金雙鳳，卻能「婷婷裊裊」、「翻行嫵媚可人」。藝人克服他身材上的缺陷，以體態取勝。而「大鼻子」的徐雙慶，雖「面目未見嬌媚，體態亦少風流」，卻利用他面貌上的特色，演出〈喬醋〉、〈跪池〉等具有「悍態」的人物，更添人物性格的強烈印象。這也是作者在欣賞時能夠超越外貌表相直達表演藝術的內涵，同時也就是在品評其外貌時，由「形」入「神」的追求。

而對聲音的品評，首有論及聲之質感，其次於技巧上的掌握，三有論及藝人聲音不佳或失聲者，又就唱曲的技巧評論其唱功。而從這些表相之外，最主要是論及聲音及其質感所引出之神韻。大部分談及聲音的文字，除了以鳥鳴聲之宛轉輕謳來比擬藝人聲音之美，也盡量描繪出一種聲情與意境、神韻。這還是「由形入神」、「象外之意」的概念，務求達到聲音之外的一種感悟能力。這也主要與其意象化的批評方式有關，意象，能夠更進一步傳達抽象的聲音與情感意境和神韻。

另外，即是對藝人之意態風致的品評。品題色藝，描其外形是形而下，形而上的是描繪出藝人的風致神韻，也就是其人之風格。作者對〈正編〉十八位花雅藝人各有其不同的意態丰姿，含蓄清雅如徐才，嬌媚跳脫如王喜齡，露骨妖嬈如李玉齡，丰神韶秀如李桂齡，仙肌玉骨如倪元齡，天機爛熳如李福齡，青蚨主母如高月，素袖風流如胡祥齡，獨標雋雅如李增官，丰致姍姍如王琪……等，這些對於藝人之描寫，無非表現的就是一種印象，都是以一種「神態」來概括藝人之整體風格。

而從這三點對藝人之「色」的品評，可見作者在「形」的極致追求上，還是爲了達到接近「傳其神韻」的目的。

而對於藝人的品評，聲色形貌本是基礎要件，但藝人的性情品格是否合乎「潔身自好」的標準？在以色、藝甚至賣笑賣身的藝人環境裏，這樣的品德特別難得，尤其「情」字一關特別首要。重情有義的藝人，才是文人士子最能稱賞的對象，因此指爲「上等人物」；而輕情重利之藝人，只能算得下等。當我們在閱讀《消寒新詠》，文人花大量的篇幅盛讚某伶品格性情如何可取，某伶又如何爲士人所不恥。原來在品題藝人的書寫中，注重伶人色藝本是應當，但實際上文人卻特別在意伶人的性情品格。如批評李玉齡之諂俗媚世，盛讚李桂齡之有情有義，宋瑞麟之天性純孝……，這一切都說明了文人觀眾之審美意趣，不止於品賞其色相才藝。與伶人相交往，並探其品格、見其性情，文人在伶人身上，尋找欣賞藝術之外的一種「知音」。

第三，《消寒新詠》的表演評論，更是形神理論的體現。從《消寒新詠》透露出一個演劇的成功關鍵，在於是否演得「像」。藝人要能精準地以技術演活、演像一個人物，才是作者作爲一位觀眾最關心的目標。因此，《消寒新詠》提出將人物詮釋精準的技術法則：一是心理活動的層次刻畫，二是細膩的肢體與表情的運用，三是聲色形貌須貼合人物形象，四於空處傳神，傳言外之意。運用這些技術，再加上各人擅長的表演技藝，及選擇適切的行當，演員間互相的配合襯托，並排除藝病，才能達到一流的演出。而所有的這些要求，無非是爲了塑造人物。這就是《消寒新詠》作者提出的由「逼眞」到「傳神」的表演美學。

摹似逼眞，不能算得演藝的最高境界，只能算得低層次的摹倣，卻是演劇的必要條件。這與詠物詩一般，「形似」是「傳神」的基礎，要得傳神，先得形似，體物須正，狀物必切。因而《消寒新詠》中強調的「逼眞」，並非只是單純摹倣，而要演藝人員花心費力在既定的程式之中思索、創造新的、更能體現人物的肢體語彙與豐富表情。但舞臺上的「逼眞」要如何達成？因爲不同性格、背景、環境，與面對事物的反應的不同，造就出不同的「人物」，演員能區分出這種「不同」，才能達到「眞似人物」的效果。所以，「虛構」成爲必須，想要傳「眞」，便得由演員自行「想像」、「虛構」所扮飾的人物的動作、聲口、神情。而這些外在的形象，其實一切均從「情」而來。演員惟一能確定地掌握的，也只有人物的情感。能演到讓觀眾覺得「鬚眉活現」，還是得由「情」來出發。因爲「情」的逼眞，使得「形」也能逼眞。「逼眞」的目的，最終指向的是「傳神」！所傳者，爲人物的「性」與「情」，其「眞」實爲人物之「神」。「逼眞」實即意謂著「傳神」，「形似」也須以「神似」爲內涵。「以形寫神」既是詠物詩歌與繪畫藝術的最高法則，更是演劇塑造人物的最高境界。石坪居士之言堪稱《消寒新詠》一書的宗旨：

> 然而寄懷托物。摹寫蛾眉，古調已舊；借影生情，品題優孟，幻想尤新。第必取其神肖，不徒泛以形求，庶匪濫譽矣。（頁 16）

而表演的境界，則在於某些情緒欲傳達之時，不一定藉由唱詞或念白等「語言」傳達，高明的演員在話說盡之後，餘意不盡，情緒藉由整個人的精神意氣傳達得更深更遠。此即「神餘言外」、「不著一字，盡得風流」，這種對於「味外之旨」的表演美學的要求，便建立在「傳形得神」的理念上，這一「神」字，更表達了文人心中的表演美學核心。唯有在這種「無言」的時刻，才更能夠傳達出「情」，而這種複雜的情感、情緒，往往是說不清、道不明的。若「落得言詮」，反而見不著眞意，而情意總在言詮之外。傳統戲曲的表演美學中，每一個元素，都意圖傳達「形象」之外的無法言說的意涵；然而每個元素，也都必須「形似」，而「形似」的目的是在於「傳神」。「形似」，是「精神本質的形象化」，而「傳神」則是「省略一切而集中突出人物的精神本質」。表演所欲傳達的，終就是「人」的精神存在。因此，時間和空間可以被「濃縮、擴延、剪裁、跳躍，以至重疊、隱現、流動」，身段可以虛擬、服飾可以象徵。

這便是架構出整部《消寒新詠》的形神美學。這既是文人精神的表徵，也是戲曲色藝論的宗旨。

## 二、文人精神的展現

在對於表演美學的論述中，作者特別主張「淡味」與「自然」的表演風格。文人觀劇之審美標準，與俗尚大異其趣。反對「粉戲」的風行固然是原因之一，喜雅淡不喜濃鮮，卻本來是文人式的審美態度。「淡」，或言「沖淡」，是一種詩學概念。「寄至味於淡泊」，正是「淡」的眞意。在詩學中所謂以「平淡」爲難，更表現出「淡」的概念，實際上是一種看似簡約寡味的樣態卻蘊含豐富深刻的情愫，並呈現韻味悠長的本質素樸之美。它自始至終都是文人在思想、藝術、文學、美學等課題的產物。對於「淡味」的欣賞是一種文人式的美學，但同時也是文化積澱後的養成。由「淡」才能得到「眞」，回歸素樸的本性與精神狀態。「外枯而中膏」實質上便是去除了外在眩人耳目、惑人心性的累贅後，直趨本原最美好的特質。當「質」提鍊到最高之時，就已不需要過分訴求於人的感官刺激的花招了。這便是《消寒新詠》的審美主張。

其二即是「自然」。在表演的課題中，觀賞者希望看到的也是演員「彷彿」眞實的劇中人物一般在觀眾面前活著。但演員，尤其是戲曲藝人，不可能以「眞實」的方式呈現在觀者面前，他一方面要唱、一方面要舞，從今日觀點來看一切行爲都是經過藝術化的程式再現。從這個角度來看，藝人還要達到「自然」？那就如「著手銬腳鐐跳舞」，須經過不斷地磨練才得達到一種視覺上的自然。橋山人評倪元齡「或歌或笑，妙極自然。豈此事亦由天定，雖小道必存乎其人耶？」又評徐才之「出之自然，是又純以態勝」，似乎或多或少說明了藝人本身的天份。但事實上，藝人要達到「純以態勝」卻不知要花上多少工夫。石坪居士題范二官戲〈妝瘋〉云：「此劇演者屢矣，然或故意顯假，又或故意裝眞。俱未得宜。惟范二官有意無意之間，最爲入妙。」（頁 49）這種「有意無意間」的自然表現，藝人須花過於常人的力氣才得以達到。但從作者的要求來看，過於賣弄的表演往往失之「眞」，而一旦失眞，便無法「傳神」。一切還是爲了人物。當「技」的純熟度達到一個高度了，觀眾才能夠放心觀「戲」，而「技」的純熟又達成「美」的感受。足見，惟有以「技」的成熟爲基礎，表演者才有餘裕演出人物，觀眾也才有餘裕欣賞人物。

從這些品題方式，可以看出文人之觀劇文化，姑不論在這花雅爭勝而漸趨向花勝雅衰的時期，他們的喜好是否不同，但可以從這種品題文化展現文人與劇壇、伶人間的關係是十分密切的。文人除了寫上觀劇時的劇場氛圍、表演劇目、對於戲曲的追趕時尚卻不隨波逐流（花雅之爭）等等心得外，也儘寫伶人之性情品格、演劇習性、擅長劇目、因伶人身世而引發的感慨（憐才）、甚至有「不可交伶人」的警惕、與伶人交往的韻事等等，這些都成爲品題伶人之外文人所關注的重點。當優伶已漸取代歌妓的社會功能，文人與藝人的交往愈發密切，互相間對待的態度也自不同；除了大部分均以「狎邪」態度待之外，文人亦有純粹「慕色」並重情重義者。但《消寒新詠》的三位作者，關注伶人的著眼點多在於演劇的表現，及惜其技藝、憐其身世等，較屬於純觀眾而非狎伶的態度客觀地看待伶人。可見並非所有至戲園的觀眾全爲慕色而來，對於伶人的態度更傾向於視其爲「藝人」而非「伶人」。因此他們對伶人歌舞場上的生活，往往抱著一種嗟歎的同理心。面對著青春短暫的伶人，見其春殘色褪而不免爲之歎息，甚至爲其感歎不遇，對於藝人生命的不由自主而抒發慨歎。事實上，爲伶人歌哭，也是爲投射於自身。因此，文人對於藝人之「人格性情」的要求，也就不難理解。藝人雖本爲社會底層的賤業之民，沾染卑下習氣者所在多有，然而藝人之職業使然，多扮飾有忠孝節義、深情堅貞之人物，二者之間不免矛盾。而觀眾見戲臺上之人物，往往想見其爲人，因而將「人物」性情投射於「藝人」之上，結果不免大失所望。因此，當文人在眾多藝人中忽見一二位「出污泥而不染」者，便如獲至寶；若是落魄文人，或旅邸客座，見墮入風塵之資質雋秀的藝人，則生出青馬青衫之淚。

## 三、劇場現形錄

乾隆末年文人與藝人間的關係已十分多元，既有那種「以眼色勾人」、「歌管未終，同車入酒樓」的伶人與豪客關係，卻也有詩畫相交的公子與伶人，還有重寒士輕豪客的伶人，與渴望與名伶攀上關係的文人。雖《消寒新詠》中不乏記載如鐵橋山人寫李桂齡之有情有義、宋瑞麟之純孝天然等對於伶人性情品格之肯定，待之有如知己，以畫畫詩文相交，然從其字裏行間，卻不免仍可感受到伶人畢竟爲社會低層人物。但文中仍大多善意期許嘉勉，雖難得有些譏諷嘲弄、用以警世之語，但並不多見。對於年幼而品佳的藝人，作者給予肯定與鼓勵，頗有黽勉之意。亦是希望這些藝人能在技藝上有所精進，不可只是耽溺在「以色惑人」的層次上。

《消寒新詠》作者因酷嗜雅部崑腔，因此在記載時難免有些偏重。然而從書中可見，所記花部藝人仍著實不少，足見當時花雅並峙，劇壇十分熱鬧。從這部以「嗜好雅部」的「文人觀點」的書寫角度中，我們可窺見當時「文人」面對這一波花雅爭勝時期的觀劇現象和審美心態。《燕蘭小譜例言》曾云：「雅旦非北人所喜。」同書一篇「題鄭三官小序」亦云：「崑曲非北人所喜。故無豪客，但爲鄉人作酒糾而已。」雅部崑腔流行於統治者與權貴及文士階層，而顯然民間之喜好並非如此。所謂「花雅並峙」其實並未衝突，只是客層不同而已。豪客多喜花不喜雅。花部藝人也因爲這種需求，必須擅長傳其媚態，以邀豪客。在《消寒新詠》作者眼中，這等「豪客行徑」雖已不少見多怪，但仍然無法等閒視之，往往爲不擅「以眼色相勾」的藝人抱不平，如春齡與萬齡：作者所讚賞者，仍爲藝人本身之品質情態，春齡忒擅於賣弄技巧以博時好，機心過重，不如萬齡之天眞可人。花部觀眾是賞人不賞戲，但文人即使看花部劇目，顯然並未改變一貫的審美標準。且往往寧願生澀不要熟爛，如萬齡官之「似畏人又似不畏人」、「宛如閨中幼女」的「含羞帶怯」之姿，更有一種「天眞發露」的自然之美。這也是文人觀劇的另一種審美情趣。問津漁者曾藉評沈四喜之序來說明他對崑曲審美特質的要求，斷不能稍涉淫邪，若「倚門賣笑」更是萬萬不可。若沈四喜官這種以眼色勾人的煙視媚行，有違風雅之道。

因此，就看慣雅部表演的作者而言，當時所流行的花部演出風格著實讓他們吃不消。而在花部成爲「時尚」的情況下，似乎雅部的表演風格亦被影響了。如前曾提及之李玉齡以其妖冶作態被批評爲媚俗求時好，這種審美觀，文人作者頗不以爲然。作者所認爲的花部藝人，徒知「效女兒脂粉妝」，裝模作樣，卻無雅正氣質。文人之所以持此偏見，一方面因爲當時花部正流行於舞臺下爭取豪客權貴公子的青睞，如此，於舞臺上的演出，勢必得讓觀眾留下深刻的印象，甚至讓有意染指者得以想像其舞臺下的風情。這也是文人最爲詬病的一點——流於色情。問津漁者評《玉簪記・茶敘》又云：「余乍見京腔演戲，生旦諢謔摟抱親嘴，以博時好。更可恨者，每以小丑配小旦，混鬧一場，而觀者好聲接連不斷。嗚呼！好尚至此，宜崑班之不入時俗矣。」（頁50）對這種以色情爲主導、或胡鬧混演的劇場現象頗有一番感歎。

除了認爲花部表演風格多傾向色情之外，作者提出第二種花部風格：「京旦惡套」。這便是相公的服務。往往在戲後，甚至完全不上臺，專營相公生意。即潘光旦所云之「七分相公三分曲子的伶」。這「京旦惡套」，多半便是侑酒擺飯、打茶圍之服務。而作者不慣的花部風格之三，即是喧囂。不僅觀眾喧鬧吵雜，甚至其音樂風格，在作者耳中亦吵鬧無比。但每個人都有自己的審美角度，若不論花部諸腔的情色演劇取向，對其音樂風格，作者也只得云「性不近耳」。

《消寒新詠》亦呈現出乾隆時期藝人的生態。《消寒新詠》的創作時間爲乾隆五十九至六十年，更前期的《燕蘭小譜》約作於乾隆五十年左右，而在《消》後十年的《日下看花記》，著作時間約於嘉慶八年，此時距《消寒新詠》之作只差八年。然而從《消寒新詠》中見不到《燕蘭小譜》所載藝人，而《日下看花記》中也見不到《消寒新詠》所提及的藝人！藝人汰換速度之快，可見一斑。尤其如花部藝人以色取勝者，不到三至五年「色衰愛弛」，一旦有「新出小旦」，觀眾立刻轉移目光。從《消寒新詠》所錄藝人的年齡來看，事實上在評選藝人時，無論花雅，還是以年少童伶爲主，亦即「色」還是優先的基本條件；再從作者於〈雜詠〉中補錄花部藝人之年齡分布，可見「藝」爲作者選花之重要條件。「色藝」二者並不偏廢。但當時劇壇於童伶年齡需求仍是愈低愈好，童伶一旦老大，「色衰愛弛」，即無人眷顧。如《消寒新詠》作者，雖重藝，重表演，但當時的整個時代風氣如此，三五年汰舊換新，還是流行的意義。

最後，在《消寒新詠》中亦如實記錄了當時的班部與其擅演劇目。當時京師有名的雅部班社有慶寧部、萬和部、樂善部、松壽部、金升部、慶升部、翠秀部、慶雲部、金玉部、慶和部、以及花雅合班的文武集亨部。乾隆末年時慶寧部尚爲雅部之極盛者。可見崑腔仍有市場。但如萬和部、樂善部「屢入館而不開場」，這兩個班部似乎已很難支撐，顯示雅部已漸沒落的傾向。雖然如此，仍有由江南來京師謀生的班部，如松壽部。亦有離京謀生路的班部，如金升部於乾隆五十九年離京至天津。同時，仍有班主或師傅至江蘇一帶買伶人入京，如慶升部沈四喜、金升部張大寶，都是乾隆五十七年才到京師。可見雅部雖漸沒落，但在京師仍有一席之地，並新買童伶以求鞏固客源。

至於花部班社，京腔班有宜慶部、餘慶部、廣慶部、九慶部。揚班有集秀揚部。徽班有三慶、四慶、五慶徽部。另記有秦腔班雙和部。此時之京腔班，歷經乾隆中期的魏長生熱潮後，大多已京秦合流。由《消寒新詠》所提及之藝人多出於四川來看，確實有魏派之遺韻。宜慶、餘慶在《燕蘭小譜》記載時代爲有名的六大班之一，但至乾隆時期已經沒落，但雖沒落，亦仍「新添旦色」

在苦苦支撐。乾隆五十五年（1790）進京的三慶徽部，無疑是戲曲史上的一件大事。《消寒新詠》恰記錄了這一班部在乾隆末年的活動情況。三慶、四慶、五慶徽部所唱聲腔，則包含徽、亂、京、秦，成爲複合性的班部。乾隆五十八年（1793）才到京師的集秀揚部，在當時掀起了一股風潮，但似乎只風靡了這段時期，嘉慶八年的《日下看花記》及以後的品花筆記均未見集秀揚部的任何記錄。這是一個以揚州本地亂彈和崑腔聯合組班，兼演花雅、崑亂不擋的班社，藝人年齡俱正青春，藝名亦甚統一（王喜齡、倪元齡、李福齡、李桂齡、李秀齡）。可見集秀揚部跟著三慶徽的腳步，是組織完整進京來演出的。

而《消寒新詠》所收錄的崑曲折子戲，幾乎大部分的崑腔劇目都至少保存至民國初年，於今惟少數不在舞臺上搬演。更說明了今日崑曲乾嘉傳統之一脈相承，香煙未斷。

《消寒新詠》特別標舉出與其他品題筆記不同的想法：除了旦色，也推舉小生。且不僅以品詩之法來品花，更摹倣《詩品》中作家排列的原則。並且，除了〈正編〉十八位藝人爲精心挑選外，作者於卷四〈雜載〉亦錄入許多「有微長足錄」的藝人。同時，作者酷嗜雅部崑曲，但三人偶而也會去看徽部、揚部所演的花部劇目，且在評選藝人時，並不排斥花部藝人。在這波文人作者大多不願具名的品花書寫之中，《消寒新詠》確是十分特殊的。起因於童伶取代妓女成爲流行的時代風氣，因而這類品花的文字大量地產生，這也源於「花譜」可作爲觀劇消費的指南。成書愈多，觀賞者便愈多，因之蔚然成風。然而，在清中葉士大夫間狎伶之風雖甚囂塵上，文人之間卻也吹起一股清流。如《消寒新詠》這類書的作者，雖似爲狎伶，卻仍以士夫文化氛圍爲底蘊：以尋知己的心情，與朋友酬詩相和，他們反對狎淫風氣，卻也喜愛欣賞狡童美伶的色藝。那或許是一種純粹美感的想像和欣賞。因此品題形式以花鳥比喻的方式來滿足文人的想像，凸顯文人文化的底蘊。《消寒新詠》不單純爲「識豔」之書，同時對戲曲表演確有深刻認識。它雖爲狎伶時代的產物，卻成爲保留乾隆時期北京戲曲文化的重要史料。

# 參考書目

## 一、古籍專著（以年代及出版先後爲序）

1. 〔梁〕鍾嶸著，曹旭集注：《詩品集注》（上海：上海古籍出版社，1996年）。
2. 〔梁〕劉勰著，周振甫注：《文心雕龍注釋》（臺北：里仁書局，1998年）。
3. 〔唐〕楊倞注，〔清〕王先謙集解：《荀子集解》（臺北：世界書局，1991年）。
4. 〔宋〕朱熹集註：《詩集傳》（臺北：臺灣中華書局，1991年）。
5. 〔宋〕孟元老等著，周峰點校：《東京夢華錄（外四種）》（北京：文化藝術出版社，1998年）。
6. 〔元〕夏庭芝：《青樓集》，《中國古典戲曲論著集成》（北京：中國戲劇出版社，1982年）二。
7. 〔明〕魏良輔：《曲律》，傅惜華編：《古典戲曲聲樂論著叢編》（北京：人民音樂出版社，1983年）。
8. 〔明〕王驥德著，陳多、葉長海注釋：《曲律》（長沙：湖南人民出版社，1983年）。
9. 〔明〕潘之恆著，汪效倚輯注：《潘之恆曲話》（北京：中國戲劇出版社，1988年）。
10. 〔明〕馮夢龍：《情史》，《馮夢龍全集》（上海：上海古籍出版社，1993年）。
11. 〔清〕紀昀等：《四庫全書總目》（北京：中華書局，1965年）。
12. 〔清〕戴璐：《藤陰雜記》，《筆記小說大觀》（臺北：新興書局，1973年）。
13. 〔清〕李調元：《劇話》，《中國古典戲曲論著集成》（北京：中國戲劇出版社，1982 年）八。
14. 〔清〕焦循：《花部農譚》，《中國古典戲曲論著集成》（北京：中國戲劇出版社，1982 年）八。
15. 〔清〕王正祥：《新定十二律京腔譜》（臺北：臺灣學生書局，1984 年，《善本戲曲叢刊》據清康熙甲子 1684 停雲室原刊本影印）。
16. 〔清〕陳森：《品花寶鑑》（臺北市：廣雅出版有限公司，1984 年）。
17. 〔清〕鐵橋山人等撰、周育德校刊：《消寒新詠》（北京：中國戲曲藝術中心，1986 年）。
18. 〔清〕徐珂編撰：《清稗類鈔》（北京：中華書局，1986 年）。
19. 〔清〕葉堂編訂：《納書楹曲譜》（臺北：臺灣學生書局，1987 年）。
20. 〔清〕《李漁全集》（杭州：浙江古籍出版社，1992 年）。
21. 〔清〕昭槤：《嘯亭雜錄》（北京：中華書局，1997 年，清代史料筆記叢刊）。
22. 〔清〕李斗：《揚州畫舫錄》（北京：中華書局，1997 年，清代史料筆記叢刊）。
23. 〔清〕李綠園著，欒星校注：《歧路燈》（鄭州：中州古籍出版社，1998 年）

## 二、近人專著

1. 天柱外史氏：《皖優譜》（安徽：安徽省文化局劇目研究室翻印，不著出版年月）。
2. 王曉傳輯錄：《元明清三代禁毀小說戲曲史料》（北京：作家出版社，1958 年）。
3. 潘光旦（題爲潘光文）：《中國伶人血緣之研究》（臺北：臺灣商務印書館，1971 年二版）。
4. 戴璐：《藤陰雜記》，《筆記小說大觀》（臺北：新興書局，1973 年）。
5. 臺靜農編：《百種詩話類編》（臺北：藝文印書館，1974 年）。
6. 曾師永義：《說俗文學》（臺北：聯經出版社，1980 年）。
7. 莊一拂：《古典戲曲存目彙考》（上海：上海古籍出版社，1982 年）。
8. 張次溪：《北平歲時志》（臺北：文海出版社，1985 年）。
9. 王家熙、許寅等整理：《俞振飛藝術論集》（上海：上海文藝出版社，1985 年）。
10. 張庚、蓋叫天等：《戲曲美學論文集》（臺北：丹青圖書公司，1986 年）。
11. 韓幼德：《戲曲表演美學探索》（臺北：丹青圖書公司，1987 年）。

12. 徐復觀：《中國藝術精神》（臺北：學生書局，1988 年）。
13. 汪效倚：《潘之恆曲話》（北京：中國戲劇出版社，1988 年）。
14. 趙山林：《歷代詠劇詩歌選注》（北京：書目文獻出版社，1988 年）。
15. 張次溪：《清代燕都梨園史料》正續編（北京：中國戲劇出版社，1988 年）。
16. 胡忌、劉致中：《崑劇發展史》（北京：中國戲劇出版社，1989 年）。
17. 姚一葦：《欣賞與批評》（臺北：聯經出版社，1989 年）。
18. 蔡毅：《中國古典戲曲序跋彙編》（濟南：齊魯書社，1989 年）。
19. 布萊希特：《布萊希特論戲劇》（北京：中國戲劇出版社，1990 年）。
20. 郭紹虞：《中國文學批評史》（臺北：文史哲出版社，1990 年）。
21. 阿甲：《戲曲表演規律再探》（北京：中國戲劇出版社，1990 年）。
22. 孟繁樹：《中國板式變化體戲曲研究》（臺北：文津出版社，1991 年）。
23. 丁修詢：《笛情夢邊——記張繼青的藝術生活》（南京：江蘇文藝出版社，1991 年）。
24. 張發穎：《中國戲班史》（瀋陽：瀋陽出版社，1991 年）。
25. 李漢飛編：《中國戲曲劇種手冊》（北京：中國戲劇出版社，1991 年二刷）。
26. 《粟廬曲譜》（臺北：臺灣中華民俗藝術基金會重印，1991 年）。
27. 崑劇傳習所成立七十週年紀念會組委會編：《幽情逸韻落人間——紀念崑劇傳習所成立七十週年》（坊印本，不著出版時地）。
28. 張庚、郭漢城：《中國戲曲通史》（北京：中國戲劇出版社，1992 年）。
29. 張秉戌、張國臣主編：《花鳥詩歌鑒賞辭典》（北京：中國旅遊出版社，1992 年）。
30. 葉長海：《中國戲劇學史》（板橋：駱駝出版社，1993 年）。
31. 章驥、程曙鵬主編：《藝海一粟——汪世瑜談藝錄》（香港：金陵書社出版公司，1993 年）。
32. 譚帆、陸煒《中國古典戲劇理論史》（北京：中國社會科學出版社，1993 年）。
33. 徐凌雲演述，管際安、陸兼之記錄整理：《崑劇表演一得》（蘇州：蘇州大學出版社，1993 年）。
34. 中國崑劇研究會編：《張繼青表演藝術》（南京：江蘇人民出版社，1993 年）。
35. 劉達臨：《中國古代性文化》（銀川：寧夏人民出版社，1993 年）。
36. 流沙：《宜黃諸腔源流探》（北京：人民音樂出版社，1993 年）。
37. 胡忌編：《鄭傳鑑及其表演藝術》（南京：鄭傳鑑及其表演藝術編委會，

1994 年)。
38. 陶慕寧:《青樓文學與中國文化》(北京:東方出版社,1995 年)。
39. 孫崇濤、徐宏圖:《中國優伶史》(北京:文化藝術出版社,1995 年)。
40. 譚帆:《優伶史》(上海:上海文藝出版社,1995 年)。
41. 趙山林:《中國戲劇學通論》(合肥:安徽教育出版社,1995 年)。
42. 譚帆:《優伶史・優伶的來源、血緣與分布》(上海:上海文藝出版社,1995 年)。
43. 袁行霈:《中國詩歌藝術研究》(北京:北京大學出版社,1996 年)。
44. 王運熙、顧易生主編:《中國文學批評通史》(上海:上海古籍出版社,1996 年)。
45. 潘麗珠:《清代中期燕都梨園史料評藝三論研究》(臺北:里仁書局,1998 年)。
46. 李惠綿:《元明清戲曲搬演論研究——以曲牌體戲曲爲範疇》(臺北:文史哲出版社,1998 年)。
47. 童道明主編:《戲劇美學》(臺北:洪葉文化事業有限公司,1998 年)。
48. 丘慧瑩:《乾隆時期戲曲活動研究——兼談花雅消長問題》(臺北:揚智文化事業公司,1998 年)。
49. 北京市藝術研究所、上海藝術研究所編著:《中國京劇史》(北京:中國戲劇出版社,1999 年)。
50. 丁汝芹:《清代內廷演戲史話》(北京:紫禁城出版社,1999 年)。
51. 胡忌:《戲史辨》(北京:中國戲劇出版社,1999 年)。
52. 傅璇琮等:《中國詩學大辭典》(杭州:浙江教育出版社,1999 年)。
53. 汪詩珮:《乾嘉時期崑劇藝人在表演藝術上因應之探討》(臺北:學海出版社,2000 年)。
54. 故宮博物院編:《故宮珍本叢刊:卷首》(海口:海南出版社,2000 年)。
55. 吳存存:《明清社會性愛風氣》(北京:人民文學出版社,2000 年)。
56. 陳芳:《乾隆時期北京劇壇研究》(臺北:學海出版社,2000 年)。
57. 廖奔、劉彥君:《中國戲曲發展史》(太原:山西教育出版社,2000 年)。
58. 《崑劇「傳」字輩》(蘇州:江蘇文史資料輯部出版,2000 年)。
59. 張在舟:《曖昧的歷程——中國古代同性戀史》(鄭州:中州古籍出版社,2001 年)。
60. 洪惟助主編:《崑曲辭典》(宜蘭:國立傳統藝術中心,2002 年)。
61. 李惠綿:《戲曲批評概念史考論》(臺北:里仁書局,2002 年)。
62. 陳芳:《清代戲曲研究五題》(臺北:里仁書局,2002 年)。

63. 陸萼庭：《崑劇演出史稿（修訂本）》（臺北：國家出版社，2002年）。
64. 洪惟助主編：《崑曲研究資料索引》（臺北：國家出版社，2002年）。
65. 林鶴宜：《規律與變異：明清戲曲學辨疑》（臺北：里仁書局，2003年）。
66. 龔鵬程：《中國文人階層史論》（蘭州：蘭州大學出版社，2004年）。
67. 么書儀：《晚清戲曲的變革》（北京：人民文學出版社，2006年）。
68. 陳彬編著：《萬里巡行——周志剛、朱曉瑜伉儷的戲曲藝術》（臺北：作者自印，2006年）。
69. 岳美緹口述、楊汗如編撰：《臨風度曲・岳美緹——崑劇巾生表演藝術》（臺北：石頭出版社，2006年）。
70. 陳芳：《花部與雅部》（臺北：國家出版社，2007年）。

## 三、期 刊

1. 許寄秋：〈從《歧路燈》談乾隆前後戲曲的發展狀況〉，《歧路燈論叢》（河南：中州書畫出版社，1982年）。
2. 潘仲甫：〈清乾嘉時期京師秦腔初探〉，《戲曲研究》第十輯（北京：文化藝術出版社，1983年）。
3. 周傳家：〈論魏長生〉，《戲曲研究》第二十一輯（北京：文化藝術出版社，1986年）。
4. 衛世誠：〈清代乾嘉時期京師的秦腔——兼與潘仲甫同志商榷〉，《戲曲研究》第二十一輯（北京：文化藝術出版社，1986年）。
5. 徐扶明：〈崑劇中時劇初探〉，《藝術百家》1990年1月。
6. 流沙：〈徽班進京及徽調在南方的流變〉，《宜黃諸腔源流探——清代戲曲聲腔研究》（北京：人民音樂出版社，1993年）。
7. 流沙：〈魏長生的秦腔與吹腔考〉，《宜黃諸腔源流探——清代戲曲聲腔研究》（北京：人民音樂出版社，1993年）。
8. 龔和德：〈試論徽班進京與京劇形成〉，《亂彈集》（北京：中國戲劇出版社，1996年3月）。
9. 吳新雷：〈揚州崑班曲社考〉，《東南大學學報（哲學社會科學版）》2000年1期。
10. 吳新雷：〈蘇州崑班考〉，《東南大學學報（哲學社會科學版）》2000年4期。
11. 吳新雷：〈崑曲劇目發微〉，《東南大學學報（哲學社會科學版）》2003年1期。
12. 上官濤：〈蔣士銓花雅時期的戲曲創作〉，《藝術百家》2003年1期。

13. 王開桃:〈論歧路燈中戲曲伶人的描寫〉,《中國文學研究》2003 年 3 期。
14. 趙智旻:〈從歧路燈看花雅之爭〉,《藝術百家》2003 年 3 期。
15. 相曉燕:〈花雅之爭中的唐英〉,《浙江藝術職業學院學報》2003 年 4 期。
16. 曾凡安:〈太平天國治下的伶人與演劇〉,《中山大學學報(社會科學版)》2003 年 5 期。
17. 滕新才:〈明朝中後期狎妓之風與文學創作〉,《西南師範大學學報(人文社會科學版)》第 29 卷第 5 期(2003 年 9 月)。
18. 胡忌:〈從鉢中蓮傳奇看花雅同本的演出〉,《戲劇藝術》2004 年 1 期。
19. 張扶直:〈花雅之爭與境生於象外〉,《文史知識》2004 年 1 期。
20. 范麗敏:〈南府景山承應戲聲腔考〉,《中國戲曲學院學報》25 卷 1 期(2004 年 2 月)。
21. 么書儀:〈楊掌生和他的京塵雜錄〉,《戲曲藝術》2004 年 1 期。
22. 么書儀:〈作爲科班的晚清北京堂子〉,《北京社會科學》2004 年 3 期。
23. 么書儀:〈試說嘉慶、道光年間的「花譜」熱〉,《文學遺產》2004 年 5 期。
24. 王廷信:〈市井青樓中的崑曲演出〉,《東南大學學報(哲學社會科學版)》六卷六期(2004 年 11 月)。
25. 范麗敏:〈關於清中葉雅部漸衰原因的幾點思考〉,《重慶師範大學學報(哲學社會科學版)》2004 年 6 期。
26. 王偉康:〈焦循與地方戲曲〉,《藝術百家》2005 年 2 期。
27. 范麗敏:〈清末北京劇壇崑劇演出研究〉,《渤海大學學報(哲學社會科學版)》2005 年 2 期。
28. 錢志中:〈清代的戲班管理〉,《藝術百家》2005 年 3 期。
29. 范麗敏:〈戲曲史上的花雅問題述評〉,《學術月刊》2005 年 6 期。
30. 王寧:〈十八世紀揚州花雅演劇考論〉,《蘇州科技學院學報(社會科學版)》2006 年 2 期。
31. 林佳儀:〈《綴白裘》之〈昭君出塞〉劇作淵源與流播〉,《臺灣音樂研究》二(2006 年 4 月)。